主编:夏春锦 周音莹

苦雨斋旧事

孙郁 著

在被喻为边缘化的知识群落里,苦雨斋的影子拖得很远;苦雨斋这个知识群落,在文本上留下的话题是众多的。

中国出版集团公司
华文出版社

图书在版编目（CIP）数据

苦雨斋旧事 / 孙郁著. —— 北京：华文出版社，2021.11
ISBN 978-7-5075-5505-9

Ⅰ.①苦… Ⅱ.①孙… Ⅲ.①随笔-作品集-中国-当代 Ⅳ.①I267.1

中国版本图书馆CIP数据核字（2021）第196889号

苦雨斋旧事

作　　者：	孙　郁
责任编辑：	孟志成　胡慧华
出版发行：	华文出版社
地　　址：	北京市西城区广安门外大街305号8区2号楼
邮政编码：	100055
网　　址：	http://www.hwcbs.com.cn
电　　话：	总编室 010-58336239　发行部 010-58336212 58336238 责任编辑 010-58336197
经　　销：	新华书店
印　　刷：	三河市龙大印装有限公司
开　　本：	880mm×1230mm　1/32
印　　张：	11.5
字　　数：	228千
版　　次：	2021年11月第1版
印　　次：	2021年11月第1次印刷
标准书号：	ISBN 978-7-5075-5505-9
定　　价：	58.00元

版权所有，侵权必究

目　录

引　子	001
八道湾十一号	005
京派营垒	010
狂　士	015
真　人	020
"鬼谷子"	025
老　友	029
同路者	033
聪明人	038
弟子之一	043
弟子之二	048
弟子之三	057

弟子之四	061
弟子之五	066
京派将领	071
南国真人	077
一点涟漪	082
绍兴帮？	086
聚会的场所	090
书肆之乐	095
六朝之风	100
平淡的文章	104
鉴赏家们	108
生活点滴	112
苦　海	117
身边杂调	121
儒林内外	125
自己的文章	129
若远若近	133
友人之情	138
风俗研究	142
佛门风景	146
禁书问题	154
校园情调	159

看人的态度	163
北京的看客	168
激进主义	173
读书得怨	178
报刊文章	182
职业之忧	187
花鸟草虫	191
游戏与哲学	195
批评家言	199
旧道德化的生活	203
不革命	208
一厢情愿	213
翻译家	217
学问之道	222
明朝遗趣	227
伪高雅乎	231
学人的做作	236
语言的守旧者	240
两种冲突	244
杂诗杂调	249
文章之道	253
日记里的人生	257

模糊的面孔	262
"遇狼"的惊恐	266
谈吃之余	270
非道学	274
性心理学	278
女人的尊严	281
笑谈胡适	285
顾随的眼光	291
疯子的文学	298
苦茶庵里的笑话	303
下地狱	307
落水之后	312
苦路人生	316
翻案之心	321
知音者	325
晚年心境	329
与路吉阿诺斯为伍	335
苦雨斋余影	343
后　记	358

引 子

这一本书酝酿的时间已很久了,下笔的时候,颇多迟疑。要写的人物,是那么异类,用传统的视角不行,但换了新法,又常常不得要领。在中国,写一个"叛徒",是冒险的事,类似的书,不正受到种种指责么?所以,几年来,思路时断时续,观点似乎也在渐渐修改,内心的冲突,从未断过。

我们中国人,是愿意以纯粹的方式打量他人的,似乎眼中,揉不得杂色。而这个世界,正是以杂色构成的。周作人之于我,一方面在学识上是个参照,现代以来,像他那样博览群书的人,十分少见。另一方面,他的逆于常人的空漠,散淡后的绝望,让我产生了自省的感觉,似乎那里,也映着我们这代人的某些影子。中国的读书人,有许多徘徊在苦与乐、明与暗之间,内心流动的,就有周作人式的情调。虽然这一情调隐隐地含着灰色,但那不经意间闪动的意绪,恰好写着文人的宿命。

曾经有一段时间,我们的思想界是禁谈他的名字的,原因自然复杂得很,这里主要遇到了道德问题。后来思想解禁,周作人忽地又热了起来，其出版物，从历史的封尘里走了出来。我自己，也正是在二十世纪八十年代末，和这个远去的灵魂有了交流的机会。那时我还在鲁迅博物馆工作，接触到《雨天的书》《自己的园地》，心里为之一亮，好似久违了的朋友，在那温馨的文字里，感到了悠长的亲情。我体味到了另一种情感，它像宁静的湖面涌动的波纹，给人浑朴的力量。我发现了自己和他的某种共鸣，他的文字唤起了我的一种长眠的情感，这些本应流出的情愫，不知为何从未开启过。那时我暗暗地感谢着他，如果不是读了这类文字，我还不会发觉自己存在着非冲动的、岑寂的审美偏好。实在地说，周氏提供给人的精神远不及鲁迅复杂，但是他的智慧表达式，那种不露声色的情感的喷吐，以及知识论的视角，使我看到了近半个世纪中国文化的某种缺失。在左翼思维覆盖一切的时候，周氏的某些思想，或许可以疗救激进思想的病症。

　　在随后陆续地读解他的作品时，我对其精神的认识也慢慢地发生着变化。我感到了他内心的冲突、焦虑，以及思想的不能自我圆通。周作人过于自我，以至于在"为己"与"为人"间的选择里，常常倾向于前者。他与鲁迅的反差，映出了知识人选择的另一种可能，而这一选择对于血性的青年而言，是充满了暮色的。周作人在文坛的寂寞，实属必然。

　　由周作人出发，上溯历史，寻找中国文人的另一条精神脉络，对我而言是个诱惑。他与自己的友人和学生形成的文化沙龙，对今人都无不具有文化史的意义。苦雨斋之于现代中国，好像是一个异类的存在，它的孤僻、陌生、远离烟火，许久以来备受轻漠。但现代史上悲剧的缘由，却被苦雨斋里的文人们，多少预示到了。那个沙龙里的忧患、内省，以及自得其乐，与中国的活的人生，其实也是大有关联的。

在被喻为边缘化的知识群落里，苦雨斋的影子拖得很远。现在喜欢性灵小品者，是那么众多。我在张中行、钟叔河、邓云乡、舒芜那里，都能感到周氏的遗韵。周作人对读书人的影响是内在的，你读一读黄裳，难道看不到知堂的情调？在董桥、谷林等人的身上，也有"文抄公"的神采吧？钱锺书在文字中，多少讥笑过周氏的文风，但我读他的《管锥编》，好似也能找到两人相近的地方。现代以来，倘论及读书札记类的写作，都不由得要谈到苦雨斋主人。这很类似章太炎之于学术，鲁迅之于小说。在文化的深层结构里，他们给后人的暗示，是不能小视的。

苦雨斋这个知识群落，在文本上留下的话题是众多的。我读俞平伯、废名的文字，以及晚明以来的野史、札记，感到其间有一种起伏不断的流脉，而周作人，大概是这个流脉里的最重要的代表。中国文化中，"载道派"的写作与"言志派"的创作一直并行不悖。但到明清两代，旧路已死，文人要在文章中翻出新意，已经大难。桐城派后来的文章渐入窄门，文章老朽之气浓浓，"五四"以后，有了新式散文，面貌才为之一新。远离道统，近于心灵，很类似于词、小令，或择古人意绪之支脉，或以西域思想指陈人间，以性灵为本，缓缓流来。有一点知识，一点品位，一点兴趣，后人谓之书话，或讥为小品。这其间，周作人的影响，不可漠视。鲁迅而外，能在小品文上自成一家，且影响深远者，现在难见了。

但周作人之于后来的文化，还不仅仅是一种文体、学识的问题，那其间的文化苦境，谁能说不是一种预言？二十世纪的中国，"革命"情结无所不在，而"革命"之外的文化母题，又有谁在思考？周氏于乱世之中，寻到一块自己的园地，由激进而中庸，由中庸而绝望，走的是另一条苦路。本欲绕开绝境，但却陷于绝境里，我们于此，当能警觉些什么。

在这个意义上说，走进这个人的世界，会很有意味。我在目前的文人那里，很难遇到这类的存在。我曾说过，"五四"以来的散文家和学问家，值得久久打量的，惟有周氏兄弟。那是很难得的精神实体，它矗立在那儿，给着后人以漫长的回味。在历史的尘埃渐渐落定的今天，静静地打量这远逝的灵魂，会别是一番滋味吧。

八道湾十一号

西直门内公用库八道湾十一号,是一处面积约四亩的大宅院。1919年7月,鲁迅以三千五百元购下了此宅,同年底,鲁迅的母亲、夫人朱安,及周作人、周建人的全家陆续搬至于此。

这是鲁迅在北京住得最长的私宅,也留下了诸多可以感怀的故事。鲁迅的小说《阿Q正传》《故乡》以及第一本小说集《呐喊》诞生于此,他的译文集《桃色的云》《工人绥惠略夫》《爱罗先珂童话集》,及学术著作《中国小说史略》上卷,也在这里完成。但1923年8月,鲁迅和周作人失和,搬出了八道湾,直到1967年周作人去世,八道湾十一号院的主人,一直是周作人。

周作人生于1885年1月16日,比鲁迅小四岁,初名櫆寿,字星杓,他后来在南京水师学堂读书时,改名作人,一直沿袭到老。他的笔名颇多,尤以知堂、启明(亦作"岂明")等知名,所以世人也每每称之知堂老人。又因为是鲁迅的胞弟,排行老二,遂又有周二先生之称。

大概是二十世纪二十年代中期吧，周作人常称自己的书房为苦雨斋，这个名字在文坛渐渐响了起来。查俞平伯、钱玄同等人日记，苦雨斋出现的频率颇高，几乎成了八道湾的代名词。周作人也戏称自己是苦雨斋老人、苦雨翁等。

之所以将此取名为苦雨斋，乃是因为周作人住的小院地势过低，每逢下雨，积水难排。1924年，周作人在《苦雨》一文中，曾有过解释：

> 我住在北京，遇见这几天雨，却叫我十分难过。北京向来少雨，所以不但雨具不很完全，便是家屋构造，于防雨亦欠周密。除了真正富翁以外，很少用实垛砖墙，大抵只用泥墙抹灰敷衍了事……
>
> 前天十足下了一夜的雨，使我夜里不知醒了几遍。北京除了偶然有人高兴放几个爆仗以外，夜里总还安静，那样哗喇哗喇的雨声在我的耳朵已经不很听惯，所以时常被它惊醒，就是睡着也仿佛觉得耳边粘着面条似的东西，睡得很不痛快。还有一层，前天晚间据小孩们报告，前面院子里的积水已经离台阶不及一寸，夜里听着雨声，心里胡里胡涂地总是想水已上了台阶，浸入西边的书房里了……①

苦雨斋系周作人读书写作的地方。那间房子原为鲁迅

---

① 《雨天的书·苦雨》。

住所，很有一些情调。周作人后来会客，一般都在此处。从1920年至1945年，造访过这里的文人颇多。查鲁迅、周作人日记，人员有宋紫佩、许季上、齐寿山、孙伏园、张凤举、萧友梅、钱玄同、刘半农、沈尹默、沈兼士、沈士远、郁达夫、徐志摩、胡适、许钦文、马幼渔等。此外，川岛、江绍原、俄国诗人爱罗先珂，也曾住在这里。鲁迅离开八道湾后，那里仍是友人聚会的场所。1924年元旦，到周宅的客人有：马幼渔、沈士远、沈尹默、张凤举、徐祖正等；1925年元旦聚会者是：钱玄同、马幼渔、沈士远、沈尹默、张凤举、陶晶孙、川岛、孙伏园等。直到三十年代，到周宅者，大抵这些人物。关系较密的，又多了废名、俞平伯、江绍原、沈启无等。气氛较之先前，没有多大差别。除了元旦的大聚会外，每月还有零星的小聚，地点也大多在八道湾。自从周作人将此处称为苦雨斋后，它几乎成了沙龙的代名词了。

1926年，在为《狂言十番》写的序言之后，周作人的笔下出现了苦雨斋字样。此后写文通信，落款或为"苦雨翁"或"苦茶庵"。一个"苦"字，外化着作者的心境，那里也隐含着自己的无奈吧。中国的隐士和遗民，常爱在诗文中用"苦雨"这类意象。晚明的伯子《与李咸斋》云："今苦雨连旬，云生窗户，岩溜噪耳欲聋……"晚清的罗振玉1916年2月6日在致王国维信中说："今日苦雨而无风，不知舟行如何。"文人们喜谈"苦雨"，正像吟风弄月，不过心绪的闪光，难说有什么独特的深意，只不过于此可感受到别样的情调而已。周作人后来以"苦雨翁"自娱,其实也有点笔墨游戏的意味儿,书信、文章之后的署名,也印有他性格的一面。这与他的文章内蕴,还是相吻合的。

往来苦雨斋的人物,大多是京派文人,趣味、爱好相似,又多不谙政治,是一些颇有学识的人。这里的核心人物是周作人,其次为钱玄同。沈士远、沈尹默、沈兼士三兄弟,刘半农、马幼渔等是平辈的,俞平伯、废名等,则对上述诸人,执弟子礼。不过他们并无精神的界限,彼此以友人称之。说其系挚友,原也对的。除江绍原等极少数人有留学美国的文化背景外,众人大多留学过日本,或求学于北大、燕大,东方气息很盛。与胡适那个圈子,和后来金岳霖、林徽因那个圈子比,格调是不同的。这个沙龙的文化情调,无论在左翼文人眼里,还是西洋学堂毕业的人眼里,均有些格格不入。他们讨论的问题,研究的对象,至今在学术界还是清冷之学。

八道湾十一号院是个清幽之所。谢兴尧在《回忆知堂》一文中,曾这样描绘过对它的印象:

> 周的住宅,我很欣赏,没有丝毫朱门大宅的气息,颇富野趣,特别是夏天,地处偏僻,远离市廛,庭院寂静,高树蝉鸣,天气虽热,感觉清爽。进入室内,知堂总是递一纸扇,乃日本式的由竹丝编排,糊以棉纸,轻而适用,再递苦茶一杯,消暑解渴,确是隐士清谈之所,绝非庸俗扰攘之地。[①]

[①] 陈子善编:《闲话周作人》,浙江文艺出版社,1996年,第29页。

后来结识过周氏者，对苦雨斋有各种各样的描述，任访秋、李霁野、张中行、文洁若、邓云乡等，都从其间感到了别样的气息。看文人对八道湾的追忆，多有一种神往的感觉，其间的话题，多种多样，内涵不一。苦雨斋是个难以说清的存在，惟其如此，才引来各种人的复杂的评说。我有时翻阅周氏兄弟的著作，以及同代人的书信、日记，不禁有种走进其中的渴望。但往往不得要领，好似隔膜着，看不清其中的面目。可是我们倘欲了解中国现代文化史，又不得不在这里驻足。"五四"之后中国的文化史，有许多是与此紧密相关的。

在一个深冬里，我和一位友人造访了西城区的八道湾。那一天北京下着雪，四处是白白的。八道湾破破烂烂，已不复有当年的情景。它像一处废弃的旧宅，在雪中默默地睡着。那一刻我有了描述它的冲动。可是却又有着莫明的哀凉。这哀凉一直伴着我，似乎成了一道长影。我知道，在回溯历史的时候，人都不会怎么轻松。我们今天，也常常生活在前人的背影下。有什么办法呢？

京派营垒

鲁迅离开八道湾后,到那里造访的客人一般也与鲁迅有些来往。其实像钱玄同、刘半农、川岛、张凤举、徐祖正、沈尹默、沈士远、沈兼士等,既是周作人的友人,也是鲁迅的朋友。但是后来,鲁迅与他们中的一些人越来越隔膜,变得生冷起来了。这生冷的原因,一方面是周作人等人和激进的文化有了冲突,不喜左翼的腔调。另一方面呢,他们渐离生活,迷恋学术,颇有些象牙塔气了。先前,周作人还和"现代评论派"正面对峙,很有点斗士气,但后来却温和起来,像胡适、徐志摩也成了苦雨斋中的贵客,鲁迅对此是警觉的。1929 年 8 月 17 日在致章廷谦的信中说:

> 我看,现代派诸公,是已经和北平诸公中之一部分结合起来了。这是不大好的。但有什么法子呢。[①]

[①] 《鲁迅全集》第十一卷,人民文学出版社,1981 年,第 682 页。

鲁迅的推测，有一半是对的，即周作人等，已不再与"现代评论派"和"新月派"相对立，且成了他们中一些人的朋友。可是另一方面，苦雨斋的沙龙，还依然保持了"五四"初期的纯净之气，未被时尚气息所传染，这些，鲁迅大概忽略了。

沈尹默有一篇文章，回忆过八道湾聚会的盛况，真是让人感念。这氛围一直持续了多年，给京派文人，以不小的趣谈。苦雨斋的客人们多自由、洒脱之状，或狂狷如钱玄同者，或古怪深厚如废名者，风格各有不同。每次聚会，谈话的内容颇广，有讥时之调，亦多学术切磋。那些谈天的内容，有时在他们自办的《语丝》上刊出，很有名士之风。刘半农在巴黎的时候，看到周作人寄来的《语丝》，对苦雨斋的友人们竟生出神往的幽情。他在寄周氏的信中不胜感怀：

> 你寄给我的《语丝》，真是应时妙品。我因为不久就回国，心目中的故乡风物，都渐渐的愈逼愈近了……启明的温文尔雅，玄同的激昂慷慨，尹默的大棉鞋与厚眼镜，什么人的什么，什么人的什么……
>
> 我希望回国之后，处于你们的中间，能使我文学的兴趣，多多兴奋一些。①

---

① 刘复：《半农杂文》，河北教育出版社，1994年，第193页、第199页。

刘半农后来，真的成了苦雨斋中的常客。大凡到过八道湾的，对那里都有较浓的印象。像废名、俞平伯、沈启无、江绍原等，将苦雨斋视为温存之所，这些从书信之中，多少可以看到。苦雨斋里的人，彼此有点师承关系。如周氏、钱玄同、沈兼士等，系章太炎弟子；俞平伯、废名、沈启无、江绍原则系周作人的学生。而俞平伯的曾祖父俞曲园，又是章太炎的老师。这个关系，颇为有趣，也带有传统士大夫的痕迹吧。鲁迅疏离这个圈子，那原因也许正在于其中的旧气，这些他是不喜欢的。在上海的时候，到鲁迅寓所去的，大抵非学院派的血性青年，这和苦雨斋形成了对照。或许，由此出发，亦可摸到周氏兄弟失和的另一原因？

不过，苦雨斋的文化视界很广，并非狭隘的小圈子。对外人，亦非排斥的态度。1930年6月12日，胡适造访周宅，晚宴上作陪者系：马隅卿、江绍原、俞平伯、徐耀辰、刘半农、马幼渔、钱玄同等。这里，江绍原与胡适关系较密，对美国文化有相当的了解。苦雨斋中的友人，对胡适较为尊重，像钱玄同、沈兼士等，就自认从胡适那里学到许多东西。众人眼里，他们与胡适，是有许多相通之处的。实际上，周作人与江绍原讨论的问题，大多是西方学术引发的问题，如性心理、民俗、宗教等，内容并无旧气。而他和钱玄同等人切磋汉字改革方略时，思想是异常解放的。苦雨斋中人，情感方式，带有旧文人的一面，但精神，大抵是新式的，不过有点"为学术而学术"罢了。1928年6月19日，江绍原在上海时，曾写信给周作人，可见他们那时精神的兴奋点：

> 启明先生　　尊寄丙寅医学社编辑的周刊一份，已收到。该社有一位姓李的社员，与我认识，故已函伏园，请他用贡献与医学周刊交换。办世界日报的成舍我，似已来上海，报载北大同学会举他和另几个人为代表，呈请大学院勿使北大易名中华大学。周刊作者诸君的几个提议，正是我想提议的。学校中应添医学常识一门功课外，又应编辑一两部通俗的书，为接引一般人之用。又学校中所授的"医学常识"，似应兼及医学史及旧医学辟谬。日本医学革新的经过，必定极足供我国人参考，我不能从日文书中详考之，真是憾事。今日见清华所出王静安专号，有数文（例如陈寅恪的一篇）似带尊王气息。"北伐成功了"——据说。北京有无新气象乎？暇时写示一二为祷。上海方面的赵景深、顾均正、徐调孚，均喜研究民间文艺，我颇想怂恿他们组织一个类似民俗学会的团体。已有信去劝进，效果如何，容后报。①

江氏的行文，有儒雅之风，而内容，则颇为现代。难怪后来左翼文人抨击苦雨斋时，俞平伯曾出来为之辩护，以为并无没落之态。懂得苦雨斋苦乐的人，在那时并不很多。

看周作人日记、书信，以及后人的回忆，觉得苦雨斋确是

---

① 张挺、江小蕙笺注：《周作人早年佚简笺注》，四川文艺出版社，1992年，第354页。

个特异的存在。周氏周围的人，在学识上均有不俗之见。马幼渔、钱玄同之于音韵文字，俞平伯之于词学、"红学"，废名之于禅宗、六朝文学，张凤举之于日本文化，均为上乘。但他们影响最大的，并非这些。而是1924年11月创办的《语丝》和1930年5月创刊的《骆驼草》。这两本杂志，非学术论苑，而是随笔、小说的园地。众人或于此谈天说地、臧否古今人物，或潜心于创作，周作人、废名的许多随笔，发表于此，影响很大，以致成了"京派"文人的重镇。由一个沙龙而引发出一个文学流派，这对苦雨斋中人而言，是无意形成的吧？

　　我以为研究现代学术史和文学史，不可不观顾苦雨斋。然而许多年来，这个沙龙的资料甚少，面目模糊。我在翻阅、采访中，偶得到一点线索，便有会心的一笑，觉得可探讨的空间，那么广大。中国读书人的冷热、曲直、忠邪，于此都可感到的。

狂　士

苦雨斋客人中，钱玄同是最特别的一位，他为人坦荡，谈吐不俗，滑稽而豪爽，给周家客厅带来不少的快慰。周作人是个不会幽默的人，他的文章没有笑料，也不逗人，真真有儒家的中正之气。但他偏偏喜欢钱氏，性趣相投，想来也是心灵的代偿吧？一个人缺什么，便需寻些什么，交友之道，互为冷热，取长补短，自古亦然。以钱氏之癫狂，周氏之沉稳而言，两人相处无间，那是自然之理。了解苦雨斋，钱玄同的存在不可小视。

钱氏比周作人小两岁，也是浙江人。他与周氏兄弟都在日本留学，师从章太炎，可谓同门弟兄。周作人与鲁迅分手后，钱氏也疏远了鲁迅，倒和周作人过从很密了。周作人对同代人的学术成就，夸赞者少，但对钱玄同，却大加褒奖，认为"五四"之后，最优秀的思想者，惟蔡元培、钱玄同二人而已。其实我读钱氏文章，未觉得如何高明，学问是有的，但文笔不佳，有些粗糙，思想亦难及章太炎、胡适，境界比之前者略逊一筹。人走得很近，反而距离甚远，周作人看人常有偏差，不知道是什么原因。

我曾说钱氏乃"偏执的真人",这话至今仍然坚信。"五四"时代,骂传统最厉害者,并非鲁迅,钱玄同当为那时斗士者流的第一人。但他的骂人,有时并不高明,出语过直,不修边幅,显得有些莽撞。如1924年12月8日发表于《语丝》第4期的《告遗老》云:

> 遗老们!中国历史上亡国之君,从桀到洪秀全,他们是怎样的下场?外国由帝国改民国,如法之路易十六,俄之尼古拉斯二世,他们又是怎样下场的?溥仪这样舒舒服服地升为一品大百姓,你们还不满意。难道一定要让他再造反一次,再窃位一次,弄到大家对他切齿痛恨,给他一个不幸的下场,你们才满意吗?这是你们竭忠事上的嘉谋嘉猷吗?

这一段话还算文雅,1918年3月14日所写《中国今后之文学问题》云:

> 二千年来所谓学问,所谓道德,所谓政治,无非推衍孔二先生一家之学说。所谓《四库全书》者,除晚周几部非儒家的子书以外,其余则十分之八都是教忠教孝之书。经不待论,所谓史者,不是大民贼的家谱,就是小民贼的杀人放火的账簿,如所谓平定什么方略之类。子集的书大多数都是些王道圣功,文以载道的妄谈。还有那十分之二,更荒谬绝伦,

说什么关帝显圣,纯阳降坛,九天玄女,黎山老母的鬼话,其尤甚者,则有婴儿姹女,丹田泥丸宫等说,发挥那原人时代生殖器崇拜的思想。所以二千年来用汉字写的书籍,无论那一部,打开一看,不到半页,必有发昏做梦的话……①

读钱玄同的文章,觉得痛快淋漓,非伪君子那般雅气,但将话说得过分,不留余地,则见其以性情为文,而没有三思后行的缜密。但周作人不这样以为,《玄同纪念》写过这样一段话:

> 玄同的文章与言论平常看去似乎颇是偏激,其实他是平正通达不过的人。近几年和他商量孔德学校的事情,他总是最能得要领,理解其中的曲折,寻出一条解决的途径,他常诙谐的称为贴水膏药,但在我实在觉得是极难得的一种品格……②

周作人生前谈同代人最多的文字,一是鲁迅,二为钱氏,可见交情不浅。据说周氏颇爱听钱氏闲聊,以为谈吐中的哲学,警言很多,惜其散弥空中,未留痕迹。文人之中,见识高者未必为文漂亮,蔡元培这样,钱玄同也这样,个中原因,难说清楚。现在的读者,鲜知他的作品,那也是自然的了。

---

① 《钱玄同文集》第一卷,中国人民大学出版社,1999年,第163页。
② 《药味集·玄同纪念》。

钱玄同所以和周氏交情颇深，我觉得思想深处共鸣的东西多，也是原因，说其是古文化的叛徒，原也并非无理。二人都看不上二十四史，对儒教殊多反感，虽说周氏后来倾向于儒家，爱谈中庸之道，但在根本上说，均痛恨旧学陈腐之气，以为三纲六纪乃杀人之器。但二人又都是书斋中人，对社会运动与民间革命，多有隔膜，故属于品茶论道之人，与流行色和时尚化距离较远，说其有清谈的一面，大约不错的。另一方面，我又觉得他们是新思想的培育者，一个喜欢古希腊文化，引鉴性心理学、民俗学；一个专心于文字学，对汉字改革，孜孜以求。钱玄同后来属于今文学派，是崔觯甫的追随者，对旧传统多有不屑。周作人在文字学上虽没有什么专著，但二人看法大致相近。在对国粹的态度上，曾十分一致。如钱氏1918年在《新青年》上发表的《随感录》(十八)，就反对过京戏，认为旧戏多八股遗风，应当废掉。周作人看后，遂致函玄同，大为赞扬，觉得说到了点上。今文学派的特点之一，是有怀疑精神，不以古人是非为是非。康有为、崔觯甫都不太相信古书的一些经典，揭示了造伪文化对国人的戕害。钱氏由此出发，讥刺古人，颠覆旧学，可谓气贯长虹。周作人晚年说这位老友出言过激，对传统亦有轻薄之处，但在基本的观点上，持赞佩的态度，认为是不可多得的智者。钱玄同曾自号"疑古"，对古代存疑之处多多，周作人对其戏称自己是"疑今"，认为今天可疑的东西亦多。"窃思时间只是一个，古既可疑则今亦不尽可信。"他们为文与为人，以诚相待，学术上耽于趣味儿，有些士大夫格调，但又能从传统影子里走出，自成一格，都在以怀疑精神梳理文化，其境界便非他人可及了。周作人在《饼斋的尺牍》中说：

> 尝见东欧文人如《狂人日记》及《死魂灵》作者果戈里，《乐人扬珂》与《炭画》作者显克微支，皆人极忧郁而文多诙谐，正如斯谛普虐克所云，滑稽是奴隶的语言，此固与饱食终日，无所用心，或言不及义，所表示的那种嘻嘻哈哈的态度绝异。中国在过去多年的专制制度之下，文化界显出麻木状态，存在其间的只有陋劣的假正经与俗恶的假诙谐，若是和严正与忧郁并在的滑稽盖极不易得，亦复不能为人所理解。饼斋盖庶几有之，但只表现于私人谈话书札间，不多写为文章，则其明哲又甚可令人佩服矣。①

在苦雨斋的世界里，能常常给斋主的思想以启迪者，惟饼斋（玄同）而已。我觉得细心的人如研究二者的文化异同，境界水准，定可悟出什么来。可惜这样的文章，如今读到的不多。钱玄同这样的人，其深其浅，都折射着新文化的一些得失。

---

① 《过去的工作·饼斋的尺牍》。

真　人

　　刘半农出现在周氏兄弟视野里,大约在《新青年》红火的初期。那时陈独秀已把《新青年》移至北京,刘半农也随之从上海赶到了燕京之地。他此前在军队里做过文书,后任上海《中华新报》和《红玫瑰》的记者。因为投稿于《新青年》,遂结识了陈独秀,所以他的北上,和《新青年》很有些关系。查鲁迅、周作人的日记,和刘半农交往甚多。在周作人1918年的日记中,友人出现最多的是钱玄同,次为陈独秀和刘半农。所谈多为学问之事,如小说研究、儿歌研究等等。周氏曾送刘半农日本诗集等,刘氏亦借杂书予周作人,其交往,想来是很有趣的。周氏兄弟之投稿《新青年》,钱玄同与刘半农作用很大,倘不是这些友人催促,二周能否很快置身于新文化运动,也未可知。所以,后来刘半农逝世,鲁迅、周作人均写过悼念文章,虽态度不同,但友情之深,自非外人可比的。

　　1891年4月20日,刘氏生于江苏,名复,号半农。曾就读常州中学,1917年被北大聘为教授,1920年赴欧洲留学,获法国文学博士学位。1925年回国,成为语音、文法和音韵方面的专家。周氏兄弟对其以弟相称,印象较好,周作人描述其外貌时说:

> 君状貌英特,头大,眼有芒角,生气勃勃,至中年不少衰。性果毅,耐劳苦。专治语音学,多所发明;又爱好文学美术,以馀力照相,写字,作诗文,皆精妙。与人交游,和易可亲,喜诙谐,老友或戏谑为笑;及今思之,如君之人已不可再得。①

刘半农是个性情中人,学问与创作,与鲁迅、胡适、周作人不在一个水平线上。但我们谈新文化运动,不能不提及刘氏的功绩。鲁迅曾夸赞他与钱玄同演的那场"双簧",认为"跳出鸳蝴派,骂倒王敬轩,为一个'文学革命'阵中的战斗者"。他还在汉字中,首先创造了"她"和"它"字,至今已成了国人行文中的一部分。"五四"之后,刘氏潜心学问,曾与鲁迅兄弟就外国文艺翻译、出版,多有接触,关系甚密。1926年,已从法国获得博士衔的刘半农,发现了章回小说《何典》,印行时便请鲁迅作序。那时鲁迅与周作人已经分手,但他仍与二位保持密切联系。不过鲁迅为人耿直,后来因批评刘氏文章的错误,而使半农颇为不快,后来便近知堂而远鲁迅,和苦雨斋的关系更深了。鲁迅之看不上刘半农,多因其渐生教授派头,

---

① 《故国立北京大学教授刘君墓志》。

"做打油诗,弄烂古文",《新青年》时的朝气不见了。人之得名,很易自满,况博士而教授乎!半农与鲁迅的隔膜,亦可看出钱玄同、周作人与鲁迅分歧的隐痛。鲁迅厌倦士大夫情调,与绅士气渐远,苦雨斋的主客们,多少有一些绅士的毛病。

看刘半农的文章,谈到周作人的地方颇多,也有着一种亲情在里面,那文字,我们在钱玄同、废名的札记里,亦少发现的。1921年5月20日,刘氏在伦敦致信周作人,请其为新编《瓦釜集》作序。文中说:

> 我现在要求你替我做一篇序,但并不是一般出版物上所要求的恭维的序。恭维一件事,在施者是违心,在受者是有愧,究竟何苦!我所要求的,是你的批评;因为我们两人,在做诗上所尝的甘苦,相知得最深,你对于我的诗所下的批评,一定比别人分外确当些……我希望你为友谊的缘故做我的朋友,这是我请你做序的一个条件。①

刘半农在欧洲的时候,与周氏有过信件往来,周氏还把所编的《语丝》赠与他,给过不少的温情。前文所引他收读《语丝》后感激的回信,可知他是一个重视友情的人。鲁迅曾形容他忠厚,给人亲切的一面,那是很高的赞许了。周作人则认为:"他不装假,肯说话,不投机,不怕骂,一方面却是天真烂漫,对

---

① 陈子善编:《刘半农书话》,浙江人民出版社,1998年,第7页。

什么人都无恶意。"对于他的优点,周氏兄弟是看得不错的。

一个忠厚的人,择友时因宽宏大度而受人尊敬,那是自然的了。但我一直觉得他对鲁迅有一些畏,和知堂呢,就没有什么戒心,相处颇好了。刘氏有《记砚兄之称》一文,谈及了与周作人的友情:

> 余与知堂老人每以砚兄相称,不知者或以为儿时同窗友也。其实余二人相识,余已二十七,岂明已三十三。时余穿鱼皮鞋,犹存上海少年滑头气,岂明则蓄浓髭,戴大绒帽,披马夫式大衣,俨然一俄国英雄也。越十年,红胡入关主政,北新封,《语丝》停,李丹忱捕,余与岂明同避菜厂胡同一友人家。小厢三楹,中为膳食所,左为寝室,席地而卧,右为书室,室仅一桌,桌仅一砚。寝,食,相对枯坐而外,低头共砚写文而已,砚兄之称自此始。居停主人不许多友来视,能来者余妻岂明妻而外,仅有徐耀辰兄传递外间消息,日或三四至也。时为民国十六年,以十月二十四日去,越一星期归,今日思之,亦如梦中矣。①

刘半农的散文札记都不太深,文笔亦逊于周氏兄弟。但因为性情无伪,文词直白,读了想见其人的可爱。他的作品诱人者不多,惟《奉答王敬轩先生》一时成为名篇,至今还被人提及。此外《"作

---

① 钟叔河选编:《周作人文选》(1930—1936),广州出版社,1994年,第210页。

揖主义"》《她字问题》《汉语字声实验录提要》略有名气,余者不过尔尔,学问上与艺术上的价值平平,已无多少问津的人了。

曾读过《半农杂文》一册,便印证了鲁迅对他的判断是不错的。记得《忆刘半农君》中,鲁迅就说:"不错,半农确是浅。但他的浅,却如一条清溪,澄澈见底,纵有多少沉渣和腐草,也不掩其大体的清。"《半农杂文》的内容驳杂,见识确如鲁迅所说,似乎缺少分量。他写过新诗、戏剧、散文,点校过古籍、做过文字学的研究。总体成绩一般,后人对他的冷漠不解,确是自然的了。

但周作人对其评价较高,对鲁迅的判断多有不满。《半农纪念》似乎是专为反驳鲁迅的那篇《忆刘半农君》而作,以为鲁夫子贬低辱骂了刘氏,不平之态,跃然纸上。其实在对待友人的时候,鲁迅偏于直,爽快而热情,但对缺点绝不忌讳。周作人则有点温吞,所谓睁一眼闭一眼是也。鲁迅之看人,以精神的纯而真为标准,对世俗中的雅态、地位、名士气不以为然。苦雨斋中的人,教授气过重,对民间的苦痛自然感受不深。鲁迅憎恶刘半农后来的变化,虽然这是朋友式的憎恶,但根柢在思想境界上,存在差异。1933年10月,刘半农在招生阅卷时,发现学生的错别字,便撰文大加嘲讽,教授气味浓浓。鲁迅在几篇文章中提及了此事,以为过矣。鲁迅看人,与知堂不同,是非上毫不含糊,对刘半农"飘飘然生优越之感"殊有反感。其实苦雨斋中人,何尝没有这种"优越感"呢?周作人有时视而不见,为友者讳,那也正证实了与鲁迅的差异。

"鬼谷子"

沈尹默的名字，在知堂日记与文章中，出现的频率很高，是周氏兄弟较为要好的朋友。沈氏最早认识鲁迅，那还是辛亥革命后在杭州，由他的弟弟沈兼士介绍的。沈兼士和周氏兄弟为留学日本时的同学，曾先后随章太炎读书。后来他们都相聚于北京，成了好友。周作人在回忆录中，常谈起过三沈，即沈士远、沈尹默、沈兼士三兄弟。周作人对他们中的老大沈士远印象较好，尹默次之，兼士后来与他来往最多，同在北大授课。但因为沈兼士在抗战后接管北平文教工作，乃得意的差事，而周氏那时锒铛入狱，判然有别，不知为何，对兼士多有微词。惟对尹默态度平和，出狱后还拜见过他，是有一定的交情的。

周作人第一次见到沈尹默是在1917年4月10日，那时沈尹默在北大任教，已颇有些名气。据说陈独秀的去北大，与沈氏有关，乃他鼎力推荐所致。所以后来《新青年》红火的时候，沈尹默也是其中的编委，与周氏兄弟相聚甚多，彼此是熟悉的。沈尹默是新文化运动中重要的人物之一，与鲁迅一直有着较好的关系，对周作人亦有不少的帮助。比如邀请周氏到孔德学校教书，应周氏之请为别人题字等等。从1923年至1929年，沈尹默经常出现在周氏住宅，到了三十年代，他们依然有着较多的交往。沈尹默在《鲁迅生活中的一节》中，曾介绍过八道湾当年的情景："'五四'前后，有一个相当长的时间，每逢元日，八道湾周宅必定有一封信来，邀我去宴集。"周氏兄弟分手后，沈尹默对二人的态度依旧，似乎未受到什么影响。彼此互赠书籍，共同饮宴的次数不可胜计。周作人后来回忆沈氏，每每有一种暖意，也证明了尹默的魅力。

沈尹默是个性情中人，所谓大事不糊涂者正是。1925年，他和鲁迅、周作人等七教授发表宣言，支持女师大学生风潮。1927年李大钊被害时，沈尹默主动保护起李大钊的儿子，想了许多办法。周作人曾形容，沈尹默是他们那个圈子里的"鬼谷子"，关键的时候镇定自若，妙策多多。李大钊儿子在周作人那儿避难，就是沈尹默的主意，后来将其转移外地，也是沈氏之力使然。沈氏曾一度走上仕途，虽引起同仁们的一些非议，但也证明了与苦雨斋诸位在气质上的不同。

沈尹默生于1883年，卒于1971年。早年曾写过白话诗，后致力于书法与旧体诗写作，有《秋明集》《秋明室杂诗》传世。他最初因白话诗而闻名，和刘大白、鲁迅、胡适、周作人等是最早尝试写新诗者。不过他的新诗写得平平，远不及其旧体诗和书法有名。鲁迅和周作人，都挺看重他的书法，1933年，鲁迅和郑振铎合编《北平笺谱》，书的题签就出自沈氏之手，鲁迅对此是满意的。沈尹默还为苦雨斋题了字，一直挂在八道湾的客厅。那字至今还保留在周家后代手里，已成了珍贵的文物。提起苦雨斋，人们自然也要想起这位书法家的。

浏览沈氏的诗作，印象是夫子之作，功底很深，然缺少奇气，所以后来流传不广，远不及他的书法名气大。他的诗很清秀、温和，略带一丝丝感伤，旧文人的情调还是较浓的。那些新诗和周作人、刘半农等人的尝试之作一样，好像刚会走路的孩子，蹒跚而行，有点稚气，但是真实无伪，有透明的感觉。而旧体诗则圆熟、老到，运用自如，自成一调。看他的诗，有时也能感受到"五四"后北京文人的一种状态，其中题赠钱玄同、沈兼士、张凤举、俞平伯、顾颉刚的作品，带有苦雨斋式的情愫，细细品味，也可以想见他与苦雨斋客人们的关系。如《玉楼春·春日寄玄同》写道：

> 年年纵被春情误，莫道春情无着处。海棠开了好题诗，绿柳阴浓听燕语。
>
> 人生自有真情绪，不合空教愁里度。与君俱是眼前人，领取从来无尽趣。①

写给张凤举的《思佳客·共凤举谈赋此》云：

> 心事千般各有因，猜时那有见时真。话言一一传天使，

---

① 《沈尹默诗词集》，书目文献出版社，1983年，第136页。

烦恼重重缚爱神。

情缱绻，意殷勤，年年见惯月华新。语君一事君须会，莫道嫦娥是故人。①

这些作品，都无惊人之语，但那一代人的情调、友谊，隐隐可以感到。在那样一个年代，一些不甘沦为流俗，又有点旧文人习气的人，一旦汇在一起，便有一种深切的感动。我读沈尹默的文字，有时依稀感受到一种平和之气。这平和，大概也正是苦雨斋里的一种色调。倘若将这些人的集子汇于一体，是可以看到彼此的相近之处的。

沈尹默早年留学日本，曾任北大教授、北平大学校长，河北省教育厅长。解放后任中央文史馆副馆长等职。周作人晚年与他还有一点交往，但并不亲近。沈尹默对周氏兄弟，尤其对鲁迅，感念很深。他写怀人的文章，不尚粉饰，文笔平和，从实道来，给人真切的感觉。或许，也正因为如此，周氏兄弟，对他一向敬重。君子之交，其淡如水，沈氏与八道湾主人，就是这样的。

---

① 《沈尹默诗词集》，第129页。

老　友

往来于苦雨斋的还有位人物,现在已不大被人提及了,这就是徐祖正。查周作人二十世纪二十年代日记,徐祖正出现的频率较多,一般常和张凤举共同出现于周宅,且交情不浅。徐祖正,江苏昆山人,字耀辰,生于1895年,逝于1978年。徐氏早年在日本留学,系创造社成员。后又到英国留学,回国后在北京大学等校任教。徐氏最早出现在周宅是1922年9月,系与张凤举结伴。从那时起,徐氏与张凤举成为周家的常客,彼此交流亦深。周作人与鲁迅闹翻后,难言之隐仅张、徐二人知道,但二人缄口不谈,很有君子之风。众人的友谊,一直持续了很长时间。

徐祖正早年曾和郭沫若有过交往,大约都受了浪漫主义的影响,对感伤的、非理性的艺术均有感情。但后来创造社诸人大多偏左,变成左翼中人,而徐祖正却停留于为学术而学术的层面,和周作人等走到了一起,甘愿去做一个落伍的人。他在二十年代颇为活跃,搞过翻译,写过小说,亦有大量文学批评的文章行世。他的文章,大多发表于《晨报副刊》《语丝》《莽原》《骆驼草》等。废名、钱玄同等人,与其亦有交情。他曾为《骆驼草》写过多篇评论文章,理论自成一家,可以视为苦雨斋团体美学观的代表。我看徐祖正的文章,觉得和周作人精神相似,趣味亦在废名、刘半农之间,大有深意。了解苦雨斋里的文人们的美学纲领,大概可以在徐氏那里找到些什么。

徐祖正通晓日、英文,对域外文化思潮别有心解,所以言及中国文化,行文从容,知识厚重,有举重若轻之感。他的文章不及周作人散淡,亦无废名、俞平伯那样秀雅。但言之有物,略带学究之气,读了有平易之感,并无创造社的咄咄逼人之气。鲁迅对徐祖正,并无什么恶感,1927年出版了《坟》的时候,就曾在南方写信给北京的韦素园,嘱其将书转交给徐祖正。并未因其和周作人甚密而拒之千里,可见徐氏还是有些人缘。他曾和鲁迅,共同在同一个杂志里发表文章,其翻译的笔调,颇有文采,并不亚于郭沫若诸人,周氏兄弟对其学识,也是赞叹的吧?

大概是1924年,周作人和徐祖正等人商议,欲办一个纯文艺的杂志,取名为《骆驼》。但直到1926年才正式面世。徐祖正很喜欢"骆驼"称号,连自己的书斋亦起名为"骆驼书屋"。《骆驼》只出了一期,但内容丰富。张凤举、周作人、徐祖正、沈尹默、陶晶孙等都有文章或译作。四年之后,周氏和徐祖正、废名等人又在《骆驼》的基础上,创办了《骆驼草》,共出版了二十六期。徐祖正在杂志上发表了诸多文学理论文章,其理论才华，在苦雨斋圈子里是突出的。比如《对话与独语》《文学上的主张与理论》《文学运动与政治的相关性》《文艺论战》等，是我们研究周作人身边人物艺术观的重要资料。有些文字，仿佛出自周作人之手，思想的接近一看即明。《对话与独语》写到了对时下文艺的看法，那看法和刘半农、废名、俞平伯大抵是一致的，没有受到流行色的暗示，其中有一段话，颇为语重心长：

> 因为文艺界思想界里只有个人。为要能摆脱政治社会的束缚，维护个人主观的尊严，因此才有文艺思想的园地。这里不容许雷同，不须要服从。主唱个人的尊严这里面并不包含对于团体国家的无视。团体国家须要建筑在有健强的判断，有明敏的思索，有丰厚的情感的个体上的。只有文艺可以养成这种个体。在文艺界里也要强凶霸道那是不成的。有实力的作家，有眼力的批评家不会被少数、多数的无知者打倒。冒充招摇之徒也不会长久他的地位。所以在这里没有拥护只有爱好，或赞仰。①

无论是徐祖正，还是周作人，精神的核心之一，就是学术研究，应和政治区分开来，太偏于狭小的主张，大概就有了问题。看徐祖正的批评文字，不像他的小说和翻译文字那么漂亮、艰涩，

---

① 徐祖正：《对话与独语》，载《骆驼草》1926年第2期。

倒显得平易近人,有一点周作人的色调。不过他对文字的把握,有时显得缺乏控制力,远不及周氏、废名那么有趣。后来的文学批评史和小说史都不太提他,也并不是没有原因。

徐祖正的心性是诗人气的。他的小说《兰生弟的日记》悲怆深切,一唱三叹。写一位留日的学生归国前后的恋爱经过,大抵受到了日本私小说和英国浪漫诗学的影响,绝望的、哀苦的调子四下蔓延。作者写青年人的苦楚时,很有些神经质,与郁达夫的某些作品庶几近之。可惜此书后来未得再版,文学史家亦很少提及,遂不被世人所知。徐祖正后来一直从事教学工作,创作的东西不多。1957年,在北大被打成右派,也过了一段苦难的日子。三十年代,他和周作人过从甚密;四十年代,周氏入狱后,他和俞平伯还奔走呼救过,旧情依然;五十年代,二人均陷苦海,还有精神的交往么?因为材料稀少,不得而知。想必彼此都有深深的苦涩。倘若那时二人相遇,大概也只能彼此摇头,默默不语吧?近读周作人晚年日记,偶能看到徐氏的名字,两人还偶有见面。但谈些什么,均难知道,细细一想,他们的心境,定然不同于四十年前了。

同路者

无论在学术史上还是文学史上，沈兼士的名气都不大。因了周氏兄弟的缘故，人们时常还提到他。鲁迅、周作人的日记关于他的记载很多。沈氏生于1885年，卒于1947年，与周氏兄弟算是同学。据说他留日的时候曾加入过同盟会，但后来长期在教育界工作，从事文字学研究。著有《右文说在训诂学上之沿革及其推测》《段砚斋杂文》等。他也写过新诗，然而成就平平，未被外人看重，现代文学史对他大多是一字不提的。

八道湾最初的聚会，他每每是参加的。与周氏兄弟的关系很近。1925年的女师大风潮，沈氏与周氏兄弟站在一起，都是学生的支持者，还在《对于北京女子师范大学风潮宣言》上签了名，一时名噪京城。1926年，他去了厦门大学，仅待了一段时间又返回北京。在厦大的时候，他和鲁迅一同共事过，彼此相处不错。《两地书》中，有许多关于沈氏的描述，可以看到他的忠厚一面。不过那时候，沈兼士和周作人周围的人亦好，顾颉刚就是他所邀来，引起了鲁迅不快，称其"如此模胡"。

总体的看，鲁迅笔下的兼士，和沈尹默等人一样，有敦厚之相。沈氏在厦大对鲁迅有过许多关怀。鲁迅致许广平的信中就说："我前回辞国学院研究教授而又中止者，因怕兼士与玉堂觉得为难也。"

沈兼士从厦大返归北京后，曾任辅仁大学文学院院长。直到抗战前，仍与苦雨斋主人有着交往。1932年，沈氏在辅仁大学主持文学院工作的时候，曾邀请周作人去那儿演讲，共去了八次，那些演讲被邓广铭记录下来，后来以《中国新文学的源流》的书名，由北平人文书店印行，在社会上引起不小的轰动。在《中国新文学的源流》一书的小引中，周氏说：

> 本年三四月间沈兼士先生来叫我到辅仁大学去讲演。说话本来非我所长，况且又是学术讲演的性质，更使我觉得为难，但是沈先生是我十多年的老朋友，实在也不好推辞……①

周氏说沈兼士是他"十多年的老朋友"，不是夸大之词。查周作人日记，有关沈氏的记载颇多，是苦雨斋里重要的客人。很长一段时间，是把他视为同道的。沈兼士那时和周氏兄弟保持着相同的距离，并不像钱玄同、刘半农、废名那样过分亲密周二先生。鲁迅1929年5月和1932年11月两次返北京，沈兼士都亲自探望，并邀其到辅仁大学演讲。鲁迅在致许广平的信

---

① 《苦雨斋序跋文·中国新文学的源流序》。

中曾说：

> 南北统一后，"正人君子"们树倒猢狲散，离开北平，而他们的衣钵却没有带走，被先前和他们战斗的有些人拾去了。未改其原来面目者，据我所见，殆惟幼渔兼士而已。①

另一封信则云：

> 我到此后，紫佩，静农，寄野，建功，兼士，幼渔，皆待我甚好，这种老朋友的态度，在上海势利之邦是看不见的。②

总体来说，沈氏还属于京派文人，重视学术，轻创作，对历史学与文字学，多有心得。他喜欢鲁迅的峻急，也欣赏周作人的闲适平淡。1934年，周作人发表了五十自寿诗后，唱和的也有沈兼士。那诗也步周氏的原韵，写道：

> 错被人呼小学家，莫教俗字写袈裟。
> 有山姓氏讹成魏，无虫人称本是蛇。
> 端透而今变知澈，鱼模自古属歌麻。
> 眼前一例君须记，茶苦由来即苦荼。

---

① 《鲁迅全集》第十一卷，第313页。
② 《鲁迅全集》第十二卷，第123页。

这诗发表之后，受到一些激进青年的嘲讽。周作人的友人胡适、蔡元培、钱玄同等，都因与周氏应唱而遭讥刺。京派文人治学之余，亦偶有笔墨游戏之娱，水平虽有高下，而心境大抵相近。在无聊的时代，写一点反讽自嘲的文字，也算生活的一种点缀。苦雨斋的这种无奈中的反讽、自娱，为一般青年所难理解的。

周作人的学术活动中，沈兼士是个参与者，他们常在一起聚会、谈天，彼此是了解的。1925年9月，中日教育会成立，周作人是会长，沈兼士则被选为中日学院院长。1926年6月，他们一起接待过苏联诗人毕力涅克。1932年5月，周作人在苦雨斋设宴招待章太炎，沈兼士亦在座相陪。次年4月，他们还一同发起了为李大钊举行公葬募捐活动。但是在日伪时期，周氏担任伪职后，沈兼士则与其渐渐疏远，成了抗日的一员。据葛信益回忆，他与英千里、张怀等人组织了"炎社"，以顾炎武的"炎"为隐喻，表达抗争之意。1942年底，日本军人忽然包围了沈宅，欲逮捕他和家人未果，错将顾随等人囚住。沈兼士逃离北平之后，对周作人颇为痛心，曾将对周氏的失望告之林语堂。林语堂在《记周氏弟兄》中写道：

> 民国三十二年冬我回国，在西安遇见沈兼士，约同登华山。……在华山的路上，跟我谈周作人在北平做日本御用的教育长官。他说我们的青年给日本人关在北大沙滩大楼，夜半挨打号哭之声，惨不忍闻，而作人竟装痴作聋，视若无睹。

兼士说到流泪。①

这一段追忆之文，含着悲怆之气。一对友人，就这样各自东西，成了两条路上的人。日本投降后，沈兼士以国民党教育部平津区教育善后复员特派员身份，从事沦陷区教育界"甄审"工作。周作人入狱后，每每想到沈兼士，便有痛恨之感。看他晚年的文章，写至沈氏时，对这位当年的同路者，恨恨然于纸上，已毫无友情可言了。

沈兼士在1947年8月2日因脑溢血病故于北平。其兄沈尹默曾有旧诗为之悲哭，文字颇为凄冷。学术界对他也一片感怀。死前，他还为八道湾遗产找过律师，力求保住属于鲁迅和周建人的房产，因为那时八道湾的住所已被没收。这是沈氏为周家做的最后一件事，周作人后来从不提及于此，大概是不愿意联想些什么吧。

---

① 林太乙编：《语堂文选》（上），时代文艺出版社，1995年，第123页。

聪明人

张凤举第一次出现在周作人面前,是 1921 年 8 月 26 日。那天周作人还在西山养病,是日的日记道:

> 晴。上午信子来。士远、尹默偕张凤举(黄)来访。①

这一次见面,使八道湾后来又多了一位友人。周作人的兴奋,可想而知。张凤举之结识周氏兄弟,系沈尹默的介绍。那一年 8 月 23 日,沈尹默将张凤举引到鲁迅面前,给鲁迅留下了很好的印象。三天后,鲁迅写信给西山上的二弟云:

> 前天沈尹默绍介张黄,即做《浮世绘》的,此人非常之好,神经分明,听说他要上山来,不知来过否?②

---

① 《周作人日记》(影印本),大象出版社,1996 年,第 197 页。
② 《鲁迅全集》第十一卷,第 391 页。

张凤举生于1895年,江西南昌人,名黄,字凤举,又字定璜。他曾留学过日本,颇有艺术修养。1921年从日本回国,即在北大等地谋到职位,而走进周氏兄弟的世界,对他亦是快事。大约在1925年底,曾和鲁迅轮流编过《国民新报副刊》乙刊,彼此颇为了解。张氏在1925年曾写过一篇《鲁迅先生》,可谓灼见多多的名篇,至今常被世人引用:

> 鲁迅先生站在路旁边,看见我们男男女女在大街上来去,高的矮的,老的小的,肥的瘦的,笑的哭的,一大群在那里蠢动。从我们的眼睛,面貌,举动上,从我们的全身上,他看出我们的冥顽,卑劣,丑恶和饥饿。饥饿!在他面前经过的有一个不是饿的慌的人么?任凭你拉着他的手,给他说你正在救国,或正在向民众去,或正在鼓吹男女平权,或正在提倡人道主义,或正在作这样那样,你就说了半天也白费。他不信你。他至少是不理你,至多,从他那枝小烟卷儿的后面他冷静地朝着你的左腹部望你一眼,也懒得告诉你他是学过医的,而且知道你的也是和一般人的一样,胃病。鲁迅先生的医学究竟学到了怎样一个境地,曾经过解剖室没有,我们不得而知,但我们知道他有三个特色,那也是老于手术富于经验的医生的特色,第一个,冷静,第二个,还是冷静,第三个,还是冷静。你别想去恐吓他,蒙蔽他。不等到你开嘴说话,他的尖锐的眼光已经教你明白了他知道你也许比你

自己知道的还更清楚。①

读张氏的文章，一是觉得艺术感觉颇好，是深明文学的人；二是了解域外的艺术，看问题较为犀利，不似一些学人那么人云亦云。二十年代中期，张凤举与周氏兄弟一直站在一起，审美观与价值观，多有重合之处。《语丝》创刊的初期，张氏就写过文章多篇，有随笔、戏剧、日本与英国的作家译作，思想是活跃的。不过，后来他偏于翻译，文章少见，不知什么缘故。《语丝》初期，张凤举很见风骨，他讽刺旧学，痛斥复古者，勇气可嘉。"三一八"惨案发生。张凤举第一个在《语丝》上发表文章，怒斥当局，真真有英雄之气。他因此而受到通缉，成了持不同政见的人。很长一段时间，周氏兄弟，是将他引为同道的。他们相聚之多，一时难以细计。

张凤举对周氏兄弟，评价很高，但在情感上，和周作人更为接近。1924年6月11日（那时鲁迅已与周作人分手了），鲁迅回八道湾取书，兄弟间发生冲突，周作人夫妇叫来了张凤举、徐耀辰，"欲借外力以抗拒"，被鲁迅"辞却"。是日鲁迅日记云：

> 下午往八道湾宅取书及什器，比进西厢，启孟及其妻突出骂詈殴打，又以电话招重久及张凤举、徐耀辰来，其妻向之述我罪状，多秽语，凡捏造未圆处，则启孟救正之，然终

---

① 1925年1月《现代评论》。

取书、器而出。①

对于鲁迅与周作人冲突,以及二人矛盾的原因,张凤举是极少数知情者,但他很遵君子之道,未对外人详细道及。鲁迅搬出八道湾的那几年京城生活中,张凤举一直是来往较多的友人。他们除了共同编报外,还多论及域外的文学。张氏就赠给过鲁迅西洋图书,以及外国文学家照相,这些深得鲁迅喜爱。鲁夫子南下前,张凤举和马幼渔、沈尹默在德国饭店为其饯行,友谊还是不浅的。那个时候,张氏与周作人也保持着密切关系。周作人1921年底到1929年10月的日记,张凤举的名字频繁出现,仅次于钱玄同。比如他们一同讨论日本文学,1922年7月16日一同发表《关于北京大学新设的日本文学》,对创立日本文化研究,做了奠基性的工作。1923年,受北大委派,二人与日本公使馆商谈过日本退还庚子赔款的使用问题。那时北京大学的中日文化交流,他们出力甚多,彼此的合作,心情是愉快的。此后二人要么一同和日本学人聚于北大,要么同力合编介绍日本文化的词典,往来之频,超过许多友人。周作人有时还与羽太信子,到张宅看望,彼此的感情,用"很好"一词来形容,当是确实的。

张凤举后来去了法国,然而他们之间的信件往来,依然很多。查1930年至1934年周作人日记,二人通信频繁,且彼此

---

① 《鲁迅全集》第十四卷,第501页。

寄赠物品。在苦雨斋主人心里,张氏依然是个难以舍去的朋友。不过尽管如此,周作人的文章,很少念及张凤举,对其评价,几乎没有,连后来的回忆录,也鲜见他的名字。张氏去了法国之后,做了些什么,至今不详。惟北京档案馆,在张凤举条目下,有"汉奸"字眼,那么说,四十年代初,他也与日伪政权关系非凡。但具体情况,知道的人就寥若晨星了。

翻阅《语丝》杂志,看二十年代初他的文章,我以为是好的,是个聪明之人。他翻译的波德莱尔的散文诗,很是漂亮,鲁迅也由此,受到些影响吧?他和鲁迅,在《莽原》第七、八期的罗曼·罗兰专号上,共同发表各自的译作,对引介域外文学,用力颇勤。视野较之同代人,较为开阔。有意思的是,他的杂感,批判意识较强,那篇《答问》,批驳日本西木省三对中国新文化的攻击,口气颇像周氏兄弟。八道湾的主人们喜欢张氏,看来不是没有原因。

周氏兄弟与陈西滢论战时,张凤举从中传话,揭露过陈氏的丑行。周作人还将其写入文章。但当陈氏让周氏拿出证据时,张凤举又不敢对证,遂被后人所讥笑,以为有"小人"之态。但周氏兄弟并未追究于此,还以老友视之,也可见对他的宽容。

弟子之一

白话文出现不久,八股的痕迹渐出,于是文体家们大有警觉,在行文上开始讲究了。受周氏影响,废名的写作,自始至终本于性情,力戒流行术语的污染,其作品诙诡谲怪,生涩而有韵味。查周作人日记,废名是去八道湾较多的人之一,受到苦雨翁的影响自不必言。废名原名冯文炳,字蕴仲,1901年11月生于湖北黄梅县。1922年进北大预科,后到该校英文系读书,他们的相识,当在1924年之后。关于废名,传说很多,然资料甚少,惟张中行那篇《废名》一文,给人印象很深,谈其状貌云:

> 他身材高大,确如苦雨斋所形容,"貌奇古,其额如螳螂,声音苍哑","眉棱骨奇高,是最特别处。"——这是外貌,其实最特别处还是心理状态。他最认真,最自信,因为认真,所以想彻悟,就是任何事物都想明其究竟,又因为自信,所以总认为自己已经明其究竟,凡是与自己所思不合

者必是错误。①

废名相貌与文章均怪，然为人乃古道热肠，对苦雨翁颇为敬重。他们走到一起，更多的是文化信念使然，为人与为文，有同道之感。废名一生，写的作品不多，然而他重要的小说集，周作人都写过序言，且评价甚高。1925年，他的第一本小说集《竹林的故事》问世时，周氏就称其作风"平淡朴讷"，是寂寞中的亮点。此后多年，废名每有小说集出来，周氏大抵都一一细读，写的品评之文，就有多篇。现代作家中，受周氏如此青睐者，不是很多。

废名的创作，思路上有意无意走着周作人的道路。散文且不说了，仅小说而言，无论短篇小说集《竹林的故事》《桃园》《枣》，还是长篇大作《桥》《莫须有先生传》，格调清癯高远，岑寂里流着人性的暖意。1939年初，当周氏苦住北平的时候，忽念及远方的废名，夜间重翻《桥》，写下如下的话来：

> 昨夜拿出废名的《桥》来读，看到十八节目《碑》，上篇就完了。不知怎的有点怅然，似乎是觉得缺少什么似的，还不大够。废名在自序中也说过，"本来上篇在原来的计划还有三分之一没有写，因为我写到《碑》就跳过去写下篇了，以为留下那一部分将来再补写，现在则似乎就补不成。"这

---

① 《张中行作品集》第六卷《横议集 月旦集 说书集》，中国社会科学出版社，1997年，第320页。

> 里缺了一部分本来也没有多大关系,而且著者也说过补不成了,但缺少总是缺少,仍是不禁怅然。这册《桥》我是读过一回的,到现在才明了的感觉这缺少的惆怅,可知是不无些少长进,这一岁也还不算白增加。《桥》的文章仿佛是一首一首温李的诗,又像是一幅一幅淡彩的白描画,诗不大懂,画是喜看的,只是恨册页太少一点,虽然这贪多难免有点孩子气,必将为真会诗画的人所笑。可是我所最爱的也是《桥》里的儿童,上下篇同样的有些仙境的,非人间的空气,而上篇觉得尤为可爱,至于下篇突然隔了十年的光阴,我似乎有点一脚跳不过去……①

周氏的感觉恰到位置,废名的精魂被其一语道破,也有会心一笑的地方。废名写文,常常绕过时尚,大题材、大场面从未有过。他只写己身的经历,思想与审美,由彻骨的体验来,没有硬造的痕迹,那正是周氏多年推崇的。追随周氏的学生,在为文之道上,得了真传者,惟废名一人。俞平伯缺少才气,撰文有堆砌之弊;沈启无行文虽像知堂,然而有形无神,终有效颦的痕迹。废名在身心深处,是耐得寂寞之人,因为懂得外文,了解英法文学,所以作品无古人的老气;又因为性情上趋"公安""竟陵"而远"唐宋八大家",对载道派殊有恶感,其创作便走上了"文体简洁或奇僻生辣"之路。废名的作品,是只有

---

① 《书房一角·桥》。

远离喧嚣之地者才能写出的,它的静谧、冲荡而致远,一般俗人,是写不出的。

观废名的小说,像散文一般,既无章回体的气息,又无外国小说的形式。长篇作品《桥》,随意而谈,不求章法,仿佛多篇散文的连缀,然而奇思迭出,那种空濛清澈之调,读来为之一悦。《莫须有先生传》,写人状物,幽默奇崛,反讽与隐喻之气,有现代主义之风。周作人对此书别有爱好,评价说:

> 人人多说《莫须有先生》难懂,有人来问我,我所懂未必多于别人,待去转问著者,最好的说法都已写在纸上,问就是不问。然而我实在很喜欢《莫须有先生传》。读《莫须有先生》,好像小时候来私塾背书,背到"蒹葭苍苍",忽然停顿了,无论怎么左右频摇其身,总是不出来,这时先生的戒方夯地一声,"白露为霜"!这一下子书就痛快地背出来了。蒹葭苍苍之下未必一定应该白露为霜,但在此地却又正是非白露为霜不可,想不出,待得打出,虽然打,却知道了这相连两句,仿佛有机似地生成的,这乃是老学之一得,异于蒙学之一吓者也。《莫须有先生》的文章的好处,似乎可以旧式批语评之曰,情生文,文生情。这好像是一道流水,大约总是向东去朝宗于海,他流过的地方,凡有什么汉港湾曲,总得灌注潆洄一番,有什么岩石水草,总要披拂抚弄一下子才再往前去,这都不是他的行程的主脑,但除去了这些

也就别无行程了。①

废名的第一知音，乃是其师，这在现代史上，可谓是佳话。周氏的文学之梦和文化之梦，能化成形态的，仅废名而已，而苦雨斋文人能和左翼文学及海派文人相抗争者，也惟此二人。读周作人和废名，是可以感到他们的神似的。

废名的文体是逆俗的，他执教于大学，偏偏没有教授腔；活跃于文坛，又不和主流话语汇合，而像个道人，躲在深山里，遥看人间，说几句"仙境"似的话。文章呢，又三魂渺渺，七魄荡荡，常有些怪论。这怪论有时颇像知堂，有些句式，仿佛从老师那里化过来，读了让人感动。如写儿童的心理，讲"人之所以异于禽兽者几希"，谈山中岁月与城中人的生活之不同，都是咀嚼过周氏思想后的独思，给读者的惊喜是深的。许多年过去，左右翼文学巨子的文章，渐被世人遗忘，而废名一类边缘人的短文片语，依然鲜活有味，说起来是颇值一思的。他的超常性与深邃性，已穿过了时间的隧道，给文学史以有趣的话题。那一代文人的独创性，长期以来，似乎被热闹的景观遮掩了。

---

① 《苦雨斋序跋文·莫须有先生传序》。

弟子之二

民国初,搞民俗研究的人,多少是有过留洋经历的,"民俗学"这一概念,系周作人从日文中引入,它的英文为Folklore,有人曾将其译为"谣俗学",有人则译为"民情学",说法略有区别。后来人们统一于周氏输来的概念,这一学科也就渐被学界看重了。谈及民俗学的发展,有两个人颇值得关注,一是周作人,一是江绍原。我多年前曾看过二人的通信和著作,很感兴趣。无论从文学的角度,还是从文化人类学的方面看,那些文字,确非凡俗可以为之。

江绍原系周作人的四大弟子之一。他生于1898年,安徽人,曾就读于北京大学、芝加哥大学、依林诺大学,哲学博士。回国后,一度执教于北大,与鲁迅、周作人等共同参与《语丝》的工作,其学术文章,大多发表于《语丝》上,颇引人注意。江绍原在美国学的是比较宗教学,但看他一生的文章,却无形而上的意味,单纯朴实,别有一番境地。他那时和胡适、鲁迅、周作人的关系均好,然尤亲近于周作人。在苦雨斋里,一度时间,除废名、俞平伯、沈启无外,他大概是往来最多的人物。看他们的日记、书信,依稀可以嗅出其间的情趣,江绍原一些思想的闪光,与这些人的碰撞,不无关系。

周作人与江绍原的结识,是在北大校园里。有一次下课后,江氏走来,向周作人询问日本的俗歌"都都逸",引起周作人的注意。因为那时北大的青年,大约是不在意民俗一类的东西的。江绍原却颇为留心。后来两人频繁往来,互赠书籍,仅1925年至1936年间,周作人致江氏的信件就达110封之多,而江绍原的信件也有相近的数目,这些信件,大多是讨论民俗的,间或言及时风与学风,颇可一读。我以为了解"五四"前后的学术背景,知识群落复杂的联系,不可不去读它。

江绍原一生著述不多。1920年7月,上海中华书局出版了他的《乔答摩底死》,由胡适作序,引起过学界注意。后来出版过《发须爪》《中国古代旅行之研究》《中国礼俗迷信》等,还译过宗教学与民俗学的专著多本。在诸多书中,《发须爪》是本重要的著作,可谓中国民俗研究的一大收获。江氏在书中从生民的习俗里,看国人的心理,对迷信、落后的起源,殊多考订之笔。1928年该书问世时,曾有周作人的序言,文中对江氏多有褒奖:

> 绍原学了宗教学,并不信那一种宗教,虽然有些人颇以为奇(他们以为宗教学者即教徒),其实正是当然的,而且因此也使他更适宜于做研究礼教的工作,得到公平的结论。

绍原的文章，又是大家知道的，不知怎地能够把谨严与游戏混和得那样好，另有一种独特的风致，拿来讨论学术上的问题，不觉得一点沉闷。因为这些缘故，我相信绍原的研究论文的刊发一定是很成功的。有人对于古史表示怀疑，给予中国学界以好些激刺，绍原的书当有更大的影响：因为我觉得绍原的研究于阐明好些中国礼教之迷信的起源，有益于学术以外，还能给予青年一种重大的暗示，养成明白的头脑，以反抗现代的复古的反动，有更为实际的功用。我以前曾劝告青年可以拿一本文法或几何与爱人共读，作为暑假的消遣，现在同样的毫不踌躇地加添这一小本关于发须爪的迷信——礼教之研究的第一卷，作为青年必读书之一，依照了我个人的嗜好。①

周作人这里说的不是假话。读江绍原的文章，可看出他激进的一面，例如骂中医，骂京剧，那冲动并不亚于胡适诸人。他的思想大致可说是"西化"的，然而又厌恶政治，这一点和苦雨斋主人略微相似，有时亦或心心相印。二十世纪二三十年代，疏离政治而潜心治学，在大学里尚存土壤，而那时一些学术成就，也多是在这样的圈子里形成的。

比之于鲁迅的《中国小说史略》、胡适的《白话文学史》、顾颉刚的《古史辨》，江绍原的著述属于小桥流水，没有轰动

---

① 《谈龙集·发须爪序》。

效应的。然而周作人却觉得，从衣食住行乃至风气之中研究国民，亦非小事，学术研究的安于小，有时未尝不能振聋发聩。《发须爪》中的文章单篇问世时，周作人、胡适、俞平伯、沈兼士诸人，就颇为兴奋，以为是文化研究的新天地。江绍原的治学，非从形而上入手探赜学理，而是在生活的细处，讨论问题。他颇为看重原始思维，对古老民风中长恒的东西多加留意。在学术理念上，他大约算是疑古派，这与钱玄同、顾颉刚相近；但在研究的方法上，却走着一条历史的—心理学的—批评的方法的道路。这条路的根本点，用他的话说是："第一，解放现时不合理、不正当、无意识的尊崇古人；第二，遏止以后新发展出来的不合理、不正当、无意识的尊崇；第三，诱掖人用批评的眼光，独立直接去研究古人。"这个看法，胡适、鲁迅、周作人都有过。不过他们的影响过大，以至于江绍原的述说，被遮掩了。

从晚清到民国，学人研究文史，方法各有不同。王国维注重出土文物、史料学与金石学；章太炎则从朴学与玄学入手阐释原本；顾颉刚受到钱玄同、胡适影响，走疑古的路；周氏兄弟则在野史之中寻找汉民族思想的原型。路虽不同，但大多殊途同归，对中华文明的透视，比先前明了多了。周作人自己就觉得，他和江绍原，虽学术背景迥异，但兴趣与目的，庶几近之。比如周氏是因了安特路朗的人类学派的观点，而走进社会人类学，而江氏则在美国摩耳等人的宗教学基础上，切入到礼俗的研究中。江绍原谈宗教与民俗，背后有着科学的理性，那态度让人想起罗素之于基督教传统，批判与冷视，代替了迷信与狂热，对学术和人生而言，均是益事。宗教和民俗，其实与信仰及集体无意识，多有关联。江绍原在《血与天癸：关于它们的迷信言行》《吐沫》《"盟"与"诅"》诸文，揭示了原始民风中"假知识""糊涂心思"对人的思维的影响，那也是迷信产生的原由之一。读这类文字，忽让人觉得，"五四"前后的知识分子，在精神走向上，曾那样的相近。类似的观点，在鲁迅、周作人、钱玄同那里，不是时常可见？

研究宗教与民俗学，在江绍原那个时代，并不容易。他的好友钟敬文，因为编辑的《吴歌集》含有"猥亵语"，竟被戴季陶停职，学术与道学的对立，可见一斑。而那时说宗教的坏话，引进西方宗教研究的书，亦非易事。其一是读者过少，难觅知音；其二呢，中国人的宗教感，比较模糊，倒是儒家意识，在民间颇有市场。鲁迅就劝他，少译宗教书，多译文学书，以文学导入新意识，比从学术到学术，影响更大。但他因性情的原因，并未放弃专业，反而在寂寞的路上默默地走着，淡泊的生活，伴随了他一生。

我以为江绍原的贡献，在于把不登大雅之堂的现象，纳入了学术殿堂。他关于吐沫、精液、血与月经的研究，都是令人耳目一新的。这些研究，均非士大夫式的趣味使然，而是带有较强的忧患感，说是对国民陋俗的批判，也是对的。不过周作人对民俗的态度，和江氏略有些区别。他固然看重乡土、民俗、鬼神中的负面研究，以为那里蒙昧很多，但有时又能从审美的视角，反身自问，觉得其间也不乏人性的意义。胡适、江绍原诸人，在那时是崇仰科学的，惟科学主义，排斥民间旧俗，对启蒙者而言，意义重大。但又因为忽略民俗中的人文含量，有时就显得视角单一。周作人大约很早就意识到了此点，他在主张对旧文明的清算的同时，偶也从审美的方面观顾旧俗，从中也看出有趣的东西。例如谈爆竹、花煞、乌篷船等，都能体味到美的存在，把民俗中的优劣，分得很清。与周作人的人文趣味相比，江绍原显得有些偏执，价值态度决然得很，没有温吞的地方。他对复古主义、保守派，很有微词。1928年，他看到陈寅恪悼念王国维的文章后，在致周作人信中说"似有尊王气息"，贬意是一看就知的。那一年与周作人交谈中，多言及中医的非科学性，态度不亚于狂傲的钱玄同。

10月8日的信件云：

> 日前在医院遇见陈万里，他说整理中国医学为今日当务之急，以前中医反对西医和西医反对中医"都是错的"。但我仍以为打倒中医是第一件事，打倒后再整理不迟。[①]

次年2月26日致周作人信又云：

> 有人自动愿意给我装一个无线电收音机，但我因所能收得的不外乎梅兰芳唱的天女散花，黎明晖小妹妹的毛毛雨，

[①] 张挺、江小蕙笺注：《周作人早年佚简笺注》，第362页。

浙江诸伟人的反赤演说，和女同志用假官话广播的省务会议报告——所以情愿不装。①

二三十年代的一些知识分子，在内心深处厌烦旧的传统，非有意作戏，乃信念使然。中国之有"五四"，有新文化，非三两个英雄的谋划，而是知识界风气聚集的结果。因为了解了西洋的文明，又以学术研究为依托，激进思潮才有了园地。苦雨斋中的许多人，如钱玄同、刘半农，都有这一特点。周作人周围的人，既不像陈寅恪一类人物那么遗民气，又非胡适那样时尚气，他们常常是寡于行，笃于学。在学术里自塑己身，恩怨宠辱，置于思想建构之外，若说为学术而学术，这些人是有一点的。

以学术的建构而培育思想的基地，是周作人、江绍原等人的梦想。改造社会，固然需要斗士，但他们觉得，那样的斗士也需经过了理性的熏陶，才能成为真人。中国社会的变迁，先前大多为流寇、暴民所为，所谓"拳匪"之乱者正是。鲁迅与周作人，都谈过寇盗的破坏和奴才的破坏，拯救不了世界，倒是让人走进旧的轮回。反传统要有反传统的资本——只有从地狱中走过，还远远不够，倘能呼吸过新的空气，知道别一世界的别一思想，那结果往往是不同的。"五四"那代人，在炮轰旧的营垒时，何尝没建筑过自己的大厦？胡适的新诗，鲁迅的

---

① 张挺、江小蕙笺注：《周作人早年佚简笺注》，第387页。

白话小说,周作人的小品,都非旧文学可以催生。他们"拿来"了尼采,"拿来"了杜威,"拿来"了蔼理斯,文学才有了新风尚。江绍原正是在这一背景上,成了民俗学研究的拓荒人之一。而他的身上,也印有胡适、周氏兄弟的诸多印迹。

王瑶先生谈及江绍原时,以为和周作人有诸多共同点。一是在研究目标上多有交叉,二是审美的态度上比较接近,比如爱玩一点游戏笔墨,于"杂糅中见调和"。其实江氏是个理性派的人物,他的艺术感觉平平,文字和另几位友人废名、俞平伯比,略逊一筹。不过他之讨论问题,以苦功夫见长,决无才子式的洒脱。他研究古代人的旅行,多借助友人的力量,从周作人那儿借来弗雷泽的《金枝》,从沈尹默那里得到"推毂之力",还从法文专家范任先生和铎尔孟先生那里受到启发。因了广泛求助,又孜孜以求,所以文章透彻,多有新意。我们如今翻看它,仍可感到精神的刺激。

宗教学与民俗学研究,要有新的发现,非有多重的知识背景不可。江绍原仅从单一学科的视点出发,兴趣不及周作人那么广泛,所以文章亦不免单薄枯瘦。他在谈到此点时,亦深觉遗憾,也苦于见识有限。在那个时代,给他慰藉的,仅苦雨斋的友人而已。二十年代初,他往来于北大与苦雨斋之间,从周作人和诸位友人那里获得信息多多,自认是受益匪浅。江氏和沈尹默、沈兼士、废名、俞平伯等切磋学业时留下的佳话,一时难以备述。我们看他的论文集,分明可以感受到这一点。那个沙龙里,当年诞生了中国许多学术思想,一些学科的萌芽,最初与其颇有关联。如汉字改革、拉丁化、古希腊研究、日本研究、性心理研究、儿童研究、女性研究，等等。说江绍原的成就，是在这个氛围里形成的，有时想想，也不为过。如细细梳理他和同代人的关系，当可发现现代学术史的一个链条。而这个链条，相当长的时间，在我们的学界中断了。

弟子之三

我曾说过，苦雨斋的人们，有时是讲师生的承传关系的，虽彼此间亦有兄弟之称，但在根柢上，大约还存有旧式师徒的痕迹。我们看俞平伯致周作人的九十余封信，便可知彼此之间的界限。俞氏每每写信，落款多是"平伯敬上""学生平伯上""学生平伯""弟子庆拜"等。读起来有明清文人气。新思想，旧话语，对他们而言，这个特殊的表述空间，恰有自己的审美趣味在。

考周作人与俞平伯的交往，能窥见苦雨斋的某种文化脉息，他们的性情、人格、美学境界，于此均可看出一斑的。俞平伯1900年1月8日生于苏州，原籍浙江省德清县。曾祖父俞樾，号曲园，乃晚清大学者，系章太炎的老师。1915年，考入北京大学文科国学门，听过胡适、周作人等人的课，可谓新式的学子。俞平伯第一次出现在苦雨斋的客厅里，是1921年春，那时他已从北大毕业了。初期的交往，不过泛泛而谈，大约自己还拘谨得很，对周氏的情况也知之甚少。如1923年

8月，周作人与鲁迅已决裂了，而俞平伯仍求周氏借鲁迅的小说史讲义，后无果，只得亲去鲁迅处借得，并告之周氏，那憨态想必都引起了周氏兄弟共同的好感吧。鲁迅后来编《中国新文学大系·小说二集》，就收过俞氏的《花匠》，并未因其亲近八道湾而忘记他。按俞平伯的性格与学识，和鲁迅可谈者不多，偏于周作人是很自然的。俞平伯喜欢周氏，一是其学识的渊博，无论国学还是西学，均在别人之上；二是为人平和，有儒雅之风。他每在苦雨斋里，常有归宿之感，说那里是其精神的乐园，也不为过。从1921年至1938年，他在北京的时候，每月总要去周宅数次，平均五六天一聚的。如三十年代日记中，多有"进城谒苦雨斋"字样，所叙相聚之乐，非外人可知的。看他们的通信，谈学问处多，决无时政、意识形态的字眼，心绪大多浴于书斋之中。试看1929年8月6日俞氏的信件：

岂明吾师：

　　连日苦雨，方拟作书问询苦雨斋主无恙，连奉两书，欣承一一。文稿得读，如此枯窘之题居然挥洒成文，敬佩！弟子则殆将敬谢不敏矣。已送易君处，并附一笺，述交白卷事，特未必允辞耳。奈何？我对于女院资格关系更浅，题之枯窘致甚，是以为难，勉强为之恐成滥调。

　　承问诗兴，惶恐，惶恐。诗之为物早已送归姥姥家矣，何时归宁良不可知。拟作小文入《忆》中（拟改版），亦未着手，总之虚度永日，彼此同之。

今日放晴，似可免为鱼之叹；再晴数日，亦将奉访高斋也。新镌一"古槐书屋"银章，已就，尚未去取。其地方则先生久知之矣，乃张公也。

平伯敬上①

周作人致俞平伯的信件，亦多士大夫气，所谈内容，多读书得间之趣，有时略讽喻世人，很得古书之妙，悟道之深，常引起学生们的感叹。如1933年3月18日致俞平伯的信，就很能看出那种宁静心绪中的思想颤动，读了也颇有趣味的。

平伯道兄：

昨在路旁小店买得一部书，虽系光绪年刊，有新印本可得而殊不易得，何也，盖出家戒律例不许白衣沙弥买也。此名《四分戒本如释》，明末弘赞上人所著，共十二卷，敝庵已有一部，故拟将新得者奉赠，其设想引文均妙，白文及注亦都是一样的有意思，在吾侪"相似比丘"或更属有缘，虽然照律不许未受戒人先看，但此一点在今日只可通融了，因为出家者未必守。那么还不如给在家者看看倒有点好处亦未可知耳，今天又是礼拜六了，想玄公当进城说法也欤。匆匆。

三月十八日下午　知堂白②

---

① 《周作人俞平伯往来通信集》，上海译文出版社，2014年，第111页。
② 《周作人俞平伯往来通信集》，第215页。

俞氏一生，交往的朋友不多。惟对朱自清、陈寅恪、叶圣陶、顾颉刚等，很有感情。然而比之周氏，上述诸人，均略逊一等。以陈寅恪为例，二人关系较为密切，然而俞氏对他似从未仰视，对其敬佩之余，亦有微词。然而周作人的文章，却让他为之倾倒，在他看来，不仅新颖可信，且又洒脱亲和，若说新文化精神，胡适也略有不及之处。苦雨斋像一座学识之库，众人是愿意承受它的恩泽的。

周氏后来附逆，落得不好的声名。俞平伯却对其仍有爱意。晚年致函邓云乡时，偶谈知堂学问，不免感慨万千，其间是有一种挚意的。记得周氏入狱受审前后，俞平伯曾致信胡适，请其出来说情，语气之真，让人感动。若说师生之谊，俞、周的关系，可为参证。现代史上，类似的故事，是可以探出士的隐秘的。

中国的读书人，著述之余，以同好者聚会为乐，自古就有风气。他们不到教堂，远离香火，而是饮于亭下，唱于廊间，得"曲水流觞"之妙。苦雨斋的主客，非竹林七贤，也不是随园之徒。他们有一点西学的常识，谙于传统艺术。精神上放达自由，又不曲学阿世。然而仅躲在沙龙之间，自娱自乐，遂滑入旧文人的小径，不免有些鲁迅所云的"顾影自怜"。

弟子之四

沈启无对我而言，一直是个神秘的人物。查周作人日记和书信，有关他的文字颇多，可见其关系的密切。沈氏生前的文章不多，只有那本《近代散文抄》较为流行，大约成了他的代表作。偶翻《语丝》杂志，上面有他的文章，语气与内容，均在摹仿着周作人，给人一种学步的印象。沈氏的随笔不能算好，但学识应该说并不很差。看他与周氏信件往来，所谈内容之广，就可印证其兴趣的不俗。不过因为一直生活在老师的影子里，好像跳不出苦雨斋的套子，就显得有些生硬。记得有一次和汪曾祺先生谈天，言及沈启无，汪氏叹道，过于学步苦雨斋，终无出息。沈氏的鲜被人知，由红火到沉寂，大概与此有关的。

研究苦雨斋的文化情调，不能不谈及周氏的四弟子之一沈启无。他生于1902年，江苏淮阴人，曾就学于燕京大学。后追随周作人多年，过从甚密，成为苦雨斋里的常客。我读过周作人记日常会客的小文，内中多有沈氏的名字，而通信时彼此亲切的口吻，已无师生之别，倒像是有兄弟之谊了。1933年1

月 30 日，周作人致沈启无的信写道：

> 前日来庵匆匆即别，不及以莲花白酒奉饮，甚怅怅也。《散文抄》下卷订成后，何时请携书来补喝该酒乎。昨日天朗气清，下午到厂甸一走，只买得古游荡子诗文一二册，其一曰《宣南梦忆》，甘溪瘦腰生著，盖系贵华宗也，所忆则韩家潭石头胡中侪辈耳。在路东海王村墙摊一摊上见有《山居闲谈》，两套十二册，比敝庵所有者只是天地头稍短，又系连史而非皮纸，但中缝却均正而不歪，无烦重摺，索价不甚昂，未知兄曾否见到，亦有意于此乎？特此奉告。草草顺颂懒禅。

沈启无兴趣在古典文学上，后来在大学里，教的也是古代诗文，在学界有一些声望。周作人曾一度将其看成心腹，爱意毫不掩饰。《〈近代散文抄〉新序》云：

> 在近来两三年内启无利用北平各图书馆和私家所藏明人文集，精密选择，录成两卷，各家菁华悉萃于此，不但便于阅读，而且使难得的古籍，久湮的妙文，有一部分通行于世，寒畯亦得有共赏的机会，其功德岂浅鲜哉。[1]

此语一方面肯定其勤奋，另一方面乃对其审美情调大为赞赏。

---

[1] 《苦雨斋序跋文·〈近代散文抄〉新序》。

沈氏看重明清文人随笔，非独所发现，自己受苦雨斋主人影响，心得很深。沈氏在老师身后亦步亦趋，实在是师生之谊在起作用。苦雨斋里的快乐，是有这份因素的。

但是后来周作人与沈启无忽然反目，并有破门声明散播世间。原因是什么，世人一直不太清楚。周氏晚年致信香港友人鲍耀明说，沈氏"为燕京大学出身，其后因为与日本'文学报国会'勾结，以我不肯与该会合作，攻击我为反动，乃十足之'中山狼'"。沈启无敌伪时期与周作人同为日本政权服务，师生间因与日本人冷热不同而发生冲突，实在出人意外。查周作人日记，沈氏是来往于苦雨斋最勤的弟子。周作人遇刺时，他就在场，受了轻伤。后来周氏去南方巡察，沈启无夫妇亦随身作陪。我们看他们的信件，友情已非同一般，不在废名之下。过密者易疏，鲁迅之于周作人如此，沈氏亦然。要了解苦雨斋主人的性格，这里可能会注释一些什么的。

新中国之后，沈启无初在燕山某专科学校任教，北京师院成立后，遂到中文系做了古典文学的教员。我曾去访廖仲安先生，略知其线索，但细情仍然不明朗。廖先生说，沈启无与他在一个教研室，为人老诚，学识渊博。因为有过历史问题，办事谨小慎微，其状可叹。据说敌伪时期，沈氏暗中亦为中共做过一些事情，廖沫沙还到师院来看过他，以叙旧情。但说了些什么，未见记载，其历史便无人知晓了。廖仲安说"文革"之时，曾与沈启无关在一间屋子里，沈氏受了不少折磨。时间是1968年，有一次觉得身体不适，沈氏被允许回家，但几日后便故去了。廖仲安对沈氏印象不坏，两人在一起时多谈学问，从未涉及过苦雨斋的往事。但沈氏晚景孤苦，则可略感一二，像他这种失过"节"的人，在那样时代的清冷，是可想而知的。

周作人向以随和平淡闻名，不料对鲁迅、沈启无却怨言以报，恨恨之情跃然纸上。《破门声明》怒气不已，读了可见其激愤表情：

> 沈杨即沈启无系鄙人旧日受业弟子相从有年近来言动不逊肆行攻击应即声明破门断绝一切公私关系详细事情如有必要再行发表。①

张中行先生曾对此颇感遗憾，觉得有些小题大作，过于伤人，连同与鲁迅的失和，责任也在周氏那里：

> 另一个严重失误是1923年7月的与鲁迅先生失和。这件事的内情，知者（张凤举、徐祖正等）不言，言者（许多外界人）不知。传闻是他的夫人羽太信子背后说了什么不满鲁迅先生的话，究竟说了什么，他们夫妇不说，别人也不好问。假定是有关礼仪的，我一直认为，失误还是在周作人一面。妥善处理办法应该是：背后之言偏于饮食，用刘伶，说"妇人之言，慎不可听"；偏于男女，用蔼理斯，说情动于

---

① 陈子善、张铁荣编：《周作人集外文》（下集 1926—1948），海南国际新闻出版中心，1995年，第594页。

中乃人之常情，可不计较。可是他听了夫人的话，与提携关照他几十年的、有至高成就的胞兄翻了脸。这件事制造一个时代的黑影，蒙在许多知交以及很多文化界人士的心上。也应该蒙在他的心上，尤其是鲁迅三十年代逝世、五十年代他写《鲁迅的故家》等书的时候，他应该明白表示，他一时冲动，对不起鲁迅，可是他仍是不说。还有一件性质相类的小事，是四十年代前期为点什么事与弟子沈启无翻了脸，用明信片的形式发"破门声明"，内情如何且不管，我总觉得近于范雎的"睚眦之怨必报"，与他曾有的典雅、温厚面貌不能调和，总之也应该算作失误。①

后人论及周沈的冲突，大多讥刺沈启无的失礼，我未见到沈氏的辩解文章，其亲属也未能找到，不知其情如何。沈启无的文学成就与学术成就，在现代史上均不足道，但我们从他一生的遭遇来看，因名人而曾风行于世，又因名人而身遭侮辱，落得叛徒之名，此亦攀附雅士者的悲哀。

---

① 张菊香、张铁荣编著：《〈周作人年谱〉（1885—1967）·序》，天津人民出版社，2000年。

弟子之五

1934年夏,周作人与夫人前往东京探亲,这期间接受了井上红梅的采访。在被问到自己的学生的创作时,周作人谈到了冰心。显然,在北京诸多学生中,冰心的写作是被周氏认可的,至少觉得其文字与风范都好,有现代性的热流。而就当时的影响力而言,冰心的文字并不亚于俞平伯诸人,且在青年中有广泛的读者。

但冰心对于这一层师生关系很少提及,也许是因为后来的时风不易细说也有可能。在一篇回忆文章里,他对于周氏的描绘很少,难说有什么深的印象。不过她的为儿童所写的作品,是呼应了鲁迅、周作人的传统的。那些关于弱小者的文字,自然也有周氏兄弟认可的部分。冰心是"五四"中年龄最小的作家。说她是受到了《新青年》同人的影响,自然也是对的。

说起"五四"前后的文学,对于儿童的发现,是很值得一写的。周氏兄弟翻译作品里的童趣,废名文字里的少儿形影,都感染了诸多读者。而在那时获得了孩子喜爱的作家,还有冰心。最初的时候，她以爱意的散文，给了读者诸多快意。《两个家庭》《斯人独憔悴》《超人》《致小读者》曾影响了几代人，那些文字都很宁静而美丽，述说着青少年的故事，内中却含着纯情的歌咏。偶尔也带着微末的忧伤，刺痛读者的心。文白相间的句子带着热风吹向冷的世界，自尊与友善踩着诗的节奏来了，天使般送来祝福。

她的文字里有一种高贵的气质，那是我们在欧洲诗人中才能够看到的存在。可是词语又那么中国意味，明清文人的小品的痕迹也是有的。中国古文里美丽的词语不太和儿童有关，冰心把那些古朴的句子和童心连接起来。后来搞儿童文学的人，很少能够写出那样的古朴的文字，气质里少了类似的气息，这使读者对她的作品，一直保持着持久的敬意。

冰心的作品不都是书斋里的自语，新文人的担当感一直在其篇章里流溢。但那不是呆板的说教，却是一种自觉倾诉，连精神也泡在苦汁里。而我们在此不是感到消沉，反而有一种寻路的渴望，精神在跋涉里前行着，留下美丽的青春的印记。"五四"新文学多是成年人的眼光，惟有冰心等少数人，写出幼小者的情感和爱欲，那么直接、清纯，流动着鲜活的热流。李大钊所讲的青春的美，还止于理论上，而冰心则把那代人的期许感性化了。

有时候能够感到她的精神是外发性的，对社会的关怀中有焦虑的意识在。这种状况，使她保持了新文化的本色。《斯人独憔悴》在今天看也许是过于简单的问题小说，而细细体味，有无所不在的苦味。她对青年人的理解，以及放飞自己的苦思的选择，是一种天然的人道感中的同情。在初期白话小说写作的队伍里，她带来的声音，是那些先驱者所少见的。

和许多同代作家比，冰心的作品是小的格局，且有一种女性特有的细腻与清丽。比如她的小诗、散文，还有那些小说，都是星星点点的感觉的散步，流水般地倾泻着。她对童心的描摹是自下而上的，没有大人的说教气，自己也仿佛是他们之中的一员。面对孩子，却保持了孩童的感觉，与幼小者同行同舞，颇多新奇的感受。在《六一姊》里，她的精致和深远的情调，细雨般滋润着读者。西方的这类文学,有时候染有圣母的情结，是上帝情感的辐射。冰心的文章则来自东方式的温柔，也有西洋个性主义精神的互渗，使我们感到她的丰富性。这像一幅淡淡的写意图，流淌着不浅的情思，词语里是慈祥的目光的流动，在此我们有了莫名的感动。

简约里的柔风，不能产生交响是自然的，但那里的纤细给人的是另一种启示。冰心喜欢率真之美，她的小说和散文都是短章，是没有学者的架子和作家腔的。写作是一种倾诉，她不装扮自己，一切都是原色的。这就好，文如其人，不以外饰涂改自己。中国士大夫麻木于瞒与骗的写作，自然无伪却不易做到。虚假地在文章里敷衍人生，在新文学里也常有发生。冰心天然地厌恶这些，往来的朋友几乎都认同这样的情感。她的朋友巴金与萧乾也很简单，彼此的对话，没有世俗的杂音，心是相通的。

冰心一直生活在知识界，有自己的圈子，这在她文字的背后可以看到。丈夫吴文藻是人类学家，学识渊博，辐射到知识界的许多领域。冰心的书写，染印了那些氛围，我们读她的关于社会问题的文字，都非就事论事，笔下渗着一种忧思，那些与历史的碎片是连带在一起的。即便是布道的话语，都非一种口号和观念，有另一种意味在，系心灵的敞开。自然，这种印象式的独白，有时失之浅显，甚或单调，可是那美丽的情思有时候淹没了这样的瑕疵。

有时候我们会感到，在动荡的时代，她所提供的资源还是有限的。革命发生的时候，她并不在急流里。与丁玲这样的作家比缺的是剧烈的痛感。她远远地站在社会的一角，瞭望烽烟里的人生，对历史的变化有一种理解的同情。在流血的岁月里，从侧影接近那些心灵的片断，且以自己特有的目光看人看事。《小橘灯》的故事平常得不能再平常，只有一个小孩子，一个情节。远离战争的轰鸣的场景，一切都很简单。但小夜曲般的旋律轻声传来，背后乃无边的惆怅。她的语言风格与现实的一切在韵律上颇有差异，还是象牙塔的表达，这让人感到彼此的隔膜。但那种体贴的叙述，在关爱里的叹息，便见出菩萨之心。人性的美，像一豆灯火般，暖着夜色。我们在屠格涅夫、契诃夫的文字，领略过类似的美。冰心无意中衔接了这样的美。

但晚年的冰心的文字多了沧桑感，有了先前所没有的凝重，那些文字照例保持了内觉的敏锐，细心的人可以看出她的变化。许多杂文与小品，锐气渐出，批评家的果敢把小布尔乔亚的心绪驱走了。这个变化对她来说也许来得过迟，但一生的闪光点却因之诞生。这是一种自我的完成，也是"五四"之声的延伸。看她晚年的文章，题材变大，可以率性为之，又能收放自如。有时候像个慈祥的老祖母，讲述远去的人与事。历史在她的笔下，有了别样的调子。

我曾在新文化运动的展览中，看到过冰心的手稿，文气的走笔里有温婉的气息流出。如果将其墨迹与他人手稿对比来看，各自的风采便醒目起来：周氏兄弟一柔一涩，陈独秀翛然物外，钱玄同古朴见拙，冰心多孩童笑意……众人的文本透出平凡里的不平凡，留下了旧岁滋味。"五四"那一代人逆俗而生，天地之色为之而变。他们的话语方式不同，审美也各自东西，却每每不失趣味。今人思之念之，实在深有道理。

京派将领

1933年8月左右，沈从文与友人杨振声离开青岛来到北京。那一年9月5日，周作人的日记写道：

> 杨金甫、沈从文二君来访。

同月的14日日记又载：

> 上午以稿送给沈从文君。

此后，周氏日记，不断出现二人通信的字样。到1934年底，两人的信件往来，有五十五封之多。沈从文在1925年就和周作人等人办的《语丝》发生了联系，在上面发表过小说。这次与苦雨斋主人交往，乃为了编《大公报·文艺副刊》。周作人自然成为沈从文的首选作者。因为那时候在沈氏的眼里，苦雨斋主人乃学林与文坛高手，其学识与文笔，是外人不及的。介入《大公报·文艺副刊》不久,沈从文就渐渐感受到了以周作人为核心的京派的力量。废名、俞平伯、徐志摩、刘半农等人,均引起了他的注意,也和众人成了朋友。他后来自觉站在京派立场,挑起"京派"与"海派"之争,是对苦雨斋内外京城文人文化认同的必然结果。

沈从文1902年12月28日生于湖南凤凰县,十四岁从军,二十岁来京漂泊。他未考上过大学,后来因小说成就卓著而登上文坛。1934年,是他创作的高峰期,那一年发表了著名的《边城》《湘行散记》,一时名振四海。不过,那一年较为重要的是,他在年初的《大公报·文艺副刊》上,发表了《论"海派"》和《关于"海派"》诸文,刺激了文坛。一时间鲁迅、徐懋庸、曹聚仁等人,都卷入了争鸣。沈从文带着对周作人、废名欣赏的态度看上海的文人,自然觉出了他们的短处,可说是以"京派"之长,讥"海派"之短,道理是明净的。严格说来,沈从文与苦雨斋诸人,算不上挚友,相交亦淡如清水。三十年代,他与周作人、废名、俞平伯等人,参加过北平后门慈慧殿三号朱光潜家中的读诗会,彼此点头相交,并不过热。但那些交往,使他感到了苦雨斋诸人的分量。在论述废名的时候,沈氏写道:

> 从"五四"以来,以清淡朴讷文字,原始的单纯,素描的美支配了一时代一些人的文学趣味,直到现在还有不可动摇的势力,且俨然成为一特殊风格的提倡者与拥护者,是周

作人先生。

> 无论自己的小品,散文诗,通通把文字发展到"单纯的完全"中,彻底的把文字从藻饰空虚上转到实质言语来,那么非常切贴人类的情感,就是翻译日本小品文,及古希腊故事,与其他弱小民族卑微文学,也仍然是用同样调子介绍给中国年轻读者。因为文体的美丽,一种纯粹的散文,时代虽在向前,将不容易使世人忘却。
>
> 周先生在文体风格独特以外,还有所注意的是他那普遍趣味。在路旁小小池沼负手闲行,对萤火出神,为小孩子哭闹感到生命悦乐与纠纷,用平静的心,感受一切大千世界的动静,从为平常眼睛所疏忽处看出动静的美,用略见矜持的情感去接近这一切,在中国新兴文学十年来,作者所表现的僧侣模样领会世情的人格,无一个人有与周先生相似处。
>
> 但在文章方面,冯文炳君作品所显现的趣味,是周先生的趣味。由于对周先生的嗜好,因而受影响,文体有相近处,原是极平常的事。用同样的眼,同样的心,周先生在一切纤细处生出惊讶的爱,冯文炳君也是在那爱悦情形下,却用自己一支笔,把这境界纤细地画出,成为创作了。[①]

在这里,沈氏把周作人、废名二人,看成新文学的主力,抑或京派的将领,内心有着深深的眷意。沈从文的创作,在某些方面,

---

① 《沈从文文集》第十一卷,三联书店香港分店、花城出版社,1984年,第97页。

也受到了二人的暗示，比如都不屑于诗史、宏大叙事，关注的是性灵与善，并希望以善调动人的心绪，从中提升自己的灵魂。他们内心的相通，实在是精神气质较为接近的缘故。后世研究京派文化者，偶把沈氏与苦雨斋联在一起，不是没有道理。

很长一段时间里，沈氏一直珍爱着对周作人的友情。直到晚年，和友人谈及自己的创作时，把周氏对他的称赞，当成一种荣誉。周作人确乎也喜欢沈从文的文字，1934年在《人间世》杂志"我最爱读的三本书"栏目上，周作人将沈氏的《从文自传》列为最喜欢的书之一。除希本著《木匠的家伙箱》、蔼理斯《我的告白》外，《从文自传》竟占据了周氏书房的要位，也证明了作者的魅力。他们彼此的欣赏，也影响了与别人的交往。大约也是1934年，巴金去日本前，曾在《文学杂志》发表了短篇《沉落》，作品批评了周作人等人，引起了沈从文的不快。巴金后来在《怀从文》一文中回忆说：

> 他为什么这样生气？因为我批评了周作人一类知识分子，周作人当时是《文艺》副刊的一位主要撰稿人，从文常常用尊敬的口气谈起他。其实我也崇拜过这个人，我至今还喜欢读他的一部分文章，从前他思想开明，对我国新文学的发展有过大的贡献。可是当时我批判的、我担心的并不是他的著作，而是他的生活、他的行为。从文认为我不理解周，我看倒是从文不理解他。可能我们两人对周都不理解，但事

实是他终于做了为侵略者服务的汉奸。①

巴金喜欢以道德的尺度看事，沈氏则有些从学理和性灵视角读人，二人总有些区别。对沈从文而言，周作人是逆俗的智者，认识他并不容易。正像左翼人士，许久以来不理解沈氏，内心的苦衷、隐情，并非人人知道。曾经沧海的他，对此有着别人少有的体味，巴金于此和他的分歧，是不可避免的。

1937年，卢沟桥事变，文人纷纷南下。8月12日，沈从文与朱光潜、杨振声等人亦匆匆离京。周作人却留在了故都。常风先生在《留在我心中的记忆》一文，谈及了南下后的沈从文与周作人的关系，或许有些价值吧：

> 抗战八年中沈先生写给我的信都很长……他头两三年信中差不多都问讯周作人，南行的朋友都很关怀他。我把沈先生的信给周作人看。他很喜欢这些信，称赞信写得很美。对朋友们的惦念周作人很感激，但是他不能离开北平。有时我多天不到周家，周作人曾写信问有没有从文来信。在周作人下海之后，沈先生在信中就不问讯他了。②

我曾经说过，沈从文在小说里，常常淡化了时代，像一种人性的实验室，将人间的美丑、苦乐过滤着，清理着。作者处

---

① 巴金：《再思录》，上海远东出版社，1995年，第19页。
② 孙冰编：《沈从文印象》，学林出版社，1997年，第36页。

理笔下的人物，看似宁静、冲淡的，却也隐含着苦楚。细想一下，周作人好似也有这一点，不过更学究化罢了。不知怎么，如今读一读《雨天的书》《自己的园地》，偶也联想起沈从文的《湘行散记》《湘西》诸书，好似彼此有相通相近的气脉。也许是后者受惠于前者，也许是一种偶合。至于二人为何那么彼此翕合，那就说不清了。

南国真人

造访八道湾的文人共有多少,已难以计清了。周作人对一些常客很好,而偶来的友人亦以礼待之,均无内外之别。说起他的朋友,有一位谋面甚少,但感情较深,这便是郁达夫。郁氏只到过苦雨斋几次,然而每次印象均好,彼此谈得融洽。1923年2月11日,郁达夫第一次访问周宅。但那一天只见到了周作人,却未与鲁迅谋面。此时鲁迅兄弟还住在一起,并未反目。所以,在郁达夫眼里,周氏兄弟还仿佛是个整体的存在,彼此是互动的。

那一年起,周作人和鲁迅多次与郁氏见面,或在八道湾,或酒店。鲁迅搬至砖塔胡同时,郁达夫还到那里拜访过。虽然从友人张凤举、徐耀辰那里得知了周氏兄弟闹翻的原因,但并不敢细问,均以挚友视之。所以那一年10月22日在致周作人的信中。他说:

《呐喊》一册,又蒙新潮社寄来,谢谢。我打算读完后做一篇《读〈呐喊〉因而论及批评》在周报上发表。上海方面，此书发售处不多，实为憾事，当思为鲁迅君尽一份宣传之力也。①

郁达夫对周氏兄弟这般热情，缘于周作人对他的扶植。二十世纪二十年代初，郁达夫正处于写作的高峰，他的代表作《沉沦》曾轰动一时，也引来了诸多争议。郁氏因为留学日本多年，曾就读于东京帝国大学，受到了日本私小说和西方感伤主义文学的影响，作品多肉欲的冲动，深含着性的苦闷。小说《沉沦》写一个留学日本的学子苦楚的生活，几近自然主义的描述，给人以深深的刺激。于是便招来诸多"不道德"之类的非议。1922 年 3 月 26 日，《晨报副镌》发表了周作人评《沉沦》的文章，说了诸多逆俗的话，对郁达夫多有褒奖：

> 理想与现实社会的冲突当然也是苦闷之一，但我相信他未必能完全独立，所以《南归》的主人公的没落与《沉沦》的主人公的忧郁终究还是一物，著者在这个描写上实在是很成功了。所谓灵肉的冲突只是说情欲与迫压的对抗，并不含有批判的意思，以为灵优而肉劣；老实说来超凡入圣的思想倒反于我们凡夫觉得稍远了，难得十分理解，譬如中古诗里的"柏拉图的爱"，我们如不将他解作性的崇拜，便不免要

---

① 《郁达夫文集》第九卷，三联书店香港分店、花城出版社，1984 年，第 332 页。

疑是自欺的饰词。我们赏鉴这部小说的艺术地写出这个冲突，并不要他指点出那一面的胜利与其寓意。他的价值在于非意识的展览自己，艺术地写出升华的色情，这也就是直挚与普遍的所在。至于所谓猥亵部分，未必损伤文学的价值；即使或者有人说不免太有东方气，但我以为倘在著者觉得非如此不能表现他的气分，那么当然没有可以反对的地方。

这一段文字曾使郁达夫深为感动。二十年代后期，他到上海后，与鲁迅接触较多，但仍与周作人有过联系，并向其通报过鲁迅的情况。如1929年9月19日，郁达夫在致周氏的信中说：

> 现在上海，沉闷得非常，文艺界是革命文学家的天下，而且卑鄙龌龊，什么事情都干，我以后想不再做什么东西了。等生活定下来后，只想细心来翻译一点东西。
> 近事之足资谈助者，是鲁迅与北新算版税，与鲁迅和语堂反目两事。前者是鲁迅应有的要求，后者是出于鲁迅的误解。这两事，我与川岛都在场作中间人，大约川岛总已经和你讲过，细事不说了。[①]

查周作人日记，二十年代末与三十年代初，与郁达夫亦通信多封，内容是什么，就不得而知了。1934年8月，郁达夫

---

① 《郁达夫文集》第九卷，第414页。

来到北平，拜访了许多友人，短短的一段时间，把苦雨斋的友人们大多找到了。9月3日，他特地去了八道湾。那一天郁达夫在日记中写道："晨八时半，访周作人氏，十年不见了，丰采略老了些……"言语之外，有着沧桑之感。想起来，两人重逢，各有感叹吧？

郁达夫对周作人周围的人，向有好感。1935年初，他特邀周作人编选《中国新文学大系散文一集》，入选大多为达夫所提，他们有：徐志摩、废名、俞平伯、刘半农、徐祖正、江绍原、钱玄同等等，看来对苦雨斋一派的散文创作，是持肯定的态度的。周作人晚年回忆此事，大发感慨，以为郁达夫是个难得的真人。他知道周作人与鲁迅已分道扬镳，故编选散文时，把鲁迅的部分，留给了自己编，不使周氏为难，这使苦雨斋主人有种亲近之感。对他永远都怀有一种追念之情。

翻阅郁达夫的文集，谈及周氏兄弟时，多有誉词。1939年，他在《回忆鲁迅》一文中说：

> 凡是认识鲁迅，认识启明及他的夫人的人，都晓得他们三个人，完全是好人；鲁迅虽则也痛骂过正人君子，但据我所知的他们三人来说，则只有他们才是真正的正人君子。现在颇有些人，说周作人已作了汉奸，但我却始终仍是怀疑。所以，全国文艺作者协会致周作人的那一封公开信，最后的决定，也是由我改削过的；我总以为周作人先生，与那些甘

心卖国的人，是不能作一样的看法的。①

郁达夫看人，向来温和，不以坏的心态，去推测他人。他本来是创造社的元老，但因为看不惯创造社诸人的狂傲，最后退了出来，倒是与鲁迅、周作人这样的人，有着非凡的友情。我有时浏览他描述周氏兄弟文学成就的文字，眼前总是一亮。心想，关于鲁迅与周作人，他短短的几句话，早已说透。我们这些俗人再谈此题，好似已很是多余了。

---

① 《郁达夫散文全集》，哈尔滨出版社，2013年，第395页。

一点涟漪

有一段时间,大约是1923年吧,诗人徐志摩出现在苦雨斋里。周作人的日记,也多次记有徐氏的来访。徐志摩和周作人只能算是一般的友人,彼此之间,亦有隔膜的地方。按周氏的性情,对徐志摩那样罗曼蒂克的文风,不会喜欢。但本着尊重他人个性的原则,周作人不爱对别人指手画脚。徐志摩对于苦雨斋主人,不过一个真性情的诗人,至于思想的深与浅,艺术的高与低,那是另一回事了。

周作人与徐志摩真正发生关联,缘于周氏兄弟和陈西滢的一场冲突。1926年,那时候徐志摩已接编了《晨报》副刊,徐氏发表了《〈闲话〉引出来的闲话》一文,对鲁迅、周作人与"现代评论派"的代表人物陈西滢的论战,说了许多劝解的话,然而情感上偏向陈西滢。这引起了周作人的不满,以为是为正人君子辩护。徐志摩为陈西滢说话,在周氏看来是一种糊涂,抑或无聊,所以在《闲话的闲话之闲话》中对徐志摩略有不敬:

> 徐先生是个诗人，诗人多少有一点迂的，所以有时要上小当，看不清事实。我是个俗人，土匪，或者也是学棍，（还有什么呀？）坏事大约做了不少，坏事也就知道得不少；失败也时常，然而为正人君子所瞒过的时候却比较地不很多了。徐先生糊起一个蜃楼来，我就把他戳上两个小窟窿，说世上不大有这种美景，虽然没有什么恶意，但也很对不起他。不过这也怪不得我，只能怪我们的眼睛生得不同，因为徐先生是天生的诗人眼，飘来飘去到处只看见红的花，圆的月，树林中夜叫的发痴的鸟；我的呢是一双凡胎肉眼，虽然近视，却已望得见花底下的有些不洁。徐先生说，"拿了人参汤喂猫，它不但不领情，结果倒反赏你一爪"。这一句很漂亮的话倒正可以拿来作我读了他的好文章反而去顶撞他的这件事的批评。①

这里对徐氏的看法，倒让人想起鲁迅评价徐志摩的话，大意是相近的。在徐志摩眼里，鲁迅过于苛刻，不好接近；而周作人自然有可爱的一面，虽然先前略有冲突，后来与周作人还是保持了一种友谊。

其实，早在 1925 年，徐志摩就曾夸赞过周氏的文字，那一年 12 月 21 日《晨报副刊》上，曾发表过他的一段文字：

---

① 引自 1926 年 1 月 20 日《晨报副刊》。

我接手编辑以来也快三个月了，但这还是第一次作人先生给我们机会接近他的温驯的文体，这虽只是简短的校阅，我们也可以看出作人为学的谨慎与不苟。

徐氏是个颇有绅士气的文人，他崇尚罗素思想，钟爱泰戈尔，精神深处有一种独往独来的贵族气。他在周作人的文字里，似乎也嗅出一丝绅士的味道，觉得那从容与温雅之中，有着宁静之美与自由之美。不过，周氏身上毕竟有东方人的戾气，加之日本式的清秀，这与英国式的典雅殊为不同。在精神气质上，徐氏更喜欢陈西滢，呼应的东西好像更多。早在1920年，徐氏在英国就与陈西滢相识，相似的知识背景，把他们联在了一起，所以在周氏兄弟与陈西滢论战时，徐志摩偏袒后者，那是必然的。鲁迅对徐志摩，一直没有什么好感，在文章中多次讥讽过他，但周作人后来却渐渐容忍了这位"诗哲"，对徐氏有了一种认可感。那还是1931年，徐氏因飞机失事而遇难，周作人写下了《志摩纪念》一文，对诗人给予了很高的评价，那态度，和鲁迅形成了反差：

　　的确如适之所说，志摩这人很可爱，他有他的主张，有他的派路，或者也许有他的小毛病，但是他的态度和说话总是和蔼真率，令人觉得可亲近，凡是见过志摩几面的人，差不多都受到这种感化，引起一种好感，就是有些小毛病小缺点也好像脸上某处的一颗小黑痣,也是造成好感的一小小部分,只令人微笑点头,并没有嫌憎之感。①

周作人还在文中高度评价了徐氏的创作成绩,以为其文本虽欧化,但却颇有表现力,在文学史上有相当的地位。几年之后,在编选《中国新文学大系散文一集》时,周作人就认真选了徐志摩的作品,把他看成一种派别的代表。作为一名选家,周作人自然懂得诗人的分量。

徐志摩一生非常短暂,只活了三十五岁。他1897年生于浙江海宁,曾留学美英两国,以诗名世。他的文字华丽热烈,像一团烈火,有着浓浓的异域色彩。不过因为感情过浓,有时无法化开,倒给人一种做作的感觉。苦雨斋的文人们,写文章时大多不走徐氏的路子,大概是以为过于用力吧?周作人、废名、俞平伯、刘半农等人,崇尚的是宁静如水的篇什,所以徐志摩只是这个圈子里的偶来的客人,在人们的记忆里,只是溅起一点涟漪,随即便渐渐地消失了。

---

① 《看云集·志摩纪念》。

绍兴帮？

谈周氏兄弟的交友，绍兴故乡的友人可说数目众多。许寿裳、川岛、许钦文、许羡苏、宋紫佩、陶元庆、孙伏园、蔡元培等，与其关系很深，有的成为挚友。鲁迅与陈源论战时，陈氏就以"某籍某系"含沙射影，意指有个团伙存在。其实细细说来，周氏兄弟确有一个绍兴圈子。鲁迅的到教育部供职，周作人的去北大任教，皆因了蔡元培的提携。而苦雨斋客人里，绍兴籍也占了多位，且与周氏家人的生活息息相关。他们与外部世界的联系，最早是靠故乡人士的帮助而开始的。

绍兴友人与周作人可讲的往事颇多。像宋紫佩、孙伏园、孙福熙、川岛，在八道湾就传着许多趣闻。以孙伏园为例吧，他早年随鲁迅读书，对周氏兄弟颇为景仰。孙惠南《怀念父亲孙伏园》写道：

父亲结婚后，就在小学教书，但总感到自己学问不够，想学点知识。周树人（鲁迅）是他的老师，后又成为同事。

> 父亲很敬重周氏三兄弟，并常向他们学习、请教。有一段时间，他每星期定期去周家学英语，还引起了我外婆家一些爱管闲事人的猜疑、跟踪，以为有了什么"外遇"。当这种消息传到母亲那里时，他只是一笑了之。过一段时间，那些人倒也挺负责任，又义务地来通报，说经过调查，证明我父亲是在向周老二学英语。①

孙伏园后来到北大读书，来往较多的是周氏兄弟，八道湾的聚会，每每也有他，且往往是热闹的人物。他后来主编《晨报副刊》《京报副刊》，登有许多周氏兄弟的文章。鲁迅的《阿Q正传》就是经由其手而问世的。鲁迅与周作人分手后，孙伏园对二人依然如故，但情感上偏于周二先生，每每有新报刊创立，他都要拉上苦雨斋主人。三十年代，他在河北定县工作，就邀请过周氏和俞平伯参观访问。而那时要见一见鲁迅，已很难了。

绍兴籍的学人、作家，除周氏兄弟外，有锐气的不多。许寿裳忠厚，许钦文温和，川岛平庸，宋紫佩才浅。孙伏园编报尚可，著文则未见什么气象。但这些人，因为随和，周氏兄弟与其感情较好，一些心里话，只与他们述说。如鲁迅与周作人冲突的时候，周作人的苦衷，就曾告诉过川岛。鲁迅的家产保护、信件往来，靠的是宋紫佩的帮助、照顾。周氏兄弟有时对故乡的看法不太好，尤其鲁迅，每每言及绍兴，出语不逊，但

---

① 绍兴县政协文史资料工作委员会、绍兴县鲁迅纪念馆编：《孙伏园怀恩录》，绍兴文史资料选辑第十三辑，1994年印。

他们对故乡里的人，有着浓浓的乡情。

如许钦文来京择业，就是持孙伏园信札求见鲁迅。川岛为了生活之便，曾住在八道湾里。孙福熙的绘画才能，得到过鲁迅的欣赏，鲁迅的《野草》《小约翰》《思想·人物·山水》诸书的封面，就出自孙氏之手。八道湾的客人里，绍兴人有着特别的位置。只要看看鲁迅与周作人的日记，便可以想见当年的氛围的。

周氏兄弟身边的绍兴人，在政治上有名气者惟蔡元培，其他要么是学人，如许寿裳；要么系小文人如许钦文、川岛。像川岛这样的人，在大学待了大半生，而学术平平，几乎没有像样的著作。而许钦文的作品内涵较小，便难被后人垂青了。不过绍兴人有许多是有点文人情结的。孙伏园写不了漂亮的文章，可却帮助了许多文人。川岛往来于作家、学者之间，做了一些他人做不了的事情。而像陶元庆在美术上的创作，则独步艺林，很有现代主义的血气，鲁迅对他感情深深，也缘于那气质的某些投合。绍兴人不仅有师爷气、匪气，亦多含江南人的柔美之气。"五四"前后，绍兴文人的横空出世，是很让世人领略了其间的气象的。

周作人和鲁迅都谈过绍兴文人的优劣，对王充、陆游以来的人物别有心解。他们曾共同收集过绍兴先贤的文章、史料，对那一地方诞生的文人有着好奇的心情。1944年，周作人曾编有《桑下丛谈》，收罗了绍兴先贤的小品，以期流布世间。编者以为其间可参照的内容多多，对今人不妨是个借鉴。周氏兄弟对绍兴的旧迹有些留意，而同代人的文章则关注较少。周作人一生写了那么多文章，惟对身边的绍兴同乡人作品，未谈过什么。除鲁迅而外，别人在其眼中，位置不高。惟有鲁迅，在《〈中国新文学大系〉小说二集序》谈及了同乡人许钦文的小说集《故乡》，语调中肯，见识不俗：

> 无可奈何的悲愤，是令人不得不舍弃的，然而作者仍不能舍弃，没有法，就再寻得冷静和诙谐来做悲愤的衣裳；裹起来了，聊且当作"看破"。并且将这手段用到描写种种人物，尤其是青年人物去。因为故意的冷静，所以也深刻，而终不免带着令人疑虑的嬉笑……这一种冷静和诙谐，如果滋长起来，对于作者本身其实倒是危险的。他也能活泼的写出民间生活来，如《石宕》，但可惜不多见。①

这样的文字出自鲁迅之手，真是难得。先生真的情操，历历在目。不过，他对故乡人，有时也挺苛刻。先生后来疏远孙伏园，对其略有微词，已无话可说了。在原则上，乡土感并不能决定交情的深浅。他一生不陷于学派团体的泥坑，很有些独行的特色。鲁迅也好，周作人也好，视野向不囿于帮派团体，那是他们高于常人的地方。生活有圈子，思想无界限，是"五四"人的一种境界，现在想想，今人是要汗颜的。

---

① 《鲁迅全集》第六卷，第248页。

聚会的场所

有几个地方是值得感怀的。除了八道湾外，周作人与友人常去的聚会场所还有多处。这些都成了现代史上的值得纪念的地方。它们是：中央饭店、广和居、大陆饭店、中央公园、禄米仓张凤举寓所、北大二院、京汉食堂、北海松坡图书馆、孔德学院、青云阁、德国饭店、东兴楼、来今雨轩、东安市场、北海濠濮间、什刹海会贤堂、忠信堂等。到了二十世纪末，这些当年的会客之所，大抵已不复存在，仅有几位老人，偶尔谈起往事，还提到它们。年轻一代，对过往的烟云，兴趣已淡薄了。

关于民国间北京的酒肆、饭庄、公园、会馆，前人多有叙述。不过那些店铺、食摊还都是前清余绪，东方的古老色泽占了主要地位。邓云乡曾有《鲁迅与北京风土》一书，写京城的茶座和人物，多见奇笔，把民国初的京都风情还原了大半。如介绍周氏兄弟常去的中央公园茶座时，颇为有趣：

中央公园当时茶座可分东西两路。东面来今雨轩，现在还在,昔日曾执茶座的牛耳。菜好、点心好,自成一范围,绿油栏杆外是牡丹畦,大铁罩棚边是百年古槐,闪烁在夕阳中的画栋雕梁,远衬蓝天,近映红墙,是看花、听蝉、纳凉、夜话的最好的茶座。最著名的点心是肉末烧饼,冬菜包子、火腿包子……所有茶桌,都摆在老柏树荫中,一色人造大理石的桌面,大藤椅子,桌子宽大,四张椅子很宽绰;人多时,可以加椅子,拼桌子,几十人开茶话会、举行婚礼、接待亲友都可以。柏树下面,都吊着高反光的电灯,入夜灯火辉煌,衣光鬓影。晚上七、八点钟才是上人的时候,生意一直作到晚上十点多钟。[1]

二十世纪二三十年代的北京,这类的场所,有许许多多。如今遥想钱玄同、刘半农、沈尹默、张凤举、周作人等人进出于这样的场所,觉得他们是旧环境里的新人物。衣食住行都很古典,精神世界,却是叛逆的色彩多。《知堂回想录》偶也有谈到路过北海公园、街市酒楼的地方,坦言说当年从这里穿过时,并无久久驻足的愿望,只是匆匆一过,念友心切,对帝京的风物景观,并无痴情。所关心的无非是译书、搜书、友朋的趣事等等。京派学人与海派学人显著的区别,是他们生活在古老的氛围里,思想深处,有浓浓的历史投影,知道远古的过去,又熟悉域外的学术精神,于是显得厚重、扎实。他们在学校里

---

[1] 邓云乡:《鲁迅与北京风土》,文史资料出版社,1982年版,第97页。

传道授业，在报刊上传播思想，而沙龙里的谈天聚会，则是彼此交流、碰撞火花的时候，每每遇到聚会，众人的兴奋是可想而知的。

那些友人的聚会，都谈起了什么，场面如何，已看不到多少记录。聚会的原因，不外是商议大学事宜、出版计划、迎送老友等等。从周作人晚年的回忆录里，偶可看到友人们的各种性格和不同的风格。快乐的与平淡的，幽默的与古板的，狂放的与拘谨的，温和的与狡猾的，就那么有趣地交织在一起。周作人曾记录过一些人的特点，这里不妨引来。如讲到沈士远时说：

> 另外一个是沈大先生沈士远，他的名气都没有两个兄弟大，人却顶是直爽，有北方人的气概，他们虽然本籍吴兴，可是都是在陕西长大的。钱玄同尝形容他说，譬如有几个朋友聚在一起谈天，渐渐的由正经事谈到不很雅驯的事，这是凡在聚谈的时候常有的现象，他却在这时特别表示一种紧张的神色，仿佛在声明道，现在我们要开始说笑话了。①

周作人周围的人大多爱说一点笑话，彼此见面，也偶开些玩笑。钱玄同就常和刘半农抬杠，有时甚至把幽默搞到文章中去。刘半农虽不及钱氏狂放，但说话亦有风趣。张恨水曾说刘

---

① 《知堂回想录·一二四 三沈二马》。

半农"身居外国多年,回国而后,不穿西服,不习跳舞,不吃大菜",①是很严谨的人物。这大概也勾勒出了那一代人的特征之一。李长之在回忆刘半农与周作人见面时,有一段描述,写了那一群人的神情:

> 不久以前,我们文学评论社的茶会,刘半农先生是应约到了的。他一到,就望着周岂明先生,黎邵西先生说着:"啊呀!昏庸腐朽!昏庸腐朽!你们才也来了呀!哈哈哈!"这是我最后见他的一次。他的摇摇晃晃的四方大脑袋,发自深陷的眼眶的而逼人的目光,响亮的目空一切的笑声,没想到那便是最后的一次了。②

查钱玄同的日记,有关聚餐的记载颇多,其间的快慰,也可想而知。不过在那几十年间,友人的交往、会面,偶也有不快的时候。周作人似乎很有息事宁人的办法,将其间的矛盾压下去了。如1925年在什刹海的会贤堂聚会时,川岛差一点与张凤举发生冲突,因了周作人的出面,遂把问题止息了。《〈语丝〉的回忆》追忆道:

> 有一次陈源对有些人说,现今女学生都可以叫局。这句话由在场的张定璜传给了我们,在《语丝》揭露了出来,陈

---

① 张恨水:《哀刘半农先生》,载1934年7月16日南京《民生报》。
② 李长之:《纪念刘半农先生》,原载1934年《人间世》第10期。

源急了,在《现代评论》上逼我声明这话来源,本来要据实声明,可是张定璜竭力央求,不得不中止了,答复说出自传闻,等于认错,给陈源逃过去了。张定璜与"正人君子"本来有交情,有一个时期我也由他的中介与"东吉祥"诸君打过交道,他又两面拉拢,鲁迅曾有一时和他合编过《国民新报》的副刊,也不免受了利用。上面所说的声明事件,川岛前后与闻,在张定璜不肯负责证明陈源的话的时候,川岛很是愤慨;那时"语丝社"在什刹海会贤堂聚会,他就要当场揭穿,经我劝止,为了顾全同事的面子,结果还是自己吃了亏。①

文人的散与聚、分与合,在苦雨斋也是同样的。周作人晚年对张凤举、沈兼士、胡适、沈尹默、沈启无这些当年友人,都有微词。当年的热闹、情感,变得淡了。苦雨斋主人的内心深处,也很含有鲁迅的特点,热情的背后,藏有苛刻的一面。梳理这一圈子的往事的时候,不能不看到他们的同中之异和异中之同,实际上,这些友人知识背景有别,性情不一,为人为事亦有差异。聚会是一种交流,也是一种放松,沙龙文化作为一种现象,承载的内容有时也一言难尽。

---

① 《木片集·〈语丝〉的回忆》。

书肆之乐

日常中的周作人,除读书、会友、写作之外,其乐趣是在访书之中的。初至北京时,他的逛书肆,多在鲁迅带领之下。出入的地方大多是琉璃厂、青云阁富晋书社、广学会、景林堂、墨林斋等。到了二十年代,他的书的来源,一是邮局的邮寄,大多来自日本丸善书店,二是北京饭店、东亚公司、东交民巷等地。以1924年的一些日记为例,可以看出他访书的行踪。

4月29日日记云:

上午往北大,下午往燕大,在北京饭店买书二册。

5月17日日记云:

上午至北京饭店买书二本又ELLIS书一本。

5月21日日记云:

上午往燕大讲演,平大假。往东亚付款买书一本。又在(东)交民巷买一本。

5月29日日记云:

上午往女高师,下午往燕大取本月薪,至北京饭店买书二部。

5月30日日记云:

上午往北大,下午往燕大,至北京饭店买《伊索寓言》一本。

6月7日日记云:

上午往邮局取包,内丸善寄书一本。午至来今雨轩赴聚餐会。

6月9日日记云:

上午同信子往东单买物,在东亚公司买书一本。

6月15日日记云：

> 上午往大和俱乐部赴会，午在禄米仓饭。下午二时赴松筠庵研究所恳亲会。在商务买书一本。

6月20日日记云：

> 上午拟日文系课程，下午往访凤举，商议课程事。五时至燕大，赴学生茶话会。在东亚公司买书二本。

二十年代的周作人，所购之书多为国外版的。有日本的，英国的。书的内容，或心理学，或文艺学，亦有民俗、绘画之类。可谓五光十色，品类庞杂。周氏那时，和其兄一样，主张多读外国书，借此修正旧的思想。但是那时的北京，洋书颇不易得，且价钱又贵，访书之余，也有憾事。1923年1月30日，《晨报副镌》曾发表过他的一篇题为《北京的外国书价》一文，介绍了洋书的行情：

> 就北京的这几家书店说来，东交民巷的万国图书公司比较的稍为公道，譬如美金二元的《哥德传》卖价四元，美金一元七五的黑人小说《巴托华拉》（Batohala）卖价三元七角，还不能算贵，虽然在那里卖的《现代丛书》和"叨惠尼支（Taushnitz）板"的书比别处要更贵一点。我曾经在台

吉厂用两元七角买过一本三先令半的契诃夫小说集，可以说是最高纪录，别的同价的书籍大抵算作两元一角以至五角罢了。各书店既然这样的算了，却又似乎觉得有点惭愧，往往将书面包皮上的价目用橡皮擦去，或者用剪刀挖去，这种办法固然近于欺骗，不很正当，但总比强硬主张的稍好，因为那种态度更令人不快了。①

购买洋人的书，竟这样气闷，这是读书人所不愿看到的。可读到那些精致、深切的书籍，快慰便会滋长出来吧？到了三十年代，周作人购书的热情照样不减。但古书渐渐买得多了。那时去的，不外是厂甸等地，时常有不小的惊喜。他的读书札记中，经常会出现一种自得的感觉。访书之乐，大约只有读书人可以感到的。1934年3月，作者在《厂甸》一文中说道：

> 琉璃厂是我们很熟的一条街。那里有好些书店，纸店，卖印章墨合子的店，而且中间东首有信远斋，专卖蜜饯糖食，那有名的酸梅汤十多年来还未喝过，但是杏脯蜜枣有时却买点来吃，到底不错。不过这路也实在远，至少有十里罢……厂甸的路还是有那么远，但是在半个月中我去了四次，这与玄同半农诸公比较不免是小巫之尤，不过在我总是一年里的最高记录了。二月十四日是旧元旦，下午去看一次，十八十九廿五这三天又去，所走过的只是所谓书摊的东路西

---

① 《谈虎集·北京的外国书价》。

路，再加上土地祠，大约每走一转要花费三小时以上。所得的结果并不很好，原因是近年较大的书店都矜重起来，不来摆摊，摊上书少而价高，像我这样"爬螺蛳船"的渔人无可下网。然而也获得几册小书，觉得聊堪自慰。①

他在书肆里的感觉，和传统的读书人颇为相似。审美情调还是东方式的。而在思想上，他大约是个西方式的个人主义与东方的儒家某些精神的结合。我们看他访书、读书时的心态，与明清文人大抵接近，自娱自乐的地方颇多。不过周氏对书籍，有时也颇为挑剔。比如虽称赞过中国乃印书最早的国度，却也讥讽了国人工艺的粗糙、用纸甚差。旧书虽多，但垃圾成山，明珠殊少，也是书林污点。周作人与鲁迅，都谈到过"恶书"的影响，言中多有愤愤之态。晚清之后，学人分化成多种流派，一些人埋入书海，不能跳出，遂成了书本的奴隶。周氏兄弟的读书写书，大抵能出出进进，得乎其妙，吐故纳新，有了和别人不同的特点。中国读书人的新旧之分、古今之别，当自周氏兄弟这一代人开始的。他们的书肆之乐，至今还被读书人久久感怀着。

---

① 《夜读抄·厂甸》。

六朝之风

追随苦雨斋的人，大多注重的是朴素二字。废名、江绍原、张中行诸人，走的是这一条路。我记得周氏在文章中，谈及对雍容华贵的文风的反感，所摈弃的，正是满口道理、专饰外貌的雕凿之风。中国文人的作品，不知何时，染上了铺陈、排场的习性。文字贵于华丽，又要义理的深刻，其结果是，像青年的女子的浓妆艳抹，天然的美质反不见了。周作人的一生，反对伪态的东西，做文与做人，以质朴为根，有一点陶潜之气，又似袁宗道那么随和，可说把上古时的清淳之美继承了下来，在文坛形成了精神的另一翼。周氏的门人，或从学理上沿着此路前行，或在性灵上灌注精诚之思，给当代文坛带来了一股柔和的风。其影响虽然不大，但深层的隐喻则不容小视的。

晚清以后的中国，因为思想布道的任务很重，作家学者，在文章里都多少扮演宣教者的角色。或背负着历史重负苦苦倾诉，或成为精神的机器，文章里洗练、清寂的东西少了。周作人早年文字亦有说理的痕迹，后渐有变化，慢慢告别载道的传统,向言志的方向苦苦努力着。废名在《知堂先生》中形容他"渐近自然",可谓道破天机,将其神态画出来了。俞平伯也觉得,中国历史上,像知堂这样的人物不多,原因也是没有制艺之气罢。其实文学也好,学术也好,是朴素、平白的劳作,一旦繁文缛节,走入八股,便面目可憎,人的原本的质地消失了。废名在《〈周作人散文钞〉序》中说:

> 我总觉得新文化在中国未曾成立过。新文化应该是什么?我想那应该就是一个科学态度,也就是一个反八股态度。统观中国,无论那一家派,骨子里头还正是一套八股。当初大家做新诗,原是要打倒旧诗的束缚,而现在却投到西洋的束缚里去,美其名曰新诗的规律。张竞生提倡爱情定则,而不久张竞生乃是道学家的变本加厉。我不以为他昨是而今非,昨日也未必是,今日也未必非,本来只是一副八股的精神,所以经不住事实的试验,终于要现出原形相。不说别的,至今中国何曾有一个研究学问的空气?仍然脱不了一个"士"的传统,"学优"就"则仕"了,至少是要谈政治。[①]

反对八股没有错,但大多的反八股者,自己便成了新八股的作俑者,其状深为人所叹。而在周作人、废名、张中行诸人那里,是难看到此点的。从这一点看苦雨斋派的文章,当可见其特有

---

① 《废名文集》,东方出版社,2000年,第117页。

的价值。

周作人为文的特点是举重若轻，轻描淡写，能减不增，以平实为本。《药堂杂文序》云，自己写作的方法是，怎么思，便怎么写，讲清楚了就是。早年写作时，他极羡慕平淡自然的境地，晚年于此更为注意，与宣传、口号式的写作大异其趣。其《饭后随笔》《知堂回想录》，几成化境，如清水出芙蓉，景观之美，为他人所不及的。废名早年的作品，也在走这样的路子，周氏看了，颇为喜欢。他在《枣和桥的序》中夸赞废名说："废名君用了他简练的文章写所独有的意境，固然是很可喜，再从近来文体的变迁上着眼看去，更觉得有意义。废名君的文章近一二年来很被人称为晦涩。据友人在河北某女校询问学生的结果，废名君的文章是第一名的难懂，而第二名乃是平伯。本来晦涩的原因普通有两种，即是思想之深奥或混乱，但也可以由于文体之简洁或奇僻生辣，我想现今所说的便是属于这一方面。"废名、俞平伯由于过于看重文体，行文之中多少有点遮掩，与周氏便略有区别。后人模仿周氏，多形似而难神似，看来还是学识与境界使然，非刻意便能学到。一些研究新文学的人，很不喜欢俞平伯的匠气，我想原因就在这里的。

自然、平易，不求闻达与深刻，便使周氏作品有了另外一种韵致，也可说是深刻吧。他写人记事，或谈古论今，都无架子，可谓"任意而谈，无所顾忌"。胡适等留洋归来的人，动辄长篇大论，专著多多，而周氏不屑于此，仅以随笔见长，甘于小的样式。你读一读《雨天的书》《永日集》《风雨谈》等，当有谈笑自如之感，让人久久难忘。他说自己著述，并无深意要说，不过是聊以消遣，但意思却是真诚的。所以，他的文章，没有玄学，亦无晦涩的学理，讲的都是常识、体验之类，于是赢得了杂家的称号。《药堂语录序》就说：

> 我不懂玄学，对于佛法与道学都不想容喙，语还只是平常说话，虽然上下四旁的乱谈，却没有一个宗派，假如必须分类，那也只好归到杂家里去吧。

这一句话是不无真诚，在那时则很是少见。以小为乐，甘于淡泊，都不是刻意为之，其中的诚恳与挚意，我们是可以感到的。

天下的事情，本无玄言那么复杂，然而文人的出现，却将此繁复化了。苦雨斋里的人，不屑于与革命者为伍，又与艰深的大学讲章保持距离。以宁静笑对市井，用冲淡自娱人生。这让人想起六朝文人，虽状态有别，但志趣略近。在现代史上，不能不说是个特例。

平淡的文章

俞平伯早年喜欢胡适,后亲近知堂,成为苦雨斋的常客,这在文学史上,是颇可一书的。胡适启示俞平伯的,是考据学的理论,实证精神的迷人,自不必说。但知堂给他的,却丰富得多,学识、趣味、人生态度,都非胡适可以企及。俞平伯一生,学问与创作,均有收获。有许多,是受了周作人的影响。不过在我看来,俞氏的文章,谈学问的尚可一看,而抒情散文、新诗,则不足为观,成就远不及废名那么骄人。细读他的书就会觉得,俞氏作品,斧痕过重,那感触,稍有审美感受者,都会有的。

他早年的散文集,差不多都有周作人的题跋或序言,可见彼此交谊之深。1928 年,周作人为俞氏的《燕知草》写跋的时候说:

> 我平常称平伯为近来的一派新散文的代表,是最有文学意味的一种,这类文章在《燕知草》中特别地多。我也看见有些纯粹口语体的文章,在受过新式中学教育的学生手里写

得很是细腻流丽，觉得有造成新文体的可能，使小说戏剧有一种新发展，但是在论文——不，或者不如说小品文，不专说理叙事而以抒情分子为主的，有人称他为"絮语"过的那种散文上，我想必须有涩味与简单味，这才耐读。所以他的文词还得变化一点。以口语为基本，再加上欧化语，古文、方言等分子，杂糅调和，适宜地或吝啬地安排起来，有知识与趣味的两重的统制，才可以造出有雅致的俗语文来。我说雅，这只是说自然、大方的风度，并不要禁忌什么字句，或是装出乡绅的架子。平伯的文章便多有这些雅致，这又就是他近于明朝人的地方。①

提倡涩味与简单味，废名做到了前者，周作人做到了后者，俞平伯呢，似乎游离于二者之间，均未出神入化，终有雕饰的痕迹。废名主张散文写作，不妨多一些"隔"，以隐曲为上，所以多逾矩之笔，虽然也不免有些生硬的痕迹。但知堂老人则出水芙蓉，天然无伪了。俞平伯早期散文，故作雅态者多，后做《古槐梦遇》一书时，有些往生涩的路上靠，和废名略有暗合之处，然而大多还是露出稚气，影响是微弱的。

1935年5月29日，俞氏在《益世报》发表名为《无题》的随笔，文中道：

> 一点点光阴，前乎此者不知几千万年，然而非此光阴也。

---

① 《苦雨斋序跋文·燕知草跋》。

则此光阴之重要亦明矣,奈何不有以遣之。有以遣之而不遣之,非人情也。虽有若无,实难若虚,是耶非耶,一点若是而已;然则危矣,将无以遣矣。将无以遣之而遂不遣之,尤非人情也。如何而遣之乎?酸咸辛苦,气味别也;贪嗔痴爱,根尘隔也;或潜或跃,静躁殊也。其遣此有涯相若,如何而遣,决不相若也;以无益遣有涯相若,其何谓无益,又决不相若也;岂特不相若已哉,且断断然争,以后止为胜也,则吾人之终不曾互喻亦明矣。①

此文颇类废名,然略显拙气,不似废名那样的禅味。废名著文,有哲人之态,又非做作,内中流着无穷妙意。俞氏既无废名那么睿智,又无知堂那样从容,故文章不免生硬,没有快感了。不过他的学术研究文章,写得就很自如,那本《红楼梦辨》,全是心绪与学识的自然流淌,没有故做高深的雅态。写此书时,他还年轻,大学毕业不久。文章是阅后的心得,有什么,说什么,见识不俗。鉴赏古文,是俞氏的长处,他对旧诗词的看法,对版本学的修养,都高人一等,若读俞氏之书,是要选择这类著述的。

学人谈古人的优劣,大抵有一股盛气。俞氏为人忠厚,然批驳先人的谬误,还是颇有锋芒。《红楼梦辨》讥讽高鹗的俗态,真是一针见血,那分明是受了"五四"民主意识的影响的。不

---

① 《俞平伯全集》第二卷,花山文艺出版社,1997年,第649页。

过俞氏与周作人一样，不喜欢刻薄之文，觉得温厚为美，在《红楼梦底风格》一文中，俞氏说：

> 刻薄嫚骂的文字，极易落笔，极易博一般读者底欢迎，但终究不能感动透过人底内心。刚读的时候，觉得痛快淋漓为之拍案叫绝；但翻过两三遍后，便索然意尽了无余味，再细细审玩一番，已成嚼蜡的滋味了。这因为作者当时感情浮动，握笔作文，发泄者多含蓄者少，可以悦俗目，不可以当赏鉴。缠绵悱恻的文风恰与之相反，初看时觉似淡淡的，没有什么绝伦超群的地方，再看几遍渐渐有些意思了，越看得熟，所得的趣味亦愈深永。①

俞平伯讲的虽有道理，但将缠绵悱恻之风看成文章的高境界，就不免让人生疑。他的《杂拌儿》《燕知草》《古槐梦遇》，有些篇章就情浓得化不开，似乎有意追求缠绵的文体，然而境界顿跌，反不及随意写下的《红楼梦辨》那么自然了。

一为文人，便有些自恋，倘若再耽于书话诗趣里，不能拔脚，便会流于平庸。周作人弟子多多，欲仿而行之，反不会独步者亦多。就读书人而言，这些也应引以为戒的。

---

① 《俞平伯全集》第一卷，第171页。

鉴赏家们

刘半农曾说自己是以鉴赏的态度看人生,好似也写出了那个圈子里的隐秘。社会观如此,艺术观也这样吧?记得曹聚仁曾谈到自己是历史的看客,也道出了学人的一种立场。他们不以宗教的狂热对待事物,自然也就与他人有了距离。好像隔岸观火者,远远地望着人们的静动与苦乐。自己呢,默默地发出一丝丝感叹。苦雨斋里的人,谈政治的见解大多隔膜,缺少鲁迅的尖锐、深刻,但讲起历史、文学、古董,则均为高人,妙语迭出。我们如今梳理学术史,看那一代人与旧文化的联系,是不得不翻翻那些人的著述的。

鉴赏家们大抵不物于物,总可从中辣身一摇,跳将出来,看出历史的阴晴圆缺,比卷入时风者,终有些清秀、坦然、超于象外的境界。刘半农、废名的文章,便很有些特点,懂得了那种心态,对其价值取向,大致清醒了。说起对旧的遗产的清理,周作人眼光的敏锐别人难敌,俞平伯的深厚,也自有特点,其诗话、词话之好,是独步学林的。如果说刘半农有些直露、浅,废名则俨然一个哲人，清癯得无迹可求，俞平伯仿佛介于其间，既非急性之人，又无高远的哲思，倒像一个忠厚者，道出的是平实的历史，读其文，让人眼中一亮，是有点古人遗风的。

俞平伯的创作大多平平，没有什么惊人之作，诗与散文，佳作殊少。但他的《诗余闲评》《清真词释》《唐宋词选释》《红楼梦辨》，实在是功底不浅，意绪非常。以词学为例，俞氏乃情思俱佳，疾徐有致，谈吐自如，非其创作可比肩的。俞氏谈域外的文艺似乎不行，但旧的诗词都有心解。对艺术规律，谈得较透，读之亦有清爽之感。如《〈牡丹亭〉赞》云：

> 以为有窠臼，则有窠臼矣；以为无窠臼，则无窠臼矣。何以明之？心目中有窠臼，则必思摆脱之，此欲摆脱，便是一未能忘情于窠臼之证；而一摆脱之中又正为崭新窠臼之酝酿。若心目中无窠臼，则遂无窠臼矣，化腐朽为神奇也。腐朽安得化为神奇？腐朽即神奇也。非腐朽即神奇，不见腐朽，不见神奇也。何以不见？不得见故。胸次洞然，无所容心，如《牡丹亭》作者是也。彼妄生分别强作解人者，避俗若浼，而俗每追随左右之。吾子将旦夕遇之矣。①

我们在作者的散文、诗词里，绝看不到此类的妙语，创作与鉴赏，终有隔膜的。俞平伯其实也看到了己身的悖谬，细细想想，

---

① 《俞平伯全集》第四卷，第506页。

也颇为痛苦。过于明白，则无文，倒是混沌不清者，可写出佳作。这是一条规律。所以在《论作曲》中，作者有句格言，可作参注：

> 当曲之盛隆也，有音律而无规律，及其衰也，音律未泯而规律已生；其亡也，规律仅存耳，律亡斯曲亡矣？规律亡斯尽亡矣。以词言之，五代、宋人盖不知有词之规律也，南渡末世渐有词学，而词遂亡矣。[1]

联想俞氏自身的创作，真是不幸而言中。他深谙音律，但诗词平平；颇晓小说，而文笔庸常。我们看他写《红楼梦》的研究，清楚明亮，有时单刀直入，切中要害，但一写身边琐事和日常生活，则笔墨枯涩，略显稚气了。有词学而词亡，有理论而文衰。不独古人如此，今人也难逃罗网的。

所以，书斋里的文人，顶多不过知识的传递者和历史的看客，而要成为曹雪芹、鲁迅式的人物，则并不容易。倘用战士和作家的尺度看待、衡量他们，也过于苛刻，尺度也有了问题。以鉴赏的心态看人生者，有时可跳出情感的纠葛，能窥到问题的症结，文章不冷不热，头脑清醒。像俞平伯、刘半农这类人，看似拘谨、文气，有时也会一点自嘲的，偶尔幽默一下，自省一下，读者能嗅出其间的有趣。俞氏《清真词释》解析周邦彦

---

[1] 《俞平伯全集》第四卷，第466页。

的世界，灼见多多，文章沉着自如，有浑厚之气。妙悟与深思之余，偶也冷观自我，亵渎一下神圣，将己身的窘态写出，那就将迂腐之气冲淡了。如言及《庆宫春》时云：

> 簧，原乐器名，此则笙中之簧耳。簧暖则声清，庾信《春赋》："更炙笙簧"。此"暖"字不仅写实，妙在含情，与南唐中主词"小楼吹彻玉笙寒"，异曲同工。深闺思远之怀，佳人情浓之态，得此表里俱活，洵一字千金也。以为纯虚固非，以为甚实亦非也。"眼波"两句用《楚辞》，平常语耳，妙在结句，于柔厚之中涵超脱意；仿佛有悟，而缠绵难遣。不仅怨而不怒，并怨亦不曾。一饷留情，怪着谁来，此其所以为含蓄欤？夫美既在含蓄，分析则大不含蓄矣。沉吟讽诵，庶会文心，蛇足之诮，吾岂免夫。①

有一点学理，一点常识，一点反讽，那文章便从枯涩中走出，有了些许人气。周作人身边人的著述所以好读，是因为将学理趣味化，有着京派的赏玩感。在阶级斗争日趋激烈的年代，我们偶也可以读到这类从容、心静而又快慰的文字，那是让人为之爽目的。然而许多年来，类似的鉴赏之文，我们已很难看到了。

---

① 《俞平伯全集》第四卷，第136页。

生活点滴

说起周作人的生活,世人的看法不一。我觉得比之于同代学人,他一直生活在较优越的环境里。即便到了五、六十年代,收入一直高于大学的一般教授,所以算不上清贫之人。但我们看他的日记和书信,似乎一直处于拮据的状态。借钱于友人,向出版社讨要稿酬等等,日子过得并不轻松。周作人没有烟酒方面的嗜好,除了购书,平时并不需巨资。但他给人的印象,钱一直不够使用,仿佛有大的窟窿,需要填补似的。什么原因呢?一直不太清楚。

我后来读钱玄同日记,访问江绍原之女江小蕙先生,才渐渐知道,周家的生活,有时确用钱过多。比如节假日,倘做一点好的东西,每每要分送给邻居。朋友相聚时,除饮酒食菜之外,节日间还要赠送礼品与客人,显得出手大方。周作人的被朋友喜爱,大抵因了其温和随意,不拘小节,他自己不太会理家务,对用钱大约也少计算。1923年,他与鲁迅分手,原因多样,其中之一,就有经济上的冲突。许广平在回忆鲁迅时,谈到了鲁迅对周氏一家人的看法。鲁迅说：

> 我总以为不计较自己，总该家庭和睦了罢，在八道湾的时候，我的薪水，全部交给二太太，连同周作人的在内，每月约有600元，然而大小病都要请日本医生来，过日子又不节约，所以总是不够用，要四处向朋友借，有时候借到手连忙持回家，就看见医生的汽车从家里开出来了，我就想：我用黄包车运来，怎么敌得过用汽车运走的呢？①

翻阅周作人日记，可以看出他并不是一个精打细算的人，平时家里，积蓄不多。1929年，周氏兄弟已分手多年了，可周作人家里，仍算不上富裕。那一年其女儿若子得病去世的时候，周氏多次向友人借款。如11月20日日记云：

> 上午七时邀耀辰来，承借予二百元。付医院五十元讫……又乘汽车往访隅卿，访百年，至北大借四百元……

12月2日日记云：

> 上午往北大上课，午至孔德饭。向隅卿借来洋百元……

---

① 《许广平文集》第二卷，江苏文艺出版社，1998年，第246页。

周作人借钱的习惯，在与鲁迅分手不久后就出现了。如1923年11月29日在北大借款四百元；1924年2月27日往北大借洋一百五十元，同月10日借新潮社款一百元；5月10日向胡适借洋一百元。此间还不断向张凤举、川岛、孙伏园等友人借款。如1924年11月29日借款于孙伏园；1925年3月11日借款于川岛，等等。直到晚年，也时常能看到他借款的记载，可以说一直生活在窘迫之中。按当时周作人的收入，生活当不成问题。与鲁迅决裂的时候，他每月收入有三百余元，到了三十年代，月收入可达四百八十元。日伪时期，月薪一千二百至二千元不等。新中国以后，人民文学出版社给他的月薪是二百元，后增至四百元。在当时，亦属高薪。1966年，在致香港友人徐讦的信中，他谈及了自己的生活状况，捎带解释了自己"苦住"北平的原因，周氏觉得，自己所以落得"汉奸"之名，实在是生活所迫：

> 我的家族那时有我夫妇及子女各一，女已出嫁，丈夫在西安，所以她住在我家，带着两个儿子。我兄弟的弃妻，就是我的妻妹，有二子一女，也住在我处，过着共同生活，此外我的母亲同了鲁迅前妻虽然住在别处，也要我照看，这样说来，就是这不算在内，已经连我有十个人了。我也知道顶好是单身跑到西南去，但是撇下九个人没有办法，所以只好在北平"苦住"了。头一年（民廿六至廿七）我靠胡适之的编译会译书的事，总算混过去了，后来编译会搬

往香港，我乃托燕大友人在那里谋得四小时的功课，承燕大特给报酬百元，并一个"客座教授"的名义，我便借此抵挡了别处的劝诱，第一是师范大学的中文主任，算是成功了。但是到了廿八年元旦，忽然光降了刺客，虽是没有死，可是燕京不能去了，所以只好就了北大图书馆长，随后是文学院长之职了。①

了解周作人一生，是应看他的日常生活的。周氏平时除读书、教书、著述之外，仅与几个友人聚会谈天，没有大起大落的变化。除附逆入狱之外，一生差不多一直与书斋为伍，自己并没有大的花销。他的贫穷，实在是缘于生活无法计划，以及为他人承担生活责任。他的妻子羽太信子，平时对邻居、佣人都很好，有求必应。只是主持家务时，大手大脚，遂使生活常出现入不敷出的现象。周作人自己，不谙外事，有时听之任之，日子就那么颠颠簸簸过来了。

但是周作人的写作生涯，很少谈到自己的日常生活。他眼里大多是些生命哲学与人类文化史的东西。周氏几乎没有体育与音乐、美术上的爱好。他的文章止于常识的引用、学理的垂想，并无极度的冲动与激情。看他的文字有时也可以想见其平和与冷静。身外的世界那些诱人的存在，对他不过是过眼烟云。有时读他的书，也可以感到他是一个厌世主义者。他恪

---

① 黄开发编：《知堂书信》，华夏出版社，1995年，第422页。

守着自己的园地，不奢望于别人的施舍，就那么木然地走着，走着。人生是一种大苦，此外还有什么呢？像鲁迅一样，对人生的不确定性、灰暗性，他是深深感受到了的。

苦　海

钱玄同生前没有出版什么专著，大量的文章散落在报刊上。他和周作人关系甚密，说是挚友，也不过分。但周氏的那份平静、安详，他是学不来的。读钱氏日记，才会渐渐明白，这位文字学家，多年一直被疾病所困，内心有着大的苦楚。这倒让我想起鲁迅，一生都生活在焦虑之中。那一代人，精神上的痛和肉身的痛，都非今人可以理解。仅靠一两篇文章揣度他们，是大不得要领的。

周作人有一个苦雨斋，钱玄同呢，有一个"某海"。三十年代，他几乎很少回家，大多时间泡在自己的"某海"里。那是他办公的地方，亦是就寝之所。除了会会友人，讲讲课，他的大量时光，都泡在那里了。且看他1936年的日记：

上午十时回家，即至师大领薪，午忽觉头困不安，午后至某海。（4月4日）

午回家，午后三时至某海。（4月13日）

午回家，午后三时至某海……五时访启明。（4月14日）

午回家，午后三时至某海。（4月15日）

午回家，下午至某海，用黄毛边重写刘半农碑。写了一百多字，精神恶惫，眼睛昏花，即罢，仍不惬意……（4月29日）

午回家，午后至某海，未写字，因头痛不宁……五时访岂明。（4月30日）

午回家，下午至某海，开始第三次用毛边对格写刘碑，写了二百字，头胀眼花矣。（5月6日）①

为什么将办公之所称为"某海"，后人没有谁解释过。但我看那里流出的信息，大多是清冷的。钱氏到了中年之后，灰色的心绪亦多涌出，生活没有规律，常常在外面用餐，下饭店，聚于友人家中，自己的寓所倒冷冷清清。周作人是在自己的家中苦住，慢慢地熬着。钱玄同则弃家而出，在学校和办公的地方消磨着时光，让自己慢慢地消失着。同是读书写作的地方，周宅好似有点神秘，散着淡淡的烟火气。而钱氏的住所，却仿佛是埋着活人的地方，冰冷冷的，没有多少暖意。钱氏晚年，去的最多的地方是苦雨斋，每次都长长的时间。谈语文课本、文字改革、古旧书籍、文坛往事等等，内容是丰富的。钱玄同去世后，周作人有多篇文章念及于他，可说友情深深，有着无

---

① 据鲁迅博物馆馆藏手稿。

法言说的感怀。为什么呢？大抵还是心心相印，精神相通吧？比如他们都痛恨于流寇，不屑于和流行的东西为伍，都有强烈的求知欲，读读杂书，翻翻旧籍，博览自娱。周作人的许多文章，题目大约是与钱氏对聊时碰出的，苦雨斋主人，是很感激于此的。在精神萧条的年岁，有两个知音默默相对，那是他们苦涩人生永值感恋的时刻。周作人后来将钱氏称为中国第一流的思想家，不是没有根由的胡说。

钱玄同喜欢周氏，看重的恰恰是那种人生状态和杂学的力量。他晚年多病，但依然学习日文、英文，让钱稻孙等辅导自己。他关注学术史中有分量的人物，且将那异端者的文字，记录下来，以此自勉。他的书法，遒劲、刚健，有汉隶遗风，一看就知是个狂放之人。在多病、孤苦之中，还能保留一身傲骨，那是让人感慨的。鲁迅晚年和他隔膜，并不了解其状态，还说过一些讽刺的话。可我看钱玄同的遗墨、文章，却隐隐感到他的可爱。鲁迅是走得很远的超人，钱氏是在原地打转的看客。虽然后者失之单薄，可那常态里的非常之心，狂傲之中的寻常之调，有时想想，亦非常人可及的。他的文字提供的历史语境，对我而言，有着诸多的意味。

钱氏内心的苦，不太表露在文章中，大多流露于日记里。我看他的日记所载的头痛、腹胀之语，看他久住外边的心境，觉出了他大的寂寞，以及百无聊赖的心绪。如1933年2月11日日记云：

> 日来头胀、胸闷、腿酸、精神不振,已多日矣。初以为理书累,或以为逛厂甸累,实皆非也,理书不过数日,且休息之时甚多,今年逛厂甸特别不起劲也。噫,老矣,病矣。①

在日记里,有关病痛的记载甚多。钱氏很少写长篇巨著,后来短文亦少问世,大约和身体状态有关的。看他晚年的生活,似乎没有什么规律。惟有和周作人等人的聚会,才有着世间之乐。我读他的文章和日记,觉得内心矛盾得很,痛苦得很,既有自信、孤傲的一面,又常常对自己发生无奈的感叹,似乎在做着一些无用的工作。在某个意义上说,钱氏比苦雨斋主人,有着更为凄苦之处。他的状态,似乎无根的漂泊,家与学术,都像一个空壳,只有那生命之流汩汩地淌着,显示着他的存在。

往来于苦雨斋的人物,每一个都有诸多的故事,或忧或悲,或喜或愁。他们都不是振臂一呼的英雄,亦非领导潮流的闻人。那是个苦涩的年代,在无趣的时空中,他们觅到了一丝丝有趣,且将其紧紧抓在怀中。可是,当他们散了的时候,都知道再回到各自的苦海里。大家挣扎着,漂流着,如此而已。那一代的人与事,今人想要说透,恐怕并不容易。

---

① 据鲁迅博物馆馆藏手稿。

身边杂调

读俞平伯、废名、沈启无的随笔,谈学问时,都有各自特点,但写人记事者,内容不免单调,境界并不开阔。废名的文章是好的,因过于怪,读之却有些难懂,有李长吉之风。俞平伯的散文,差不多都是风月、梦忆之类,生活阅历不及废名丰富,就有点小情调了。其实北平的文人中,有鲁迅、老舍那样复杂社会体验者殊少。朱自清、梁遇春也不过写写荷塘、书斋、月下,士大夫气一看便知的。比之于一些左翼文人,苦雨斋的写作群落,有点孤芳自赏,鲜见血色与泥土气。废名的小说、散文,不过是墓地、野村、儿童、老妇,似乎童话世界,精湛的文思,常驻于平凡之中,绝无宏大的叙事。俞平伯的《杂拌儿》《燕知草》《古槐梦遇》都是些以书斋为生活中心的学者的咏叹,像《陶然亭的雪》《中年》《稚翠和他情人的故事》一类作品,真挚的语调之后,不免透出单薄,没有灵魂的深。周作人写故乡的野菜、北京的杂食,何尝不染有士大夫的气息?他的视野里的世界,常常被一种东西过滤掉了。翻阅诸人的杂集,觉得除废名外,最好的乃读书札记之类的文本,写人记事,则逊于他人。俞平伯的散文多写梦境,精神渐近内倾,对外事不甚敏感了。像《古槐梦遇》,写得几近梦呓。回到内心,成了写作的因由。废名后来也走上了谈玄的道路。他的散文从乡野到佛门,形而上的味道辐射其间,读起来颇为费劲。废名将这一类写作谓之"闻道",看来也颇为自得。在为俞平伯的《古槐梦遇》写的小引中,他说:

> 我同平伯大约都是痴人,——我又自己知道,是一个亡命的汉子,从上面的话便可以看得出一点,天下未必有那样有情的一棵树,其缘分总在这两个人。说起来生怕人家见笑似的,说我们有头巾气,自从同平伯认识以来,对于他我简直还有一个兄弟的情怀。且夫逃墨不必归于杨,逃杨亦未必就归于儒,吾辈似乎未曾立志去求归宿,然而正惟吾辈则有归宿亦未可知也。我常心里有点惊异的,平伯总应该说是"深闺梦里人",但他实在写实得很,由写实而自然渐进于闻道,我想解释这个疑团,只好学时行的话说这是一种时代的精神……①

废名的看法颇有点怪,但说他们均系"痴人",原也不错的。身边琐事、花鸟山色,写着写着便会穷尽,那归路就是走向谈

---

① 《废名文集》,第162页。

玄,以梦写人,以人记梦,加之嗜读古书,文词也古奥、生涩起来。《古槐梦遇》就多有禅趣儿,风格与废名略略相近:

> 以醒为梦,梦将不醒;以梦为醒,梦亦不醒。

> 不可不有要做和尚的念头,但不可以真去做和尚。因为真做了和尚,就没有要做和尚的念头了。

> 对甲说,"何不着袈裟",对乙说:"何必着袈裟",在佛法想必有专门的术语,而在俗家谓之"见什么人说什么话"。①

这里的思路,大多一致,欲达禅境,未近禅境,便有生涩之感。而废名著述,谈起哲理来,就比俞氏走的要远。文章颇有格调了。

《说梦》中有一段话,很有意思:

> 我有一个时候非常之爱黄昏,黄昏时分常是一个人出去走路,尤其喜欢在深巷子里走。《竹林的故事》最初想以《黄昏》为名,以希腊一位女诗人的话做卷头语——
> "黄昏呵,你招回一切,光明的早晨所驱散的一切,你招回绵羊,招回山羊,招回小孩到母亲的旁边"。

---

① 《俞平伯全集》第二卷,第355页,376页,377页。

> 不知从什么时候起黄昏渐渐于我疏远了。
>
> 艺术家要画出丑恶的原形相,似乎终于把自己浸进去了。这是怎样一个无心的而是有意义的事。①

对照二人的文字,彼此相通之处多多,然行文的气韵有别,遂各显春秋。不过,你读这一类的文章,是否感到一种逼仄?苦雨斋群落话题的特点,于此可以参证。他们不屑于谈政治、革命、流血,而是灵魂的隐秘、审美的视角、认知的态度。外面的世界千变万化、丰富多彩,而在诸人眼里,不过昨日如斯、今日如斯,明日亦如斯。若说精神的灰色,周作人身边的友人,都有些吧。

---

① 《废名文集》,第54页。

儒林内外

读书人嗜古一深,染有儒林之风便很自然。周作人中年之后,自称非正统的儒家,那么说其颇带儒生气息,原也不错的。不过周氏身上的儒气,非道学的东西,除了知识积累思想评述外,别无他物。中国儒林之中,看重功名者众,帮闲帮忙者多,而学理上别开门径,自成体系者,又有谁呢?吴敬梓《儒林外史》,写尽书生陋习,此亦周氏一生的警惕所在。旧儒身上的酸气他均有意抵御,精神朗健,确与鲁迅有几分相近的。

"五四"文人,与旧时儒者不同之处,乃重人本,近科学,对利禄的看法逆于古人。鲁迅小说嘲笑过以试取人的荒诞,胡适谈及私塾与科举,也多有微词。周作人深知古书里的鬼气很多,正如一友人说,读"四书""五经"者少,讲野史札记的地方多。中国人的性灵之美,差不多在经书正史之外,像《颜氏学记》《颜氏家训》《容斋随笔》《癸巳类稿》,均性情中文,没有矫情的。周氏一生,钟情于此,描写野史的文字很多,许多思想,也来源于此。友人中钱玄同、废名、俞平伯,也嗜好非正宗的诗文小说,对无名者的笔记小品,很有兴趣。苦雨斋中人看似老气,很有古风,实则与旧儒有天壤之别。钱玄同好似有狂人之气,治学态度常在古人之上,有凌厉超拔之态;俞平伯考据文章的方法,对待戏曲的态度,都有不同于他人的地方。废名懂一些外国文学,像《阿赖耶识论》,看似谈佛,实则现代人的哲学,时空自有开阔之处。所以,周氏沙龙的特点,亦新亦旧,亦古亦今,精神的本源,还属于现代,只是与激进主义略有不同,也无意识形态气和结社的帮派气,所以左翼讥之落伍云云,是不得要领的。

说苦雨斋有儒林遗风,即旧式文人气,那也不错。高远东先生从周氏与弟子间的关系上,就看出旧文人的特点,我以为是对的。比如他们愿谈明清版本,喜欢书画,提倡明人小品,士大夫气,略见一二。文风呢,大多离徐志摩那样的洋腔很远,和鲁迅式的血一般的文字,距离更大。钱玄同一度喜书小篆,废名的文字跑到禅趣那里去了。马裕藻、刘半农、张凤举诸人,都看不出"创造社""太阳社""狂飙社"诸青年的热情和血性,在进化的路上,好似落在后面。但那也是外观的形态,实则自有别样的风采。周作人以小品文来表达西学精神,所译古希腊神话、日本散文、蔼理斯的思想短章,不能说没有力量。江绍原介绍的民俗学理论,今天读了,亦有常新的感觉。苦雨斋的友人们,谈变革、改良的话题多多,尤以思想建设颇有力度,忧患之深,不弱于左翼青年的。且看钱玄同非孔的文字,写得多么痛快淋漓:

孔二先生虽然算得上一个人物，然不过二千四百年以前的人物而已。他以后的学者，超越过他的不知有多少，今人更不待言。所以无论怎样恭维他，他的真相总不过如此而已。他对于政治、道德、学问……都没有什么细密精深的见解。只因他老人家是一个"大夫之后"，常常坐了"双马车"跑东跑西，认识当世的名流很多，又做过几天官，所以能够吸收了许多徒弟；后来那班徒弟四面散开，把老师的话常常对人家讲讲，于是他渐渐的就成了学阀，又因为皇帝们都爱他的议论，可以拿来压伏百姓，可以使"天下英雄尽入彀中"，于是尊他为圣人，定他的话为"国教"。①

传统儒生还有个传统，即读书乃为经世，以干政报国为己任。苦雨斋圈子中的人，大多对政治不太喜欢，除沈尹默到河北做了教育界的官员，周作人在日伪时期充任文化官僚外，济世的激情不大，热情大抵还在述学上。像钱玄同那样壮怀激烈，也不过友人间的交流，和文字上的表演，对现实运动，缺乏经验。周作人身边的友人，旧儒的好的一面继承了不少，而新精神呢，则止于"五四"，不像左翼文人那样在冲动的路上越走越远，便显得有些"落伍"了。其实细想一下，苦雨斋主客之间，思想是常新的，他们对国学的反省，对民族文化缺陷的揭示，深

---

① 《钱玄同文集》第二卷，中国人民大学出版社，1999年，第239页。

度上要高于常人。而对文化人类学、民俗文化的冷观,还走在同代人的前面。比如谈话中常涉及的古希腊文明,比如拼音化道路,在学理上自成一格。后人所以常把苦雨斋看成老气的营垒,大抵因为其审美经验与人生经验,与普通百姓有别。左翼人士更多地看重反抗绝望,到民间去,做社会的变革者。周氏诸人,则躲在象牙塔里"苦住",以学人的眼光,冷冷打量外面的世界。路虽不同,但各有春秋,你要是从周氏友人的交流里看不到无奈与悲凉,那却是错的了。

自己的文章

新文化运动的初期，鲁迅并没有什么名气，倒是胡适、陈独秀、周作人给人深深的印象。刘半农、钱玄同谈及《新青年》时，都不太提及鲁迅，因为无论从理论的角度，还是社会活动能力而言，胡适、陈独秀都高于他人。我们看钱玄同、刘半农、鲁迅在《新青年》上的杂感，调子相似得很，都是响应胡适、陈独秀诸人而作的，所谓"听将令"者就是。至于后来，鲁迅独领风骚，横空出世，那是另一回事了。

"五四"落潮之后，陈独秀搞起政治，胡适徘徊于权力者与学界之间，鲁迅则荷戟在沙漠上走来走去。惟有苦雨斋的人们，还醉情于自己的园地，写着自己的文章，很有点"消极"的面影。不过，无论是周作人，还是钱玄同、刘半农，个性的特点也越发明显，守着学术与自我，不趋时牟利，以学理与情趣自娱着、逃避着，有时也冷冷地向世间射出几箭，说一点风凉话。刘半农、钱玄同等人和周作人一样，对知识界的不断进化、斗争、乃至流血，有着某种警惕。因为随着别人盲目地走，宗教般地燃烧在一种教条训戒下,那是可怖的。周作人就说,太阳底下无新事:中国的昨天如此,今天如此,明天大抵也如此。那是有着深切的无奈的。在一个动荡的时代,人们倘抓不住自我,随波逐流,殊为可怕。刘半农大约也接受了类似的看法,所以在《半农杂文》的序言里,有这样一段话:

> 还有一点应当说明,就是一个人的思想情感,是随时代变迁的,所以梁任公以为今日之我,可与昔日之我挑战。但所谓变迁,是说一个人受到了时代的影响所发生的自然的变化,并不是说抹杀了自己专门去追逐时代。当然,时代所走的路径也许完全是不错的。但时代中既容留得一个我在,则我性虽与时代性稍有出入,亦不妨保留,藉以集成时代之伟大。否则,要是有人指鹿为马,我也从而称之为马;或者是,像从前八股时代一样,张先生写一句"圣天子高高在上",李先生就接着写一句"小百姓低低在下",这就把所有的个人完全杀死了,时代之有无,也就成了疑问了。……所谓"抓住时代精神",所谓"站在时代面前",这种的美谈我也何尝不羡慕,何尝不想望呢?无如我不愿意抓住了和尚丢掉了我自己,所以,要是有人根据了我文章中的某某数点而斥我为"落伍",为"没落",我是乐于承受的。①

甘愿"落伍""没落",而未失自我之本性,是苦雨斋主客自觉

---

① 鲍晶编:《刘半农研究资料》,知识产权出版社,2011年,第213页。

的选择。不过我看他们的文章,除周氏之外,都不那么郑重其事,也无心去做什么文章家。钱玄同生前,就未编出自选集来,他眼里的旧作,大多"要不得的"。刘半农也是这样,以为许多文章乃实验产品,"大可扔弃"。这也显示了他非自恋的一面的。钱玄同、刘半农等人,在文章之道上,都推崇周氏兄弟,自知逊于他们,自己便不于此用力。但他们的篇什,可读性颇强,是自由往来的性情,绝无雕饰的痕迹,读来痛快得很。钱氏峻急,刘氏洒脱,然而二人都过于外露,浑厚之感远逊于周氏兄弟,那是一看即明的。不过,半个多世纪过去,再读二人的文字,也觉出非凡超俗的一面。既无官腔,又非俗调,说的都是心里的话,且文白相间,是从旧枷锁中新跳出来的人,大有除旧布新的气象。作家者流,倘不自恋于己身,将写作看得较低,文字大多可以一读。倘对比一下他们同代的趋时学人,便可略知一二。自由的书写与随风唱和,是不可同日而语的。

周作人所以和钱玄同、刘半农关系甚密,大约都是有点怀疑精神,做自己愿做的事情,不喜做完美主义者。因为谙于历史,又绝望于当世,便走上了积极中的遁逃,遁逃中的积极一条路。周作人说过一句话,大概可以代表同道者的心声。1937年在《自己所能做的》一文中写道:

> 我不懂文学,但知道文章的好坏,不懂哲学玄学,但知道思想的健全与否。我谈文章,系根据自己写及读国文所得的经验,以文情并茂为贵。谈思想,系根据生物学文化人类

> 学道德史性的心理等的知识，考察儒释道法各家的意思，参酌而定，以情理并合为上。我的理想只是中庸，这似乎是平凡的东西，然则并不一定容易遇见，所以总觉得可称扬的太少，一面固似抱残守缺，一面又像偏喜呵佛骂祖，诚不得已也。不佞盖是少信的人，在现今信仰的时代有点不大抓得住时代，未免不很合式，但因此也正是必要的，语曰，良药苦口利于病，是也。①

承认自己是多疑少信，也就承认了生活的不完美性，所以宗教般的情感，在他们看来便有了问题。周作人写写文章，不过是生活的调节，并非伟岸的事业。先前的时候，他还相信文学可以改良社会，后来呢，在经历了诸多风雨之后，觉得不过游戏罢了，那里至多不过留下了自己的性情。所以，文章的好坏，不在于别人怎么看，而是自己怎么乐。著文与稻粱有关，亦与自娱相联，看重了它的意义，有时是大不应该的。

事业兴盛、春风得意的时候写下的东西，有点做作和矫饰，不太可信。落魄的时候，失意的时候洒下的墨汁，则往往隐含着本真。点点滴滴间，融入的是珍贵的感慨。周作人周围的人，都有点寂寞，"五四"落潮后，精神有点灰色，不那么明亮。可是我们有时读他们的书，觉得是看客的文字，没有躁气，现代史的隐秘，有时倒是被这些人点透了。

---

① 《秉烛后谈·自己所能做的》。

若远若近

废名晚年曾写过一册《与青年谈鲁迅》，对鲁迅的态度大不同于以前。二十年代，当他成为苦雨斋的友人时，对鲁夫子常常有些微词，观点颇类似于知堂。废名的鲁迅观，先前受了圈子里人的影响，难说有什么奇见，文字亦不及其小说、散文漂亮。他之谈鲁迅，常以知堂为参照，觉得鲁迅固然优秀，然而就思想而言，周作人更为深厚。1932年，在为《周作人散文抄》做的序言里，废名说：

> 鲁迅先生与岂明先生重要的不同之点，我以为也正就在一个历史的态度。鲁迅先生有他的明智，但还是感情的成分多，有时还流于意气，好比他曾极端的痛恨"东方文明"，甚至于叫人不要读中国书，即此一点已不免是中国人的脾气，他未曾整个的去观察文明，他对于西方的希腊似鲜有所得，同时对于中国古代思想家也缺少理解，其与提倡东方文化者固同为理想派。岂明先生讲欧洲文明必溯到希腊去，对于希

伯来、日本、印度、中国的儒家与老庄，都能以艺术的态度去理解它，其融汇贯通之处见于文章，明智的读者谅必会多所会心。鲁迅先生因为情感的成分多，所以在攻击礼教方面写了《狂人日记》，近于诗人的抒情；岂明先生的提倡净观，结果自然的归入于社会人类学的探讨而沉默。鲁迅先生的小说差不多都是目及辛亥革命因而对于民族深有所感，干脆的说他是不相信群众的，结果却好像与群众为一伙，我有一位朋友曾经说道，"鲁迅他本来是一个cynic，结果何以归入多数党呢？"这句戏言，却很耐人寻思。这个原因我以为就是感情最能障蔽真理。而诚实又唯有知识。①

此话是读解苦雨斋团体与鲁迅分歧的根本点，也多少代表了京派文人的心绪。废名推崇周氏，疏远鲁迅，大抵是看到了知识的力量，以为惟有学理，可以中正人生，仅有诗人的情感，不能自我完善。若说对鲁迅才华的钦佩，苦雨斋中人，大抵没有谁不如此。废名早年就曾著文言及《野草》，对那意象之迷离，大加赞赏，内心是十分惊叹的。但他之远离鲁迅，则因为其间的冷傲，以及超人式的哀凉，那又是周作人、钱玄同诸人所颇不喜欢的。看废名、江绍原、俞平伯与周作人的通信，有士人的忠厚，然鲁迅则没有那么平淡、循规蹈距，似乎过于"匪气"了。这样的人物，周作人身边，怎么能容得下呢？

---

① 《废名文集》，第120页。

若说对鲁迅的了解，周作人是颇有发言权的，他们在一起的生活，近三十年了。周氏颇知道鲁迅的好恶，对他的习性，亦很熟悉，然而相距很近的人，心却隔膜，周氏之厌恶其兄，乃旧道德的观念作怪，与所谓中正、平和的学者气，就远了。周作人曾骂鲁迅为"破脚骨"，其恶气远胜于"师爷""刀笔吏"之类，读了让人失望。晚年谈及其兄时，也是只言掌故，不谈思想，内心自有保留的地方。如致曹聚仁的信就说，"鲁迅平常言动亦有做作"，故对其思想深刻伟大云云，殊不以为然。周作人本人和他的学生，主张自然、平常，对戾气、冲动，有着反感。记得读俞平伯的随笔，就谈及过此点，那意思大意：学人著文，倘骂人、冲动，均非上品，惟陈述道理，以理服人，方为佳作。在天下者滔滔皆是的时候，只有周作人，才是他们的向导。你看俞平伯的友人中，陈寅恪、朱自清、叶圣陶等，分量均逊于周氏，在他眼中，学识阔大而又有绅士风度者，惟周氏而已。

俞平伯也好，废名也好，因离周氏过近，为文思路也多有重合的时候，就难说什么创见了。他们用学理与常识去评判事物，处处可见高人一头的地方。如俞氏之批评高鹗，就有大家风采，真真是有逻辑的力量。但一言及灵魂的问题，就逊色起来。俞氏的"红学"观后来受到质疑，问题盖出现在这里。而废名驳斥鲁迅时，以知识的力量取代心灵的力量，也是一种错位吧。苦雨斋中人，感受不到非理性与非常态性，感受不到孤独者无援的思想文本上的价值。他们永远要有一个归宿，这归宿要么是士大夫式的，要么是禅宗式的，与血与火的人生，大抵是隔膜的。

在众多品评鲁迅的文字中，废名早年不经意写的短文是有趣的一种。他之看待鲁迅，也有别人所无的地方，那是诗人的目光起了作用。如1927年《忘了的日记》云：

> 我近来本不打算出去，出去也只随便到什么游玩的地方玩玩，昨天读了《语丝》八十七期鲁迅的《马上支日记》，实在觉得他笑得苦。尤其使我苦而痛的，我日来所写的都是太平天下的故事，而他玩笑似的赤着脚在这荆棘道上踏。又莫明其妙的这样想：倘若他枪毙了，我一定去看护他的尸首而枪毙。于是乎想到他那里去玩玩，又怕他在睡觉，我去耽误他，转念到八道湾。①

1930年在《骆驼草》杂志上发表的《闲话》又云：

> 不愉快的事，因了郁达夫鲁迅的《中国自由运动大同盟宣言》，我刺了鲁迅先生一下。郁达夫先生呢，那实在是一个陪衬，因为他名列第一，割不断，他本来是一个文人，凡属文人我就觉得我不能同他有话说了。
>
> ……
>
> "阿Q时代已经过去了"，大家都这样喊，那自然是最

---

① 《废名文集》，第46页。

好不过的,但这没关系,只是,"前驱"与"落伍"如果都成了群众给你的一个"楮冠",一则要戴,一则不乐意,那你的生命那里去了?即是你丢掉了自己!这自然也算不了什么,但我总觉得是很可惋惜似的。[①]

废名的话语有准确、细腻的地方,也有彼此陌生不通的地方。鲁迅之于他,或说之于八道湾,是若远若近的存在。有时模糊,有时清晰。这个现象,不惟过去,即便今日,也是常见的。

---

① 《废名文集》,第71页。

友人之情

"京派"文人的传统，在很长一段时间里中断了。与其对应的"海派"也曾一度销声匿迹。到了五十年代，中国剩下的只有上海一些左翼作家，延安来的文化工作者，文坛上已鲜见沈从文、废名、俞平伯的文章了。不过，翻一下文学史料，我的印象，"京派"们情调很高，是较为团结的松散群体，而"左翼"们就不免窝里相斗，血肉横飞。"京派"的文人因情调相近而相互吸引，"左翼"作家则以信仰专一而全力排他。周作人周围的人，均很和蔼，除了沈启无被其逐出大门以外，大家心迹朗然，毫无剑拔弩张气。"京派"文人的重友情，是出名的。

其实，"京派"文人也有不同的类型。沈从文和废名不同，林徽因与俞平伯也相去甚远。苦雨斋中的客人与胡适家中的朋友心气迥异，多是和政要无关的人。马裕藻、刘半农、钱玄同、钱稻孙、废名都是学者，且与流行时尚无缘。大家相敬如宾，也无"爱的要死"那类冲动。苦雨斋的友人们都挺淡泊，往来之间，一杯茶，几本书，或谈天说地，或游戏文章，其品位非市井中人可以企及。我们若谈"京派"的友情、人间之爱，于此可做出许多文章来。

看周作人与友人的往来书信，当可想见彼此素朴之情。例如与钱玄同的交往，就随和、亲昵得很。和俞平伯、江绍原的关系，亦无师长的架子。周氏与人相交，谈学理者甚多。其中友情，渗入其中，给人以优雅的回味。且看1926年5月5日上午致俞平伯的信：

平伯兄：

来片敬悉。王季重文殊有趣，唯尚有徐文长所说的以古字奇字替代俗字的地方，不及张宗子的自然。张宗子的《琅嬛文集》中记泰山及普陀之游的两篇文章似比《文饭小品》各篇为佳，此书已借给颉刚，如要看可以转向他去借。我常常说现今的散文小品并非五四以后的新出产品，实在是"古已有之"，不过现今重新发达起来罢了。由板桥冬心溯而上之这班明朝文人再上连东坡山谷等，似可编出一本文选，也即为散文小品的源流材料，此件事似大可以做，于教课者亦有便利。现在的小文与宋明诸人之作在文字上固然有点不同，但风致实是一致，或者又加上了一点西洋影响，使他有一种新气息而已。就要出门，匆匆不多写。①

---

① 止庵校订：《周作人书信》，北京十月文艺出版社，2011年，第95页。

查俞平伯、废名诸人致周作人的信,也多有此类内容,相聚时谈书,别离时信件往来,亦多谈掌故,此类人文气息,今天已渐渐稀少,说起来让人感怀。

周氏弟子中,与其以往情深者很多。废名不用说了,张中行对其崇敬之情,至老不改,且沿着其路孜孜以求。张中行晚年著述,多引周氏的观点,将其视为心灵的向导。记得有一年冬天去看他,老人说:周二先生的文章,很难学到,不打妄语,是他可贵的地方。我觉得张先生的写作,风格就从周氏那里出来,有些文章,连题旨都较为接近,读了如出一辙。张中行说,周氏不仅文章好,为人亦善,弟子中喜好学识者,均爱与其交往。四十年代末,周氏入狱,张中行与同学们还给周氏捐过钱物。止庵先生告我,建国初,周氏颇穷,废名还让人拉一车煤卸在八道湾苦雨斋旁,此种故事,很有感人的地方。周氏与弟子间的友好交往,是可写出一本大书来的。

我读过废名、俞平伯、江绍原诸人寄给周氏的信,一是觉得那一代人对学识的"痴",毫无功利与虚荣可言;二呢,感到精神层面上健康的东西多,残酷、阴冷的调子少。至于今人所谓的"做秀",则稀少得很。周氏圈子中人,寻求的是超然物外的人生境界,废名在为周氏的散文写序时就说:

> 在"五四"以后中国的社会运动发轫的时候,我正是一个青年,时常有许多近乎激烈的思想,仿佛新时代就在我们的眼前,那时同岂明先生见面谈话的材料差不多总是关乎实

际问题的居多，我的有些意见他是赞同的，有些意见他则每每唯唯，似乎他不能与我同意，但也不打破我的理想。事实终于是事实，我随着中国的革命而长了若干年岁，这里头给了我不少的观察与参照，有一天我忽然省悟岂明先生信任历史的态度，从此我自己关乎中国的事情好像能够有所知道。①

周氏与废名都谈了什么，我们不能全部得知，但看他们的文章，气韵连在一起，好似在一条路上行动着。苦雨斋间的文人们远离革命风暴，借着帝京的一角，指点江山，说着古人，谈着今世，那种不愠不火的氛围，想一想，也是难得的。

---

① 《废名文集》，第116页。

风俗研究

对民俗学有一点感情的人，我总觉得是有些童心的。一些研究民俗学的人，都很高寿，周作人、钟敬文等，老而弥坚，我以为是童心起了作用。风俗民情、岁时趣味、神话传说，民之真义存焉，比官僚的讲义，媒体的广告，更近民心。但读书人大多抬眼看上，关注流行色、时尚化和××主义，反将生活的本原忘却了。风俗研究在中国迟迟不得进步，不是没有原因。

周作人一生喜谈乡土、民俗、神话，对原始思维与民间文化多有研究。他曾与友人在北大发起"征集歌谣"活动，是现代民俗研究的最早推动者之一，其思想有许多可贵的地方。周氏看重民谣、旧俗，但并非价值认同，对民风中落后的东西殊为不满。但一个民族，何以这样而不是那样，宗教上可有一个说法，政治上也可有一个说法，但根本而言，不懂民间习俗、百姓好恶，则不得其间的要领。周氏的《十堂笔谈》云：

我的本意实在是想引诱他们，是的，我老实的说引诱进到民俗研究方面去，使这冷僻的小路上稍为增加几个行人。专门弄史地的人不必说，我们无须去劝驾，假如另外有人对于中国人的过去与将来颇为关心，便想请他们把史学的兴趣放到低的广的方面来，从读杂的时候起离开了廊庙朝廷，多注意田野坊巷的事，渐与田夫野老接触，从事于国民生活史的研究，虽是寂寞的学问，却于中国有重大的意义。①

人间的冷暖、百姓的荣辱，于祭祀、礼俗、戏曲、婚丧中都可找到。我去闽南时，见一葬礼颇为奇怪，人们在送葬的路上又歌又舞，大异于中原北土；到绍兴时，见到迎亲的船队，吹吹打打，情调又是北方遇不到的。风俗不同，文化亦不同，于此稍加研究，会看到"四书""五经"中鲜见的东西。我们说沈从文的小说好读，汪曾祺的作品耐看，便是有民间的美质在。"五四"以后，知识分子常常以西化为荣，文辞是欧美的，腔调是俄国的，本土的呢，却忽略了。周氏一生，学贯中西，又以东方为本，其文至今仍可一读，乡土的情怀在起作用，也是原因。

　　翻看近百年文人的一些集子，印象最深者，乃社会问题讲得过多，政治流行语横行，而山林野趣、孤村老调的笔谈少了。讲乡土，谈野史，向被认为是粗俗之调，不入高雅之流。但中

---

① 《立春以前·十堂笔谈》。

国的百姓，不正是生活于其中的么？

近读冯骥才的《俗世奇人》，念及天津人的市民情调时，不禁开怀一笑．觉得将津门人骨子罩的东西写出来了。冯骥才不屑于写书面语的文章，多年致力民俗学与文化人类学研究。以小说写民俗，以民俗映小说，不失一个有趣的选择。这让我想起周作人谈鲁迅小说里的民俗，内中多有新的发现。比如在《社戏》《祝福》里看到故土里的文明，从服饰、画本、岁时里看民间的审美，都会有不错的情调。鲁迅常借地域文化展示人性深度的存在，让人觉出灵魂的深来。周作人对此深有领悟，也悟到了小说与民俗学间千丝万缕的联系。这一方面的问题倘深入求索，说不定还将形成什么学派来呢。

谈民风、旧俗的文章，常有些老态，不及当下热门话题那么引人。但比起制艺、八股文来，则有许多亲切的地方。周作人颇推崇《帝京景物略》《天咫偶闻》《燕京岁时记》《旧京琐记》等，原因大约与人情亲和，又有审美的趣味在，那是儒家教义的讲章里没有的。看过他一篇谈"爆竹"的文章，借民间习俗而谈国人思想，颇可琢磨。国人过节，总喜燃放爆竹，据说乃驱邪扶正，与人大有意义。然而有产者与无产者均喜此事，非阶级意识使然，乃思想情感相近所致。"生活不平等而思想平等"，是民俗学家才有的结论。三十年代后，周氏反对社会革命和阶级对抗，根据也来自于文化人类学。即把人群看成同一文化的动物，而非意识形态的动物。此观点在马克思主义看来站不住脚，但周氏却对此深信不疑。他和鲁迅的分歧点，也在这里吧。

我读周作人的书已有多年，印象较深者就有北京衣食住行的部分。周氏写北京时很少涉猎政治，其叙述春风秋雨、道路住宅的文字，和蔼沉稳、自然静谧。如陈年老酒，平淡里透出绵绵的香味儿。旧北京在老舍的眼里有一番景象，在萧乾那儿也有一番景象，但周氏却不同于诸位，乡土的东西与"胡气"的东西，在他那儿变成了学识与书趣。以民俗学的目光打量尘世的人，毕竟不同于一般文人，那里提升出来的东西，抽象出的东西，比起旧的经史子集，是别有味道的。

佛门风景

周作人是喜欢谈论一点佛教的,他自称"半是释家半儒家",也证明了佛教思想对于他的最重要。但他谈论的释家,多属于大乘佛教,知识是有所限定的。多年间,他一直肯定大乘佛教一些思想,觉得其义理与儒家思想接近,有济世的情怀。佛经里的苦楚之感和对于空无的体会,对于周作人是亲切的存在,他的许多思想从这里萌发,文体不免也带有佛经的静谧之感。

大乘佛教的引人注意,与国人心理有关。他说:"佛教以异域宗教而能于中国思想上占很大的势力,固然自有其许多原因,如好谈玄的时代与道书同尊,讲理学的时候给儒生作参考,但是其大乘的思想之入世的精神与儒家相似,而且更为深切,这原因恐怕要算是最大吧。"①他的比较与感叹,也代表了近代以来读书人的看法,与汉唐读书人的逻辑也有一致的地方。明

---

① 《知堂回想录·二〇六拾遗午》。

清时代的文人在儒学与佛学间徘徊所获得的趣味，周氏是颇有欣赏态度的。

大乘佛教的普度众生思想，一直受到中土文人的礼赞。它"先依傍魏晋玄学，后融汇儒家人性、心性学说"[①]，成为中土文化重要的资源。但知识界对于小乘佛教、大乘佛教的不同态度，导致认知的分野。马一浮谈及朱熹等人的佛教观，就指出其认知中的错位，不能分清大乘佛教与小乘佛教的关系。李叔同认为：小乘大乘均系佛学的一部分，"吾人于此，万不可固执己见，而妄生分别"[②]。这属于佛教内部的一种普遍的看法。但圈外的知识人，出于自己的专业和兴趣爱好，对于佛经的阅读还是有选择的。自然，于教派亦有取舍。周作人看重大乘佛教，与儒学修养与社会学兴趣有关，立足在人的自由选择的层面。他认为大乘佛教与大禹精神相近，属于济世精神的一种，"只看取大乘菩萨救世济人的弘愿景行，觉得其伟大处与儒家所说的尧禹稷的精神根本相同，读了令人感激"[③]。这符合他的人文理念，《新青年》同人的启蒙精神也多少含有类似的情怀。

但这还不能简单地解释他欣赏大乘佛教的深层原因。周作人对待佛教的态度，不是马一浮那样的儒释互见，在他眼里，佛教是思想的一种，对待它的态度就不是信徒式的，也非士大夫式的借用。大乘佛教以另一种方式启迪了他对外在的生命形

[①] 赖永海主编：《佛教十三经·总序》，中华书局，2016年。
[②] 《李叔同集》，东方出版社，2008年，第12页。
[③] 《立春以前·十堂笔谈》。

态的认识。他常常在不同语境里议论佛教，比如，将释迦牟尼的思想，视为"知"的一部分。但这"知"，不在佛经的内部，而在与其相关的知识体系里，即借助其他知识谱系重审佛门遗产。这些遗产的闪光部分成了他现代性理念的一部分。在翻译柳田国男的《退读书历》的片段时，对于这位日本学者以民俗学的眼光打量佛教的态度殊多感慨。日本佛教中的世俗化因素引起他的注意，而这里衍生出的民俗学趣味给他的刺激要超出佛教本身的教义。近代学说如何看待佛教，才是他颇为关注的所在。

喜欢民俗学的周作人从日本知识界的经验里体悟出一种新的感知方式，对于佛门的看法不是从宗教出发，而是缠绕着许多社会学、人类学的因素。以外在化的视野审视佛门遗产，就多了一般信仰者没有的意蕴。

日本的佛教文化带有明显的世俗化因素。有学者已经指出："释迦的佛教本来追求的是解脱，但传入日本的佛教是大乘佛教，以救济在家信徒为目的，不出家也能成佛，这就得肯定现实世界、烦恼世界，肯定活人所具有的七情六欲。"[①]围绕此而产生的风气与审美精神，就与印度本土的宗教远了。周作人以柳田国男为参照，从民俗里看佛教文化，又在其影响里读出国民性来。他在面对日本民风的时候，对于宗教的体认不乏知识趣味，没有驻足于佛学的内在精神。日本文化的诱人，在

---

① 李长声：《况且况且》，上海交通大学出版社，2017年，第12页。

他看来是融合了许多差异性文化,没有在单一的维度里。大乘佛教的维度也是宽广的,能够与许多异质文化互动,这是其能够在东亚流行的原因。而儒学的包容性,也与此大有关系的。但周作人也看到,同样是吸收了佛教文化,日本与中国不同,原发的基因色调各异。"中国人民的感情与思想集中于鬼,日本则集中于神,故欲了解中国须得研究礼俗,了解日本须得研究宗教。"①这个思路也为了解他的思想提供了注解。那些大量的关于乡情、民谣、戏曲、风土的文章,都暗含着对国民内心的省视。他对于民间信仰的理解,借助了域外的新知识体系。

从风俗看宗教,是周作人写作中常有的调子,也是其文章有深度的地方。这种从社会积习和民族性入手思考问题的方式,连带出审美的奇异的效果,就多了佛学研究者与社会学研究者所没有的品位。我们看那篇《关于〈酒戒〉》,从大乘佛教的《梵网经》关于戒酒的劝告,言及社会中人的喝酒习惯,看出教义与欲望间的冲突。和尚不能遵守戒律,乃人性之力大于经文之力,佛教便有了人间化的特点。周作人一面赞赏佛经的思想,一面也不否定凡人的喜乐,也就流露了其思想中的人间性。宗教可以教化人心,亦能让人异化。最好的方式是一种中庸的选择。在戒律与情欲间保持平衡。"我们凡人不能'全或无',还只好自认不中用,觉得酒也应戒,却也可以喝,反正不要烂醉就是了。"②阅读这样的观点,便令人联想起民间的"酒肉穿肠

---

① 《苦口甘口·我的杂学》。
② 《秉烛后谈·关于〈酒诫〉》。

过，佛祖心中留"的话。中国人调和信仰与欲求的逻辑，大抵如此。

大乘佛教的流布，导致了国人在信与不信间的犹疑。佛门之人与世人对于释迦牟尼的理解的差异，也导致精神图谱的多致性，周作人于此看出人间性的趣味。这些不都是佛经内蕴所决定，乃固有文化的基因起了作用。周作人不止一次强调儒家思想里的弹性的意义，这些与大乘佛教并不反对。中国民众在大乘佛教与儒家思想间的暧昧情感，其实把佛教的义理渐渐人间化，到了民间的祭神迎会的时候，神性被束之高阁，而人性的欢愉却表露无遗。他不止一次回忆起故乡的谣俗，在《关于祭神迎会》一文里，有这样的描述：

> 看上文所记祭神迎会的习俗，可以明瞭中国民众对神明的态度，这或可以说礼有馀而情不足的。本来礼是一种节制，要使得其间有些间隔有点距离，以免任情恣意而动作，原是儒家的精意，所谓敬鬼神而远之，亦即是以礼相待，这里便自不会亲密，非是故意疏远，有如郑重设宴，揖让而饮，自不能如酒徒轰笑，勾肩捋鼻，以示狎习也。①

从所讨论民俗的方式里看出，基调便是合乎人性的宽厚精神。他思考佛教与基督教文化下的民众生活，也有类似的情怀。

---

① 《药堂杂文·关于祭神迎会》。

从中也让我们认识了其认知世界的特点,即喜欢多元与个人主义,反对文化上的原教旨主义,以为对于佛教、基督教都应当宽容。他不仅对于陈独秀的反基督教的独断态度提出批评,在反省士大夫信仰的时候,连古人的辟佛传统也不放过。在《旧约与恋爱诗》中批评韩愈的狭隘的文化意识,对于其攻击佛教的态度不以为然。但他又反对把佛教定于一尊,以为信仰是个人的事,而非强制的,这才是一个健康社会应有的风气。

从大量的言论看,周作人在新文化建设中,一直警惕文化上的专断主义,拒绝信仰体系里的主奴意识。佛教在其眼中不是信仰,而是破除迷信。在《山中杂信》中,他对于寺庙和尚间的复杂关系有一种不适的感觉,佛门间的惩戒带出一丝冷气。而对于居士反而有一种好感,那些在家的信徒反倒有宽厚之心。顺其自然就好,反之则遭到苦难折磨。周作人不满意于佛门中的不合人情的东西,恰与其人文态度吻合。这既属于儒家的精神,也带有西洋人文主义的痕迹。"五四"后的叶圣陶、夏丏尊、丰子恺的选择,也与周作人有某些重叠的地方。只是后者在视野上不及周氏开阔而已。

大乘佛教讲求戒律,对于人性有一种约束,约束里的美也就是人性的美。但大乘佛教对于各种欲求的约束,非人人可以做到。至于佛经中对于女性的态度,在周作人看来并不合理,有违背人性的地方。他很不满意佛教思想中关于女性的"不净观",《读〈欲海回狂〉》:"儒教轻蔑女子,还只是根据经验,佛教则根据生理而加以宗教的解释,更为无理。"①舒芜先生以为,周作人在面对人道主义传统的时候,对于佛教思想是有批判态度的,这种态度建立在现代科学思想和人道主义基点上。创造新的文化,佛教精神只可选择用之。

"五四"之后,周氏不断强调大乘佛教的价值,其实也出于启蒙思想的考虑。不过因为对于佛经典籍研究有限,他还不能从方法论层面抽象出有益于思想逻辑的因子。鲁迅面对佛经,能够体会出知与无知,"真谛自无相"的问题,故能够于无意义里建立意义。这种"无知之知"使其在没有路的地方寻到道路,启蒙理念有佛家的元素是自然的。周作人借助佛经所考虑的不是这类缥缈之思,而是一个儒家的话题。这样,佛经里幽深的思想便被简约到伦理的语境里。在《大乘的启蒙书》一文,特别强调利他精神的重要。他觉得现代知识人过于个人主义,不能道义的事功化,是很遗憾的事情。于是主张翻译域外的文学与社会学著作,普及人道主义思想。并且希望整理国故的人,多写一些普及的读本。这便是行菩萨道,做佛门事。那么如此说来,新文化运动,不是少数人的精英选择,而是惠及大众的启蒙运动,以及民族文化的复兴运动:

> 中国现今切要的事,还是如孔子遗训所说,乃是庶、富、教这三阶段,教与养算来是一与二之比,后之儒者舍养而言教,是犹褓母对于婴孩绝乳糜去襁褓,专以夏楚从事,如俞

---

① 《雨天的书·读〈欲海回狂〉》。

理初言,非酷则愚矣。鄙人亦知读经如念佛,简单易行,世所尊敬,为自身计,提倡此道,最为得策,但无论如何,即使并无欺世愚民种种心计,亦总之是小乘法,不足听从。我们所期望者乃是舍己为人的法施,此事固未可性急,急亦无用,但是语有之,十室之内必有忠信,百步之内必有芳草,吾安知不旦暮遇之也。①

可以看出,在面临佛教传统的时候,取的是普度众生的意识,舍的是逆人性的陈见。考虑"他人的自己",才是中国新文化的应有之义。中国古代文人一直在儒学与佛学间徘徊,其中释迦牟尼的思想给读书人带来了精神的解放。在《重刊袁中郎集》一文中,他说自己不喜欢传统文人谈禅的样子,但非正统的文人"逃儒归佛"却并非没有意义。这里看出他对于佛学的多面性的理解。以历史的眼光来考察佛教文化的价值,也有其一贯的学术态度。

---

① 《立春以前·大乘的启蒙书》。

禁书问题

周氏兄弟都爱谈禁书问题,篇目总有几十篇之多吧。专制国度的臣民,稍有头脑者,均知道表达不畅的苦楚。没有自由,谎言连篇,靠着主子的施舍寻一点乐趣,那结果便造就了一批又一批"骗"的文字。鲁迅深味于"瞒"与"骗"的功效,曾著文谈及于此,但最悲愤的,是对"楚书"的咏叹,认为统治者之凶残,剥夺思考权利之严酷,在别的国度,是少见的。禁书乃箝制思想的结果,但最凶惨者,还是"文字狱"的出现,周作人就曾对此恨恨于心,《谈文字狱》尝叹道:

> 盖普通以文字杀人的文字狱其罪名大都是诽谤,虽然犯上作乱,大逆不道,加上好些好听的名称,却总盖不过事实,这只是暴君因被骂或疑心如此而发怒耳,明眼人终自知道,若以思想杀人的文字狱则罪在离经叛道,非圣无法,一般人觉得仿佛都被反对在内,皆欲得而甘心,是不但暴君欲杀,暴民亦附议者也。为犯匹夫之怒而被杀,后世犹有怜之者,

为大众所杀则终了矣。虽然后来有二三好事者欲为平反，而他们自己也正为大众所疾视，不独无力且亦甚危事也。其一是政治杀人，理非易见，其一是宗教的杀人，某种教旨如占势力则此钦案决不能动，千百年如一日，信仰之力亦大矣哉。因为这个理由，在文字狱中我特别看重这一类，西洋的巫蛊与神圣裁判之引起我的兴味亦正为此，其通常诽谤的文字狱固是暴君草菅人命的好例，但其影响之重大则尚未能相比耳。①

中国的文字狱与禁书，乃文化专制的果实，经历了秦火之苦的，对此当有切身体会。到了民国，文人虽已有了些许自由，但限制依然很多，周氏兄弟的一些书，后来就有被"禁"的命运。人本来是应自由书写与自由思考的存在，但对国人而言那不过长长的梦想。周氏兄弟著文，有时不免就吞吞吐吐，思想隐曲，借风喻影，那也是文字不得畅达的环境所致。我每读周作人谈论禁书的文章，就觉得是在写的时候，倘不是现实有所启示，当不会留意于此的。周氏说，人是动物，但尚不及其他动物那么平和，因为竟有以理学杀人和思想杀人的时候，和生物们比，是进化了还是退化了呢？古人说，在雪夜里闭门浏览禁书有大的快乐在，那也是获得片刻安宁的喘息，其实文字狱之苦，乃是非常人可以忍受的悲剧。

---

① 《秉烛后谈·谈文字狱》。

汉代以后，儒学之外的门派生存很难，倘略有异端者在，则非扫地出门不可。元朝是很黑暗的年代，除了戏曲，没有什么著作。明代虽物欲横流，思想多致，但看看李贽案，则知禁书的产生，实乃血泊里的哀歌，想起来是让人愤愤的。李贽的《藏书》《焚书》，调子多逆于世俗，但却被目为"坏人心，伤风化，天下之祸未知所终也。"天启五年（1625），明朝曾颁布禁令，不许印卖李氏著作，此可见那时专制的残酷。清代的禁忌更多了，文字狱的产生，书生的弱化，正是那个时代文化衰微的写真，可让人尊敬的文人，少得可怜。清代的禁书，大约在历朝中最多，其中的血腥味儿，在晚清人的著作里，还能感到。我们读一读章太炎的文章，看他怒骂满清消灭汉文明的文字，当可感知那情绪是何等的激烈。

被禁的图书，未必都是杰作，有些文章今天看了，不过尔尔。文人的遭殃，大多不是艺术的深浅问题，是观念的东西在起作用。譬如前清蔡显的《闲渔闲闲录》，就不见得怎么好，但是被列为禁书，不可阅览。李贽的《焚书》《藏书》，在文字上似不及袁氏兄弟那么通达，就我而言，似乎更喜欢看袁宗道、袁宏道的著作。不过禁书之中，有浩然正气者不在少数，如今翻翻，有气节者颇多，那正是后人可感叹不已的范本。不愿做奴才的人，每每读那样的书，会有感激的吧。

在明清两朝，被禁的书中，思想者的著作颇可感念。统治者向来害怕学问家的作品，学术昌盛的背后，是自由的精神，皇上老爷，怎么会袖手旁观呢？且看乾隆皇帝在《尹嘉铨免其凌迟之罪谕》中说：

> 古来以讲学为名，致开朋党之渐，如明季东林诸人讲学，以致国事日非，可为鉴戒。……且以本朝之人，标榜当代人物，将来伊等子孙，恩怨即从此起，门户亦且渐开，所关朝纲世教，均非浅鲜。即伊托言仿照朱子《名臣言行录》，朱子所处，当宋朝南渡式微，且又在下位，其所评骘，尚皆公当。今尹嘉铨乃欲于国家全盛之时，逞其私臆，妄生议论，变乱是非，实为莠言乱政。[①]

鲁迅在文章中，谈及过清朝皇帝对知识者的戕害，言辞里深含着情感。那篇《病后杂谈》中，讲过文字狱的影响，读来让人久久难忘。

我一直在想，鲁迅晚年，一再谈及清朝的文字狱，是与自己的处境有关吧？先生的书，在三十年代，有许多是被列为禁书的。那时连写文章，都不免吞吞吐吐，意味隐曲，其目的乃在于绕过检查官的耳目。我看三十年代的文学史料，见到国民党当局查封书店、逮捕左翼青年的文字，便常常叹息，觉得生在那样的年代，文人的空间有限，除了怒愤，还能有什么呢？现在有青年人大骂左翼文人浅薄，以及鲁迅杂文晦涩，其实是不解历史的缘故。在思想不自由的年代，文学要优雅起来，的

---

① 上海书店出版社编：《清代文字狱档》，上海书店出版社，1986年，第591页。

确大难。君不见周作人、林语堂的悠然的文字中,也有绵绵的苦涩么?对那一段历史,倘无深切的体味,要道出其中的原委,的确很难的。

校园情调

看周作人与学生间的通信,有许多有趣的内容,听过其课的学生,后来提及他的为人,都觉得老实、忠厚,有常人难及的地方。周氏和弟子的关系,平等的地方很多,决无盛气凌人之处。记得江绍原与其往来信件,很像朋友,师道尊严之类的东西是看不到的。他一生教过多少学生,不得而知,其追随者也不过几十个而已,决无鲁迅、胡适那样的感召力。周氏的魅力不在人格的层面,他更主要是以学识、书斋气而吸引学生,或说校园里的氛围,因由他这一类人的存在,而显得古雅、肃穆,带了几分文气。像周氏这类的教授,我们今天大约已难见到了。由他以及他的学生们构成的校园文化,也难以想象出它的面貌。我翻看北平时期的大学校刊,常生出复杂的感叹,那时的学生滥竽充数者有之,刻苦研讨问题者有之,但氛围大多有学究气,不像现在这样时尚化了。一个时代有一个时代的教育,此话过去不过听听而已,现在想来,确是不错的。

偶然翻看燕京大学年刊民国二十年号,读来颇感新奇。那时国文系的教员人才济济。周作人、熊佛西、徐祖正、俞平伯都是很有造诣的学人。而学生呢，也洋气得很。看校园的生活剪影，发现很是摩登，网球、曲棍球、篮球等均很风靡，很有些西化的色调。燕大乃教会学校，内中不乏欧美的情调。首任校长是司徒雷登，毛泽东后来在文章中提及过他，至今想来，已成历史了。教会学校的校风，和国立的毕竟有别，域外的东西殊多，与国学渐远了。但那时文学院国文系教员，并不亚于西学一类的学者，学生的素养，亦不可小视。三十年代后期，王世襄毕业于燕大时，曾编过一期燕大年刊，内中有他的《燕园即景十首》，很有古风。兹引用几首，可见那时的氛围：

又见乌衣蹴落花，旧时庭院未全差。
今春好筑香巢住，未必明年就是家。

四月湖居尚夹衣，薄凉和月到屏帏。
窗前忽听蛙声歇，知有人看夜色归。

草间窄径几萦纡，莫惜青鞋著露濡。
一路野花三两蝶，送人绕遍未名湖。

风雨时疑入夜来，琅玕窗外渐成堆。
今年信是鞭行远，忽见新篁出刺梅。

王氏晚年声名益著,以研究明式家具、北京鸽哨享誉文坛。教会学校里,会走出很国粹的学生,我以为是与有周作人这样类型的学者分不开的。虽然周作人1931年就离开燕大,不过他的治学态度,以及东方式的散文表达式,对各校的学生较有影响。1937年,胡适、杨振声、周作人、沈从文、林徽因、俞平伯、朱光潜等人,筹办过《文学杂志》,由商务印书馆出版。教授办文学期刊,在学生那里亦有影响,校园的空气也可想而知,北大、燕大的学生,那时钟情于文学者颇多,摹仿老师写作的大有人在。北大毕业的学生中,想走学者兼作家的路的,可例举出一串来,后来渐有名气的张中行、邓云乡走的就是周作人式的道路。我们看北大、燕大、清华等学子的精神路向,可感受到那个时代的气象,为学术献身,置身于精神的静观之中,其乐趣自然非外人可知的。

季羡林晚年回忆北大与清华的历史时,形容北大的风范有点杜甫所云"沉郁顿挫",而清华呢,则是李白的那句"清新俊逸"。为什么说北大"沉郁顿挫",我以为有血与火的色泽,亦多学术的风云,那感慨是系着历史的沉重的。中国的校园,本应是学术机构,造就科研人员乃天经地义。周作人有篇《北大的支路》,就觉得为学术而学术,乃教育应有之意,不可因革命而废弃学业。中国近代迟迟没有哲人与科学巨匠,原因自然是缺乏输送思想者的园地。周作人在大学教学,力主校风淳正,以超然目光正视学业。看他与学生讨论民俗学、儿童文化、性心理学,便觉得用心良苦,不外乎远离功名,寻一心灵圣地。

教学相长，学生得老师启发多多，老师于学生处，亦收益不小。周氏回忆在燕大十年的生活时，念念不忘一位叫司徒乔的学生。司徒乔喜欢绘画，周作人还到这学生的住处去过。以周氏的性情，不会喜欢苦难的写实作品，但司徒乔那些画满大小乞丐的令人压抑的图画，却让他感动不已，后来他写过一篇《司徒乔所作画展览会的小引》，说了许多感慨的话。一位老师，这样爱护自己的学生，从中也露出了周氏的暖意。人们说周作人过于冷静，不苟言笑。但我从他的文章中，还是看出了人间的深情。许多学生敬重他，现在想想，很是自然的。

看人的态度

读一个人的书信，倘他是认真的，那么不妨说，便有许多本真的东西。我在翻阅钱玄同的信件时，便感到了他的力量。周作人说他是个思想家，那评判虽然略过，可细想一下，大抵不错。坦率说，他和友人的叙谈，那方式和态度，倒让人感到他的几分可爱了。

现存的钱氏文稿，书信的数量不多，涉及的人物亦少，远不及鲁迅、胡适那样驳杂。钱玄同接触的人大多是教员、学生，兴趣止于学理，和艺术创作，不太搭界。有一个现象可看出他的特点：对自己的文字，并不珍惜，文章大多信笔写来，并无发表、流布的愿望。他生前没有编一本随笔和诗文方面的书，便也证明了他的洒脱，至少远离自恋，不重虚名，同代人中，确是少见的。

谈文字的功力，钱氏远逊于周氏兄弟，但气韵并不在胡适之下，有些见解，甚至比胡适不差。比如谈新旧学派，就很有见地。1920年8月16日，在致周作人的信中说：

> 我这个人,生平有一点僻见:就是取人重知识与思想。所以我总不赞成"连络石屋山人而排斥独枯秃路"①的主张。我对于独公,自然也有不满意他的地方——而且很多,——但是,他这点治学的条例,看书的眼光,却不能不佩服他。若说美国派,纯粹美国派固亦不甚好,但总比中国派好些。专读英文,固然太偏,然比起八股骈文的修辞学来,毕竟有用些。②

苦雨斋里的友人,对胡适大多敬而远之,连周作人和他也保持着一定距离。原因么,知识背景不同,道亦有别。但彼此并不攻击,相互间还是尊敬的,此种心态,钱玄同一直保持至终,看人的目光,宽容的地方殊多,不像其骂国粹那样不留情面。典型的例子是对有失节之嫌的前人的评价,倒显得中正、平和。三十年代,南佩兰出资刊印《刘申叔遗书》,郑裕孚做编辑,钱玄同与郑氏通信近七十封,对刘申叔著作的出版,倾注了大量心血。刘氏学识颇深,早年参与辛亥革命,多有建树,后思想倒退,且有变节之态,为国人所痛骂。钱玄同对刘氏晚节不保,颇有微词,但谈及学术,仍视其为文坛泰斗,不以人废文,气量很大。1934年4月18日,在致郑裕孚信中,钱氏谈道:

---

① 指胡适。
② 《钱玄同文集》第六卷,中国人民大学出版社,2000年,第28页。

一人因思想感情、环境等等之异，而前后主张及宗旨变易者，亦多矣。即如梁任公先生，始而保皇，继而立宪，与革命党大打笔墨官司，而民国以来乃拥护共和。然彼刊布全集，前后之文一一列入，未尝自讳。人之读其全集者，亦但敬其学问之深博与夫文笔之雄健耳，讥其前后宗旨有异者甚少也。（国民党中有一部分人始终不满意于梁任公，此则另有其交恶之历史耳。）且如梁任公之保皇、刘申叔之变节，此在二十年前（民国初元），因时代较近，故诋毁者甚众。今则又阅二十年矣，彼二人昔日之所为，早已成为历史上之陈迹，今则知之者已甚少，即真知之亦甚隔膜，即不隔膜而怨恨之念亦不复萌生，但见其学问之渊深而敬之矣。盖行事之善恶，时过境迁，即归消灭，而学问则亘古常新也。①

这看法的中正，颇类苦雨斋的主人，金刚怒目的一面，倒不见了。钱氏似乎不是睚眦必报的人。新文化初期，因为主张过白话文，林纾曾撰文大骂钱氏，可钱氏后来却说，顽固派并不可怕，惟顽固而带维新之面具者，颇应警觉。对当年的敌对面，倒消了火气。认识他人，正如对待自己，眼光固然应敏锐、深入，但过于苛刻，就显得可怖。估量历史，向来有不同的尺度，是抽象的人本的价值呢，还是历史的、现实的价值？我以为钱氏看人，既有历史的眼光，又有道义的态度。从历史的角度看

---

① 《钱玄同文集》第六卷，第193页。

人，则明暗均见，有一是一，有二是二，而在道义的视角看，则不放弃人本的尺度，在精神上，还高扬进化的旗帜，主张文化的现代性，而不是别的什么。钱氏著作至今仍让人感动的地方，常常就在这里。

我觉得钱玄同的书信，是其文集中最让人窥其个性的地方。他的朗然，他的公允，他的善解人意，都让人感念不已。那些自然无伪的谈吐，常常喷射出精神的闪光。而那闪光里，不经意中就有着精神的妙语和练达的学识。你可以想见，饱读杂书的周作人，常在他的谈吐里妙悟学理，或补充了已有之己见，或增添了未有之想法，那启悟，在同代人中，并不多见的。周氏常引以为豪，且有手足之谊，不是没有原因的。

其实，章太炎弟子中，有多位就有这率真的一面。鲁迅不说了，在黄侃、许寿裳、马幼渔身上，不也能看到此点？鲁迅生前，奚落钱玄同之处多多，但鲁迅死后，钱氏的文章，并不以恶语相报，却肯定了他的治学、为人以及艺术上的贡献。钱氏看人，学问总是首位，这既和专业有关，另一方面，那里也有自己的寄托吧。他一生之中，于文字音韵、古史经学用力颇多，对学术之外的文艺思潮、政治风云、社会结构，不甚了解，兴趣寡淡，和人间的隔膜，总是有的。我们说他的文章有枯涩、不通世故的一面，其原因，一看便明了。

细读钱玄同的著作，觉得是新文化运动之初奇特的存在。若谈学理，周氏兄弟、陈独秀、胡适远在其上，讲文章的现代，他又不及《新青年》的同仁。可白话文的先驱们，大多看重他的力量，还以其为思想界之大将。何以故？深的方面说，有历史的眼光，他之读人、看人、谈人，都有不俗的见地；浅的一面而言，在学术界没有私心，以诚待人，内外无伪。他的许多学生，回忆到了此点，每一念及，不免久久地回味、长叹。

北京的看客

1917年来到北京后,周作人大部分岁月,都在北京度过。除去日本之行、南京入狱以及偶尔的外出,他的生命与这座古城是深深糅在一起了。查《知堂回想录》,谈北京的印象时,颇有情调。关于道路的记忆、人物的回忆,有深意在焉。对古都的好感,是自不用说的。京派文人写北京者,虽不及京味儿作家那么精致、有趣,但对城与人,以及历史的把握,则很让人刮目的。

周作人最早来京时,对这里的印象并不好。其一是道路难走,《知堂回想录·往来的路》云:

> 北京的街路以前是很坏的,何况这是四十多年前的事了。交通不便,许多地方都不能通行,须要绕一个大圈子,我到北京的时候看着南北池子这条马路,是正方开辟的。至于小胡同的难走,是很有名的,我的住处外边一条胡同叫作"前公用库",每到秋天久雨,便泥水一滩,废名走过这里,遇

见一个年过古希的老太婆在太息说，这条路怎么总是这样难走，便可以想见它的年代久远了。

周氏那时不喜欢北京的另一个原因，是茶食的单调。《北京的茶食》一文说："北京建都已有五百余年之久，论理于衣食住方面应有多少精微的造就，但实际似乎并不如此，即以茶食而论，就不曾知道什么特殊的有滋味的东西。"不过这些仅是生活层面的东西，向以精神自娱闻世的他，不久也就感到了京城的妙处。比如精神生活的丰富：厂甸书铺、大学教堂、报刊机构、学人团体等等。他每每从北京的旧街走过，看到明清遗物，常常也发思古之幽情。仿佛永井荷风写本国的浮世绘和江户时代的故事，内心有异样的温情。由对北京的隔膜，到喜欢，可见他的读书人闲适的情调。这一点，和鲁迅颇为不同。在鲁迅笔下，北京的好处，是很少被描述过的。

周作人对北京百姓的衣食住行，十分模糊，与老舍这类老北京比，他对京城的理解相差甚远。他环顾古城，常常持一种审美的态度，黎民的冷热，胡同的阴晴，均未深寓于目中。倒是士大夫笔下的帝京旧话之类，引起了他的兴趣。比如《燕京岁时记》《帝京景物略》《燕京杂咏》《都门竹枝》《都门杂咏》《北京风俗图》等，都有特别的妙处。他尤其喜欢北京生活里的风俗趣味，自己觉得有悠然、散淡之美，且让人有诸多的联想。在许多文章里，作者谈及了北京风俗的价值，以为可以看到百姓的生活底色，那是不错的。晚年，谈到陈师曾的《北京

风俗图》时,周氏说:

> 画师图风俗者不多见,师曾此卷,已极难得,其图皆漫画风,而笔能抒情,与浅率之作一览无余的绝不相同。如送香火、执事夫、抬穷人、烤蕃薯、吹鼓手、丧门鼓等,都有一种悲哀气……①

这是审美的眼光,和当年初到北京时,从西四牌楼以南走过,望着高高的独木招牌不禁神往一样,北京唤起了作者对国民风俗研究的兴趣。他在谈及自己的学术生涯时,屡屡不忘明清、民国以来出版的北京风情书籍,且看重其间的民俗学价值,是大有深意的。因为风俗之中,有着非正统的文化支脉,说不定也含着人文的本然。中国旧时的读书人,对此大多不屑一顾,所以有出息者寥寥。顾炎武当年曾叹,士喜时文,不谙当世之务,其弊均在于此。周作人比顾氏走得更远,以为"四书""五经"多似粪土,惟野史民谣乃有真义,那也是西学之风沐浴的结果吧。

不过,周作人对北京风俗认识的有限,京腔京韵里的人生,并未内化到他的血肉里,说他是北京城的看客,未尝没有道理。例如他很长时间,就不喜欢京剧,觉得像抽了大烟的人,很不舒服。京剧最初始于民间,尚有真的美味儿,后来受到帝京的

---

① 《饭后随笔·北京风俗图》。

奴化，有点装腔作势，遂失去了诸多意味。周氏的拒绝京剧，倒让人看出他的非士大夫式的一面，精神与鲁迅略有暗合的地方。不独于此，大凡言及民俗，他都以科学的目光思之再三，文章很带现代理性的力量，与醉心于帝京的迂腐文人比，还是多了几多亮色。且看他 1940 年写下的《中秋的月亮》一文，与郭礼臣的《燕京岁时记》感受就大异其趣，抑或是在唱反调了：

> 郭礼臣著《燕京岁时记》云，"京师之日八月节者，即中秋也。每届中秋，府第朱门皆以月饼果品馈赠，至十五月圆时，陈瓜果于庭以供月，并祀以毛豆鸡冠花。是时也，皓魄当空，彩云初散，传杯洗盏，儿女喧哗，真所谓佳节也。惟供月时，男子多不叩拜，故京师谚曰，男不拜月，女不祭灶"。此记作于四十年前，至今风俗似无甚变更，虽民生凋敝，百物较二年前超过五倍，但中秋吃月饼恐怕还不肯放弃，至于赏月则未必有此兴趣了罢……我于赏月无甚趣味，赏雪赏雨也是一样，因为对于自然还是畏过于爱，自己不敢相信已能克服了自然，所以有些文明人的享乐是于我颇少缘分的。①

世间以为周作人是个喜欢吟风弄月之人，那其实是大谬的。他的讲风土、民情、佚事、帝京岁时，不过是与主流文化抗争，

---

① 《药堂语录·中秋的月亮》。

寻一块自己的园地罢了。至于那民俗、信仰、情调中的陈陋之气,并未加以礼赞,有时甚至也连带攻击,这就很有点残酷了。我读周氏谈论北京的文章,虽觉得他喜欢这里,但隐隐地还是流着感伤。无论在时间还是空间上看,他常常觉得,自己是这古城里的不合时宜的人物。开始是,后来是,死去呢,大概也是的。

激进主义

搞新文化的人,起初挨骂者甚多,其状之苦,今人是难以体察的。曾读过钱穆的一本回忆录,谈到某年遇到刘半农,那印象就有几分暗淡,鄙夷之感,多少是有些的。中国弄旧学的,曾很痛恨过白话文的提倡者,"五四"之初,彼此的论战,就可以看出水火的难融。胡适与周氏兄弟当年之被骂,大抵是有辱先人之过,我们看国粹者流恨恨然的样子,便也知道在中国进行变革,是多么困难的事情。

偶读辜鸿铭、钱穆等高赞国故的文章,虽敬佩其间的学识,但那种卫道的结论,就颇让人难受。文坛倘被这一类人把握,中国的读书人不革命那才怪呢。辜氏与钱氏都把中国旧文明说得较为完美,似乎是人类的珍贵遗产。但那大多是绅士阶层不关痛痒的陈述,对儒教之下的生民之苦,是颇少体味的。"五四"前后,中国民族主义与国家主义盛行,思想较新的文人也不免把国家主义置于未来社会文化的中心地位,那结果和辜鸿铭等人的国粹主义,很易结合起来。国家主义因为强调秩序和共性,漠视的恰是个人的存在。1925 年 6 月 1 日，周作人在《与友人论国民文学书》中，便对自己的同行发出警告：

> 但是我要附加一句，提倡国民文学同时必须提倡个人主义。我见有些鼓吹国家主义的人对于个人主义竭力反对，不但国家主义失其根据，而且使得他们的主张有点宗教的气味，容易变成狂信。这个结果是凡本国的必好，凡别国的必坏，自己的国土是世界的中心，自己的争战是天下之正义，而犹称之曰"自尊心"。我们反抗人家的欺侮，但并不是说我们便可以欺侮人；我们不愿人家抹杀我们的长处，但并不是说我们还应护自己的短。我们所要的是一切的正义：凭了正义我们要求自主与自由，也正凭了正义我们要自己谴责，自己鞭挞。①

周作人一生的思想，有方方面面，惟此点最为可贵，他的动人部分，逆俗部分，大约正在这里。其实这一思想与胡适、鲁迅如出一辙，我们对照他们同一时期的文章，便可感到彼此的默契。周氏强调的个人主义，其实正是鲁迅所云的"立人"精神。个人乃国家的基础，尊个性而张精神，那才是现代文明的出发点。可惜后来的高喊教条的文人，渐次远离了这些。国家主义在整体上立住了脚跟，鲁迅、周作人那异类的声音，遂被淹没

---

① 《雨天的书·与友人论国民文学书》。

掉了。

现代中国的激进主义者，最早的那批人，是懂国学的。胡适之于中国哲学史，钱玄同之于文字学，周氏兄弟之于野史、杂书，都是非同一般的专门家。他们在旧书里泡久了，因了域外文化的参照，便知道那里含有鬼气，不足取的地方很多。鲁迅主张青年人多读外国人的书，少看中国旧典籍，那实在是吞下苦果后的肺腑之言。新文化运动初期，鲁迅对旧文化的看法，周作人大抵是认可的。他们那时的文章，风格很像，收在《热风》里的杂感，有几篇就出自周作人之手，现在看来，很难分辨。周氏的文章虽略显柔和，不及其兄那么峻急，但那些自称"不正经的文章"，和激进主义，如出一辙。像《人的文学》《祖先崇拜》《思想革命》诸文，对中国旧习之痛斥，都是很有名气的。倘和鲁迅的《看镜有感》《春末闲谈》《灯下漫笔》等对读，当惊异于他们的相近。不过周氏的激进，和胡适、陈独秀、鲁迅诸人不同，他的心性不适于从事社会运动，加之又是一个很浓厚的怀疑主义者，疑到最后，就连激进主义，也难立足，所以，他最终又与鲁迅诸人分道扬镳，成了非正宗的儒者了。

倘若从思想的脉络而言，周氏大约是个"西化"的赞扬者，虽然他的所谓"西化"，与胡适大不相同。周作人至死，也相信"道义之事功化，伦理之自然化"不错。这"伦理之自然化"，便和旧儒的看法不同，是反对唯道德主义的。但他又不主张文化上血与火的变革，三十年代后，渐次退到文化研究里，觉得仅有激进，无济于事，惟有潜下心来，做一些学理的输送，方有效果。1944年，他写有《文艺复兴之梦》一文，其中感叹颇有卓识：

> 立人固然不能去奔走呼号，求各方的兴起援助，亦不可以孤独自馁，但须有些觉悟，我辈之力尽于此，成固可喜，败亦无悔，惟总不可以为文艺复兴只是几篇诗文的事，旦夕可成名耳。本国固有的传统固不易于变动，但显明的缺点亦不可不力求克服，如八股式文的作法与应举的心理，在文人胸中尤多存留的可能，此所应注意者一。对于外国文化的影响，应溯流寻源，不仅以现代为足，直寻其古典的根源而接受之，又不仅以一国为足，多学习数种外语，适宜的加以采择，务深务广，依存之弊自可去矣，此所应注意者二。民国初年的新文化运动，参加者未尝无相当的诚意，然终于一现而罢，其失败之迹可以鉴戒，深望以后能更注意，即或未能大成，其希望自必更大矣。①

周氏期待的工作，后世于此有建树者，惟钱锺书、顾准等少数人，深味此理的学人，确是有限。我在周氏的这段话里，至少感到，他对激进主义，在学理上有了很深的反省。狂热，易造成民族的内伤；守旧，又会导致旧的轮回。办法呢，只能寄托于学术研讨，精神的苦思，作为学人，这样的药方，是难得的。

---

① 《苦口甘口·文艺复兴之梦》。

但在急于改变现实的人们那里,却是远水难解近渴。

其实周作人的内心,也是很有反骨的。他所说自身的那两个鬼——绅士鬼与流氓鬼,未尝没有冲动的因子。你看他喜欢的中国三个人物王充、李贽、俞理初,哪一个不是狂狷高傲的智者?钱玄同就喜放狂言,被他引为同道,便也证明了儒雅君子如周作人者,与激进思潮,也是不能绝缘的。

读书得怨

旧时文人常说"读书得间",用以形容书海探珍的快慰。中国古书,汗牛充栋,然而用周作人的话说,好看者十分稀少。陈言过多,真话薄薄,几百页下来,往往仅只言片语可以称道,余者皆废纸也。周作人看书之多,我们是佩服的。但与其说"读书得间",不如说"读书得怨"。看他的札记短章,讥世讽人的话多多,怨从书来,格调与鲁迅很有些相似的。

在什么地方看他说过一段话,题旨是,古书读了许多,味同嚼蜡者甚众,一口气读下来的妙书可谓寥寥。以唐宋八大家而论,世人多说其如何高妙,多年来一直被视为范本。但周氏却说了许多讽刺的话。《我的杂学》有一段叙述,怨气十足:

> 八大家的古文在我感觉也是八股文的长亲,其所以为世人所珍重的最大理由我想即在于此。我没有在书房学过念古文,所以摇头朗诵像唱戏似的那种本领我是不会的,最初只自看《古文析义》,事隔多年几乎全忘了,近日拿出安越堂

平氏校本《古文观止》来看,明了的感觉唐以后文之不行,这样说虽有似明七子的口气,但是事实无可如何。韩柳的文章至少在选本里所收的,都是些《宦乡要则》里的资料,士子做策论,官僚办章奏书启,是很有用的,以文学论不知道好处在那里。①

类似的话,在他的随笔里常可看到,内心有深深的怅惘。古书讲圣人之道与尊王之道者甚多,与人心灵自由者殊少。这一些书他大抵不看,伦理乃信仰、情感范畴里的事,和知识无关。中国书籍里引起他兴趣的常是知识,而这又多给他一些苦味,引不起美感。所以,读周氏著作,看似雅趣横生,实则有无量的悲苦。他谈烈女、谈甲申之变,谈《思痛记》一类的东西,愤然的情绪暗中流动,不露声色里透着绝望。周氏对故国文明失望之处多多,咏叹中常生出种种哀思。《灯下读书论》说:"盖据我多年杂览的经验,从书里看出来的结论只是这两句话,好思想写在书本上,一点儿都未实现过,坏事情在人世间全已做了,书本上记着一小部分。"我每读这样的句子,就想起鲁迅说过的那句话,中国旧书只会"瞒""骗",真诚、精纯之声几无存在。礼赞中国文明者,常将旧籍说得生气盎然,其实并不解其间苦涩。周作人以"苦茶""苦雨斋""苦住"一类文字诉诸衷肠,实则悲观情绪的写真。"五四"文人的黯然心态,就

---

① 《苦口甘口·我的杂学》。

是如此地留在他的文字里了。

周作人的读书生活与别人不同,流行的书不读,报刊的"新秀佳作"不读,政论、正史不读。他说书要有趣味儿,有知识方可一品,脱离了二者便有些索然。但看趣味之书和知识密度较大之书谈何容易!那只能是海里捞针、雪中觅路了。中国旧书中,能满足他一点愿望的,惟一点"非正宗的古书""非正统的儒家"著作而已。那也只能麻醉片刻的灵魂,与大境界离得甚远。周氏看书,不像鲁迅那样既注重理论(如尼采、厨川白村、普列汉诺夫),又关怀当下思潮。他的思想过于悲观,以为玄学与人生甚远,流行语亦非人的本质。中国缺乏的并非主义,而是人类正当的常识。所以那选择便异于众人,在"神话学""人类文化学""生物学""儿童学""性心理学"上打转转。我看他的书,没有冲动的欲望,内心也无燃烧的时候,只觉得像不动声色的老僧,坐在清幽的树下,慢条斯理地陈述。历史的烟云静落在那儿,人间的苦乐映现在那儿。你觉得红火的存在都已过去,荣辱明暗不过瞬间的泡影。周氏的文字其实是大哀凉的,在静谧之中,在含蓄的地方,隐含的恰是人间的苦痛。这苦痛我们在王国维、陈寅恪、钱锺书的文字中,何尝不曾看到呢。

钱玄同与周作人谈论旧书时,就大骂过国粹的不行。但也偶把有趣的书推荐给苦雨斋的主人。如《广阳杂记》那样别致的书,经钱氏介绍,深得周氏喜欢。不过此类图书,并非王充、李贽那样气宇轩昂,思想的闪光只偶存于某些章节之后,读了仍觉意犹未尽，不及蔼理斯、弗洛伊德著作那么解渴了。我觉得周作人读人解世，有点类似章实斋，常从文史的片段入手，于陈旧的古迹里探得偶存的亮色。其中不免挖苦陋儒的言辞，虽文字温和，而苛刻不下于《文史通义》的怨辞。章实斋曾说先秦诸子思而不学，而汉魏之后儒生学而不思，对文人丑行一一指陈，通透峻拔让人惊叹。周作人和自己的友人们，谈天说地时亦不乏针砭时弊的妙语，如笑看左翼某作家逢场作戏，讥刺学人只知破坏而远离建设，其中不乏精辟之语。苦雨斋的客人很少清谈孤妄者，大多在一些专业颇有建树。因为深知旧学之衰微，便急起直追，有除旧布新的愿望。又因为知道怨气不能救国，便孜孜以求于新学的建立。周作人著述其实冷暖相间、苦乐为伍，不仅友人们深知这些，熟读苦雨斋文墨的人，也会感受到些许吧。

报刊文章

学人们鄙视报刊文章,还只是近年的事。二十世纪二三十年代,大学问家们,差不多都和报刊有些联系。我觉得新文学的文体之形成,报刊这一形式,作用很大。倘不了解近现代的报业,大约对文学的生成,便难理解。毕竟,"五四"文化,非书斋里的吟哦,知识阶层走到民间,以思想和社会发生联系,其纽带,就非报纸、杂志莫属了。

以新闻媒体为阵地,周氏兄弟,似乎找到了思想喷射的窗口。他们都不太看重论文的写作,专著嘛,也只是因谋生需要,偶尔为之,并不以为多么重要。以周作人的学问,写几本女性研究、性心理学研究、儿童文化研究的著作,并不困难。但他却偏偏为报纸作短小的随感,并怡然自乐,且终生如此。在一些学人看来颇为可惜,而周氏则于此得到了诸多快意。人的好恶取舍之不同,向来是不可统一的。

周作人一生和多少报刊发生过联系,已难以统计。早年的《天义报》《绍兴公报》上的文章,已初具神态,气韵不凡。后来在《新青年》《新潮》《语丝》撰写的短章，自成一格，曾被同代人看成美文的大家。那时的报刊，长文殊少，人们是不爱读艰涩冗长的宏论的。鲁迅给《晨报副刊》写文章，尽量缩小容量，像《阿Q正传》，每次也只是连载一点，以小见大，如今看来，不过中篇而已。周氏兄弟都知道东方人的思想，并非均以巨制为之。一点想法，一个意象，便可使意思达成，装腔作势的论文，卖弄观念的讲演，在他们眼里，不过八股而已。周作人一生，和报人的联系很多，他的朋友中，报界人士可数的就有几位。孙伏园、林语堂、曹聚仁，与其都有神交，倘不是报刊的存在，周氏也只能写写讲义而已。报刊文章的妙处，常常在于一点心绪的点染，不必蹙眉瞪眼、装腔作势，所谓从容为之，独抒性灵，其快意，却非外人可以感到。曹聚仁晚年写回忆的文章，谈及知堂老人，就感叹其文字之妙。报纸上的文章，其实并不好作，倘不是高手，便易成为废言。周作人在难处见易，在易处见难，那是只有曹聚仁这样的报人，才能真正领略到的。

报上的短文，大众易于接受，而学究般的著述，不过专家者言，阅读的人就少了。周氏那一代人，很注重将自己视为一般的平民，凡有心得，便愿与民同乐，不像章太炎的文章，高深得无人问津，那其实也影响了思想的传播。1945年，周作人曾作《报纸的盛衰》一文，谈报章对国人的影响，对"读死书之无用"很有体味。不过周氏作文，并未受梁启超那类新闻体影响，和上海、东京一些报上的文章风格殊有区别。细心的读者看他的随笔,气韵像从明清小品那里来的,又带着日本、古希腊诸国文学的因子,没有时令的色彩。周氏的文字不太注重时效性,他写的时评一类短文,都稚气得很,远不及鲁迅、瞿秋白、茅盾那一类人锋利。但言及文化掌故、知识学问,就高于他人,好像没有被流行色所污染。把报刊上的短文写成学术漫笔那一类经典者,不是很多。钱穆、费孝通都有过不错的通俗小册子,将其思想发布于报刊上,然而就文体的特别而言,周氏都胜于他们。

影响近代以来报刊文体的人物,有许许多多。梁启超因笔锋颇带感情,破了八股文的套路,意味深远。鲁迅的杂文体,只可仰慕而不可及之,那是世人都承认的。还有"新华体",曾风行半个余世纪,至今仍可在媒体见其余音,政治层面的影响,是不可低估的。但诸种文体中,周作人传统,差不多最为寂寞。如今仅可于张中行、扬之水、李长声、止庵诸人那里见之,并不被世人广泛推崇。其实在我眼里,周氏的文章,大多读书得间的产物,非耐得寂寞者走不进他,远离学识者恐亦与其很有距离。周氏著文,有时过于清淡,好像没有火一般的激情。但他的妙处,我以为又常常在此。现在的报纸,安静的文字很少,尘世热点四散,信息如潮,将人淹没在狂躁之中,连一点清寂都难觅了。周氏的存在,总像对世人的一个嘲讽。他以一点常识,一点趣味,一点隐喻参与当下,像闹市里的一隅草地,给人一片歇息的空间。这不仅在那时,即便在二十一世纪的今天,依然是难得的。陶渊明说,"结庐在人境,而无车马喧。问君何能尔,心远地自偏。"今人喜爱周氏者,便是看重那"心远地自偏"的境地的。

写报刊文章,倘一上瘾,其乐之深,不亚于烟酒的。我记得周作人多次说过,他给报纸写稿,是以此代茶,或如吸烟,不过一乐而已。小品散文,乃中国文人心性之光,它不像今人的论文,以专而精见长,而是充满杂家的气息,读了受益。报章写好了,其实很难,倘没有杂识,终被人所笑,易成俗套。周作人曾自称他的文章,是不东不西的杂文,均是非正统的东西。1945年所写的《杂文的路》就说:

> 我写文章为的是什么呢?以前我曾说过,看旧书以代替吸纸烟,历有年所,那时书价还平,尚可敷衍,现在便有点看不起了,于是以写文章代之,一篇小文大抵只费四五张稿纸,加上笔墨消耗,花钱不多,却可以作一二日的消遣,倒是颇合适的。所写的文章里边并无什么重要意思,只是随时想到的话,写了出来,也不知道是什么体制,依照《古文辞类纂》来分,应当归到那一类里才好,把剪好的几篇文章拿来审查,只觉得性质夹杂得很,所以姑且称之曰杂文。①

用"杂文"来称自己报刊上的作品,原也不错,因为文体一纯,便会失之单调,被什么规则限制掉了。周氏兄弟引人注目,原

---

① 《立春以前·杂文的路》。

因大抵就在这"杂"上。鲁迅就很看不上创造社一些才子的文章,清一色的爱呀,革命呀,读之沉闷,很不舒服。倒是那些不正宗的随感,杂取诸学,挥洒自如,便很见性情,人本的东西就有了。从杂学到杂文,可总结的内容,实在太多了。

报刊的流行,总要有某些文体的流行。但在中国,五光十色的媒体多,而特立独行的文章少。这也是人们为什么还常常回溯"五四",到周氏兄弟那里停一停,重温旧梦的原因。倘若我们潜下心来,琢磨其间的奥妙,对日益粗俗化的报刊文体,不妨说,倒很有校正的意义的。

职业之忧

以周作人的学识,倘专于著述,不问他事,恐怕很适于他。可是一生之中,大多是在做教员,和他的爱好,终有距离。周氏留学归国后,就一直和教育界纠葛在一起,吃的是教书饭,在别人看来,是很好的工作。但他实在算不上好的教员,授课时的魅力,远逊于鲁迅与胡适。冰心回忆说:

> 关于周作人先生,我实在没有什么话说,我在燕大末一年,1923年曾上过他的课,他很木讷,不像他的文章那么洒脱,上课时打开书包,也不看学生,小心地讲他的,不像别的老师,和学生至少对看一眼。我的毕业论文《论元代的戏曲》,是请他当导师的,我写完交给他看,他改也没改,就通过了。①

---

① 1991年5月9日致陈子善信。

许多人的文章，都谈到了他的内向、不苟言谈。以为是性格起了作用。其实细细一想，周氏是一个"身在曹营心在汉"的人。教员一职，非其所爱，惟读书治学，才是兴趣所在。在绍兴教书时，心思大多在译介外国文学和中国古籍整理上，到北京后，精力亦非用于授课上，研究癖和翻译癖仍很浓重。大约八九年后，他对北大的教书生活，就有了厌倦之感，觉得并非理想工作，然而又无别的选择，只好苟且于此。1928年11月30日，在致江绍原的信中说："北平大学方面据张院长说当有函电去奉招，唯我的意见以为教书总不如不教的好，所以如兄在南方景况尚佳，（即经济足用，可以用功）则似比跑汉花园为舒服……" 1929年7月20日，和江绍原通信后又说："近来很想不做教员，只苦于无官可做，不然的确想改行也。"周作人以名教授饮誉天下，但他自己却对职业不以为然，职业乃餬饭之道，爱好系精神依托，二者要相融无间，的确是大难的。

周氏之不喜欢教书，原因很多。细想一下，其一是对学人的诸种面孔不能适应，不喜与人交往；其二呢，学生有各路人等，明暗参半，倘遇劣生，则苦不堪言；其三是，教书费力费时，远无读书写作乐趣，有时不免折磨人的。看《知堂回想录》言及初到北京教书时的感受，似乎职业之乐并不很多。倒是记载学校生涯的一些苦涩，让人难忘。那时的教育，氛围上虽说多元，但因为战乱频仍，学生与教员；多有变态的一面。周氏书信，谈蔡元培、胡适诸公，亦有微词，言及学生，失望之处常可见到。1929年4月，他在国立北平大学女子学院，被法学院的学生囚禁,见学生大打出手,无人性可言,遂生悲愤,慨叹人性的丑陋。后来他写过一篇《在女子学院被囚记》,读了不禁让我想起"文革"时的红卫兵,教师与学生的对立,其历史可谓久矣。

教育的难,周氏已说过多次了。关于大学中小学的改革,他也说过许多的话。然而非个人恩怨,根柢还是落到了文化梳理上。教育的失败,其实是文化理念有了问题。学生胡闹,解决的办法也只能是教育。然而那时的一些学校,也不免有些道德气,女师大的捉人,美专的"纲常"气,都是令人失望的事。1924年,周氏在《学校的纲常》一文中就说:

> 但是我见报上美专全体教职员宣言,也觉得有点奇异之感。我对于他们的宣言停止职务是很表同情的,但见文中有"纲常绝灭,礼义沦亡"这样话头,不禁略为毛戴。我以为"张忠武"失败以后,这些话不会出现了,即使出现也在《经世报》之类的里边,断不会见于教育家之口了。本来教员不是学生的君,也不是父,自然更不是夫,不知这纲常从何来?学生胡闹,可以照章严重办理,殊无请出这些复辟派的术语来之必要……①

其实话是这样说,真正做到自他两利,又难找到什么办法。职

---

① 1924年1月13日《晨报副镌》。

业的反省，有时让人处境尴尬。身在其中，知道其间的问题，但又无可奈何，现代职业对人的异化，不是已经减少，而是越来越重了。

有一个时候，周氏颇为厌恶国文系的工作，欲至外文系觅职。他告诉友人，译介域外文学，乃一生一大心愿，能将古希腊、日本一些经典介绍给国人，就死而无憾了。他一生写的杂文多多，自编文集就有三十余册，然而并不看重。1965年4月26日，在《遗嘱》中云"余今年已整八十岁，死无遗恨，姑留一言，以为身后治事之指针尔：死后即付火葬，或循例留骨灰，亦随便埋却。人死声消迹灭，最是理想。余一生文字无足称道，唯暮年所译希腊对话，是五十年来的心愿，识者当自知之"。做了大半辈子的教员，对职业无所用心，惟翻译名著为己身的使命，这可看出心境所在。其实在后人看来，他的业绩，乃北大岁月里倡明"人之文学"和"美文"的写作。"五四"初期，能以勇士姿态，跨到《新青年》行列里来，骂倒古文，编《语丝》，提携新人，气魄与学识当不在鲁迅之下。然而岁月更迭，厄运忽现，落到时代后面，未能洁身自省，不慎跌入深谷，千古之恨，谁能谅之？

花鸟草虫

先前的学人先迷圣人之言，后迷道德，今天呢，迷起概念，写作成了概念游戏，感性的东西越来越少了。周氏兄弟读洋书读得多，但却没有陷进观念游戏，文风还带着明人气，和同代的许多人相距很远。周作人与鲁迅分手后，在写作上固执一端，非意识形态化，专注于学术，以民俗、心理学、植物学、儿童学为乐。不仅与时风相逆，且走到鲁迅的反面，大谈花鸟草虫、歌谣名物，为同代青年所不解。记得曾有人撰文讥其堕落云云，罪名之重，不亚于遗老遗少的。

谈自然、风情和博物，系周氏文章中最有情调者，赏心悦目之点随处可见。他写故乡的野菜，清淡素雅，如暖风习习；讲苦茶、杨梅、蚯蚓、麻雀，亦多妙处，心性静得不含杂调，如古筝入耳，让人怡然。最有趣的是介绍法布尔的《昆虫记》、怀特的《塞耳彭自然史》那类的文章，看似赏玩，实则有深深的学理隐含其中。周氏觉得，中国文人，千百年来误入功利之途，近乏常识，远无科学，落得个清谈误国，卷入是非，不仅学理殊少,且哲人亦稀,纠其弊端,在走科学的路。而步入科学,应从常识入手,知道人乃动物的进化,自然的一部分;知道逆自然之理而行,必自食苦果,离人本的距离殊远,《博物》一文云:

> 在好许多年前我曾这样说过,我不信世上有一部经典可以千百年来当做人类的教训的,只有记载生物的生活现象的比阿洛支,才可供我们参考,定人类行为的标准。这话似乎说的太简括一点,但是我至今还是这样想,觉得知道动植生活的概要,对于了解人生有些问题比较容易,即使只是初中程度的博物知识,如能活用得宜,也就可以应用……中国国民的中心思想之最高点为仁,即是此原始的生存道德所发达而成,如不从生物学的立脚地来看,不能了解其意义之深厚。我屡次找机会劝诱青年朋友留意动物的生活,获得生物学上的常识,主要的目的就在这里。其次是希望利用这些知识,去纠正从前流传下来的伦理化的自然观。[1]

在世人扰扰,大谈革命,沉浸血色的时候,有人躲在书斋里以植物、昆虫为趣,于野花虫蚁之中寻得静处,并说人间的至理就在这里,在乱世的中国,呼应的人会有几许呢?蟋蟀之类,螟蛉与萤火,鸟鸣与虫跳,不过儿童绘画的玩艺,而成人专注

---

[1] 《立春以前·十堂笔谈》。

于此，为多数人所不屑。周作人谈论花鸟草虫，与京城贵族的提笼架鸟不同，实则有种科学的态度，以为从人以外的世界观的冥想，可得到益世的东西。这看似对现实的逃避，而细品便会觉得，是以退为进，苦茶、瓜豆之外，乃人间情愫。如人退出闹市，于山林野外寻出新路，不妨说是一种自救，既救了自己，也救了别人。许多年过后，读草木虫鱼之类的科学小品。当有此类感受的。

我觉得周氏钟情昆虫、植物之类的科学小品，乃现实受挫的一种反应。青年的时候，受梁启超诸人影响，作《论文章之意义暨其使命因及中国近时论文之失》等，他还是意气风发，以为文学是思想的载体，有益于世道人心。但到了二十年代末，却说文学无用，连《人的文学》时代的慷慨激昂也不见了。由文学无用，推出科学小品、乡土民俗，在他那儿是一种逻辑的必然，周氏著文，很少直陈道德，亦远离"四书""五经"，所谈无非《毛诗品物图考》《山海经图》《越谚》《百廿虫吟》等书，说教气全无，情调里有常识的魅力，至今无过时之感。读周氏小品，不像旧式文人那么呆板，虽有时不免老气，有士大夫的某些遗风，但是思想鲜活，常有问题意识的滋生，读了在学识与趣味上都可受益。作者常说中国出现了"常识荒"，生物学、善种学、心理学在那时都不发达。而他写作，实在像蜜蜂采蜜，在花海里飞来飞去，将点点醇香，留给读者。量小而味多，如同百宝箱里的珍珠，闪着奇光异采。现代史上的学人，有这一品格者是很少见的。

在一个泛道德化的国度里，讲讲花鸟草虫，便算有些异端了。"文革"时谈花草树木，就被带上"布尔乔亚"之罪，正像中世纪不可妄谈地球围着太阳转一样。现在人们可以公开写自然生态的文章了，我一直觉得那前驱者正是周氏兄弟那样的人。但我们今天很少有人写出漂亮的科学小品，味道与境界都略嫌不够。什么原因呢？

游戏与哲学

　　游戏一词，过去仅限于儿童的玩闹，倘用到文化上，就带点贬意了。"文革"的时候，谁要是以看客的眼光打量事物，轻则被说成游戏人生，重的呢，就有被关押的危险。在一切以正襟危坐来对待的年月，轻松与嘲讽，就有点不合时宜了。

　　周作人那个圈子里的人，有时看重的是笔墨游戏，因为在他们看来，文学与哲学，或者说愉性的艺术，是起源于游玩的。比如古希腊，许多思想与人文学科的产生，就并非来自权力与意识形态，倒是人们余暇时的产物，远离着功利，倒可以出现奇想。逻辑学、数学、天文学等，有时就是奇想的结果。所以周作人提倡儿童文学，倡导民俗学，注意的首先是趣味儿。搞人文的人，如果不懂趣味儿，一切都那么意义化，必将走到死路上。你看传统的儒学，被后人搞得面目肃然，毫无生气，到了晚清已老气横秋，便是没有趣味儿的结果吧？

　　查周作人的作品集，见其喜欢打油诗，常以戏谑的口吻臧否人物，那是有几分游戏色彩的。其实那一代人的游戏，并不像后现代作家那样完全消解一切，内中还是含有期盼的，即建立一种新的文化秩序。鲁迅就在周作人的诗中，看出不平与愤怒，然而左翼作家，大多未能明了，遂讥其落伍云云，是不得其解的。游戏可以产生思想，人类最初的一些科学，比如数学、物理学、植物学，大抵来自非功利的观察，倘若满脑皇权、政治学教材，那是无所收获的。以超功利的态度对待学术，便可以把思路引向纯粹的静观之路。康德的高远，罗素的超迈，得之于此。虽然他们也有自己的政治观，然而一旦进入纯粹理性，便挣脱了诸种枷锁，心像鸟儿一样自由地飞翔，思想的深也自然而然了。

周作人那一代，只是在精神上意识到了此点，可自己又得不到希腊先哲与德国文人的状态，内心的悲凉，可想而知。他在一篇文章中感叹，自己最反对的是道德说教，然而文章最多的，却也是道德的说教，道出了其间的悖论。比如反对韩愈的载道说，而周氏的杂感，也是非载道的载道，精神深处，与古人有着千丝万缕的联系。先前的时候，他否定儒家的纲常，但后来却自认也是儒家的拥护者，只不过是非正宗的流派罢了。中国文学要真正做到游戏于精神王国，是殊不容易的。

其实中国的作家，内心也多少有点游戏的渴望的。鲁迅的喜欢汉砖、造像，编印《十竹斋笺谱》和《北平笺谱》，就有一点非战士气，那是休息的园地，人驻足于纯净田园的美色里，真真是宠辱皆忘了吧？在某种意义上说，鲁迅与周作人有许多相近的地方。在知识与价值的层面，他们是非士大夫气的，而在审美情调上，多少有一点旧文人的积习，不过有浓淡之别罢了。文字的写作，是有游戏的成分的，那游戏是心境的一种解放，不再类属于某一阶级，某一集团，内中闪着性灵之光。周作人在《关于鲁迅》一文中谈到鲁迅幼时的读书爱好，其中也可看出周作人的一些影子。文章谈到鲁迅喜欢画谱、绣像、图考、画传等，这奠定了他半生学问的基础。周作人也从中受到一点影响吧？游戏会产生审美的静观，亦会有哲学的冲动。中国的文人，不太像西洋人那样走形而上的路，所以也就难见哲学上的气象。我们的文人游戏，好像只停留在审美的层面上，终究上不了形而上的领域。德国有位作家叫赫尔曼·黑塞，曾写过一部长篇小说《玻璃球游戏》，描写了一个名叫约瑟夫·克乃西特的哲人的精神生活。作者对人的精神游戏作了如下的描述：

> 游戏意味着一种追求和谐完美的最上乘的象征形式，一种最精细微妙的炼丹术，一种让个人超越一切图像和多重性达到单一自我灵魂，也即达到神性的途径。如同较早历史时期的思想家们曾把芸芸众生的生活表现为通向神性的中途，认为多种多样的现象世界唯有在神圣的统一和谐中才得以抵达完美与终极目的，同样的，玻璃球游戏的符号和公式也建基于一种共通的世界语言之上，进行着建筑、音乐和哲学的活动，这种语言从所有的科学学科和艺术门类中获取滋养后才得以在游戏中运转，才得以达到完美以及充分实现了的纯

粹存在。①

赫尔曼·黑塞无意去美化这种游戏，他也看到了其中的问题。不过，对中国学人而言，当功利观念肆行的时候，追求"纯粹存在"就显得异常重要了。所以周作人在《〈陀螺〉序》中说：

> 平常说起游戏，总含有多少不诚实的风雅和故意的玩笑的意味，这也是我所不喜欢的，我的乃是古典文字本义的游戏，是儿戏（Paidia），是玩，画册图像都是玩具（Paignia）之一。我于这玩之外别无工作，玩就是我的工作，虽然此外还有日常的苦工，驮砖瓦的驴似的日程。驮砖瓦的结果是有一口草吃，玩则是一无所得，只有差不多的劳碌，只是一切的愉快就在这里。②

我每读周作人的此类话语，就长长地感叹其精神的超远。可惜他的游戏心态未能形成审美的力量，在那个社会应者寥寥。今天的学人作家，好像很少发出过类似的声音，看来周氏的寂寞，实属必然了。

---

① （德）赫尔曼·黑塞：《玻璃球游戏》，张佩芬译，上海译文出版社，2001年，第30页。
② 《苦雨斋序跋文·〈陀螺〉序》。

批评家言

若不是躲到书斋泡在旧学之中，倘还像新文学初期那样参与期刊的编辑，周作人大约会成为很出色的批评家。考其一生文字，究天下学理者甚多，品味赏玩者多，但也不乏批评家的情怀，对当下作品直言者也偶可看到。周氏著文，很少今人意义上纯粹的文本，那些谈吐多似书话、短札、学林偶得，所以后来的批评家，不大注意到他，深究一下，确是被遗漏掉的。

周作人的批评文字，不太像他的书话那么温柔敦厚，学理中带着感情，笔锋亦暗含杀机，说其有斗士风采，也不为过。读他早期文章，略受鲁迅影响，看得出彼此的互感，连叙述语气，都很相似。他那时撰文述理，对新文学的文本很少研究，倒是对文学中的观念颇有兴趣，可说是借文学而言社会变革，终究还属文明批评与社会批评。那时的学人，不大注重文学本体的内涵，对诗、散文、小说、戏剧的看法，还较为朴素，不像今人那么派别林立，主义纷多。新文学初期，白话诗与白话小说，乃新式观念的载体，周氏兄弟的任务之一，便是捍卫这新生的艺术，和种种反对的声音抗衡，那批评，就很有些反道德的"新道德"色彩了。

在一篇短文中，周氏曾自嘲自己，文字颇有些道学气，内中尽是些难言之隐。岂止是他呢，"五四"初的斗士们，都有些这类痕迹，与伪道学斗，就不得不也带上新的道德外套，倘不这样，无论是对手，还是读者，都不可能听到这类异样的声音，新文化的生长，自然也不会有一个自己的园地。周作人的批评文章，有几篇是颇可注意的，1922年3月发表于《晨报副镌》的《沉沦》，10月于该报发表的《情诗》，11月问世的《什么是不道德的文学》等，都是时评类的急就章，对文学的情感倾向，说了诸多不合时宜的看法。那时的郁达夫、汪静之的创作，痴情与恋情颇多，毫无正襟危坐气，对青年人的性苦闷多有奇妙的描写。读惯了子曰诗云的士大夫，当然蹙眉生怒，斥其为淫词乱语了。周氏兄弟对此，一直持清醒的看法。他们的言论，不像时下文人那么惟道德气，倒是从性心理和人类的情感出发，谈出诸多奇音，有着很重的分量。

诗人汪静之在二十世纪二十年代初时，曾著有情诗集《蕙的风》一册，书中袒露男女恋情，缠绵悱恻之处多多，在郁闷里升有很炽烈的爱欲，于当时颇引起一些非议。曾有人撰文责其"堕落轻薄"，有失典雅。周氏兄弟见后，各自写了文章，为《蕙的风》说了诸多好话。鲁迅那一篇文章叫《反对"含泪"的批评家》，周作人则撰有多篇，尤以《情诗》一文颇为有力。作者先是从性心理学出发，引述凯本德与爱伦凯的观点，阐释性

爱乃"宇宙间的爱的目的",不可将情诗简单地视为狎亵、淫荡之列。文章结尾时说:

> 我们对于情诗,当先看其性质如何,再论其艺术如何。情诗可以艳冶,但不可涉于轻薄,可以亲密,但不可流于狎亵;质言之,可以一切,只要不及于乱……照这样看来,静之的情诗即使艺术的价值不一样,但是可以相信没有"不道德的嫌疑"。不过这个道德是依照我自己的定义,倘若由传统的权威看去,不特是有嫌疑,确实是不道德的了。这旧道德上的不道德,正是情诗的精神,用不着我的什么辩解。静之因为年岁与境遇的关系,还未有热烈之作,但在他那缠绵宛转的情诗里却尽有许多佳句。我对于这些诗的印象,仿佛是散在太空里的宇宙之爱的霞彩,被静之用了捉蝴蝶的网兜住了多少,在放射微细的电光。所以见了《蕙的风》里的"放情地唱",我们应该认为诗坛解放的一种呼声,期望他精进成就,倘若大惊小怪,以为"革命也不能革到这地步",那有如见了小象还怪他比牛大,未免眼光太短了。[①]

周氏的口气实在有些不太客气,批评的到位,我以为超过了鲁迅的那一篇随笔。作者谈及作品,能从学理的深度和人本的角度出发,问题讲得透彻、有力,确是同代一些学人写不出来的。

---

① 《自己的园地·情诗》。

中国的旧文人，向来爱代圣人立言，动辄天理、事功，惟与生命价值剥离，文艺多道学气，批评亦伪，精神便不免多见平庸之态。周氏兄弟是看到此点的，他们的批评从人道入手，以性灵为依托，读起来确如一缕轻风。直到今天，我读那时的文字，仍能感到生命的觉态，好像热血的闪光，给人以深深的暖意。而后来的批评家，能于此建立人文气象者，却是有限的。

好的批评，常常不呼天抢地，以气压人，那其间学理的力度，与人性的深，是潜在地征服人心的。周氏兄弟看重的勃兰兑斯、厨川白村、蔼理斯，他们的文字好像都有这一点，其间的舒展之态与大家气象，足以成为文人典范。周作人的批评态度，我以为多取于域外思想者的精神境界，和传统学术关系殊少。他的文章常引日本、古希腊、英国学人的语录，一些思维方式，也暗化过来，看问题的视角，很是洋化了。但他的表达式，却颇为东方，看似明清文人的小品，实则多见离经叛道之味。品格非旧式随笔可及的。"五四"以后的文学批评，不幸沦为西洋翻译论文的奴隶，不仅思想上与现实隔膜，表达上也和传统多有距离，一直难以影响文学的进化。周氏却未滑入此境，似隐似进，亦东亦西，把西洋学说与东方意绪糅在一起，形成特殊的文本，不知后世以批评为业者，于此可有省悟？我们一些时髦的批评家，以现在的状态，在学识与文字功力上，要赶上周氏兄弟，怕是很难的。

旧道德化的生活

有一年,遇到钱玄同日记、手稿的整理者刘思源君,谈起了苦雨斋的生活氛围,感慨了多时。思源君说,周作人身边的友人,在道德操守上,偏于旧,是旧道德中人。我以为此话是对的。相比于这些旧道德化的新文人,鲁迅走得要比诸位远。彼此的隔膜,也是必然的。钱玄同的婚姻并不幸福,晚年常常独自在外用餐,并不和妻子在一起。但未能离异,苦水却吞在腹中。钱氏何尝不知道新式婚姻的幸福?但也只是纸上说说,待到实际生活,则以旧伦理约束自己,做了一世的牺牲。我们看周作人身边的友人,大抵有同样的情况,他们注重师道,讲究承传,对前辈恭恭敬敬。虽学理上自成一家,有新锐气,但一看他们的生活,则拘谨、朴素,无西崽气,是地地道道的中国人。所以,我们印象里的苦雨斋,有士大夫气,是很自然的了。

黎锦熙曾写有《钱玄同先生传》,记钱氏的思想言行,颇让人感动:

钱先生爱访友谈天,但向来不欢迎朋友们到他家里去,所以我二十年之久,只到过他家里一次。有些朋友劝他纳妾,因为那时候法律上并无明文禁止,在他家庭环境之下又是能许可的,但他拒绝说:"《新青年》主张一夫一妻,岂有自己打自己嘴巴之理?"他向来不作狭斜游,说如此便对学生不起。他一辈子没有交过女朋友,说自己最不喜爱电影,难于奉陪,又不惯替人家拿外套。他有时和我"雅谈",说他也有些感到"鹅绒"(这又是他的常语,新文学作品中"天鹅绒的悲哀"之省略也),有时报告我:"今日我又掉了车轮子"(古典"脱辐"二字之白话翻译也,因为他有时回家和太太言语蹩扭)。可是他对于夫妇一"伦",始终如一。如此看来,钱先生这种言论与行为的矛盾,究竟应该怎样解释?教育家必曰:因为他少时的教育与环境,被"旧礼教"拘束得太紧,所以环境一改,意识一变,言论上的反动就一发不可收拾;也就因为他少时被"旧礼教"拘束惯了,成了个人的第二天性,加以他的第一天性一定也是拘谨的,所以环境虽改,意识虽变,言论虽激,而行为上究竟拗转不过来。这种解释,自然也说得通,然而还是知其一不知其二者也。钱先生这种矛盾的统一,他早有他的学说,他确能咬紧牙关来实践他的这种学说,这是他伟大的精神,而一般人应该取法,却还苦于不知道的,我今特表而出之。他说:"……反对新文化维持'旧礼教'的人,就要说我们之所以大呼解放,为的是自私自利,如果藉着提倡新文化来自私自利,新文化还有什么信用？还有什么效力？还有什么价值？所以我自己拼着牺牲，只救青年，只救孩子！"①

其实细细一想，钱玄同很有一种苦行僧的情状，解救别人，牺牲了自己，那实在还是旧道德理念起了作用。钱玄同和魏建功等，都说过鲁迅的缺失，要么讥之发疯，要么谓其文风不好，其实是看不上文体与行动上的逾矩，方法上有悖常规。周作人和友人们，在精神上大概有一个禁区，比如反对纳妾，厌倦匪气，对高喊革命的人持怀疑的态度。他们直面军阀、学匪时，也像个战士，"女师大"风潮和"三一八"惨案发生时，周作人、张凤举、马裕藻等人，其举止亦威风凛凛，精神是自由、旷达的。但那也只是信仰与道德激情所为，而各自的生活方式，却未见什么改变。查钱玄同日记，读其衣食起居之状，很带老式文人的形态，与周作人、俞平伯颇为接近。同是章太炎弟子，吴承仕就走得比周作人、钱玄同远，他后来喜爱网球运动和电影，已见新派文人的特点，最终成了马克思主义信徒。生活方式一旦变化，精神也会随之增容。苦雨斋中人隐退到学术的自娱里，与他们的生活方式是大有关系的。

喜欢昆曲的俞平伯，何尝不是如此呢？当马克思主义、无政府主义诸学说盛行的时候，先生还隐在深宅里听古老的音乐，与古人为伍，那形状，分明有点遗民气吧？读俞氏文章，似乎

---

① 沈永宝编：《钱玄同印象》，第74页。

晚明文人的小品，遣词造句，都无现代气，而生活上，亦恪守旧道，不见罗曼谛克的形影。俞氏为人，很懂规矩方寸，明清名士之气，隐含其间。你看他与学生交谈、对话，多么儒雅中正，若说士大夫气，在他那里，还是很浓的。

周作人、钱玄同、俞平伯等一批人，所以渐渐出现士大夫气息，和他们日益的社会边缘化有关。1927年后，社会的政治中心移向南方。学术上有胡适在勉强支撑，对中心文化略有影响，而渐渐崛起的，是左翼文化的势力。"五四"过后，周作人等便从激流中退到书斋，已不复有振臂一呼的激情了。二十年代末，中国新式的知识群落，内心深处，总存有士大夫气的余绪，即便像胡适，也未能免俗。余英时分析中国知识分子的士大夫情绪时就说过：

> 胡适在美国受过比较完整的现代教育，他在提倡白话文时也明白反对过"我们士大夫"和"他们老百姓"的二分法。但是他后来在讨论中国的重建问题时，稍不经意便流露出士大夫的潜意识，所以他把日本的强盛归功于伊藤博文、大久保利通、西乡隆盛等几十个人的努力，言外之意当然是寄希望于中国少数知识领袖作同样的努力。①

不过，胡适的"士大夫气"，乃进入社会改造的中心去，带有

---

① 余英时：《论士衡史》，上海文艺出版社，1999年，第16页。

事功的一面，而苦雨斋中人，想的大抵是知识建设，精神享受。他们在建构新式学理的同时，又不断躺在书斋里，咀嚼那文化雅趣里的余香，给自己以心灵的安慰。于是便回归到明清文人的氛围里。吃茶、谈天、臧否名流，或写字作诗，相互奉和，那感受，与明末文人庶儿近之。后来的左翼文人讥讽他们，其实并非不满其学术理念，大多还是指其生存状态。对于渴望变革的激进青年而言，周氏和他的友人们，是有些落伍了。

不革命

周作人是主张文化上的启蒙的,对文化与社会风俗,亦有进化的期待。新文化运动初期,周氏高喊人的文学,主张思想革命,那时他积极参加《新青年》的编辑工作,对革命一词,并不忌讳。1919年3月,他在《每周评论》上发表了《思想革命》一文,对文化变革颇多憧憬。文章并不像陈独秀那么激烈,也无钱玄同那般的冲动,说起话来很是平静。周氏所说的思想革命,乃指观念的"洗心革面",用科学的、人道的意识去代替纲常名教、复古的思想。他在文章的结尾叹道:

> 所以我说,文学革命上,文字改革是第一步,思想改革是第二步,却比第一步更为重要。我们不可对于文字一方面过于乐观了,闲却了这一面的重大问题。①

---

① 《谈虎集·思想革命》。

周氏谈思想上的进化，确是建立在学理上的一种静观，在中国这样一个落后、贫困的国度，要进入现代，观念上的脱胎换骨，比什么都更为重要。但这革命如何地走，思想变迁的途径如何，他却和李大钊、陈独秀、鲁迅诸人不同，主张的是另一条道路，即通过学术建设，输送外来学识，改变社会风气。周氏谈论学术，霸权的地方殊少，新的思想的建立，在他看来，仰仗的是人们的宽容。1922年，他在《晨报副刊》上撰文说，文艺界重要的是对新生的东西多加宽容，不被旧俗所囿。这篇题为《文艺上的宽容》的短文，实在是其性情的外化，作者后来远离激进营垒，逃避社会冲动，是有其学术基础的。

二十年代后，中国社会动荡，学人分化，知识界门派林立，遂产生了诸种运动。周氏那时便表现了与别人不同的面目，对革命派的行为便生出警觉。1922年4月6日，针对陈独秀等人"非基督教非宗教大同盟"运动，周氏致信陈独秀云：

> 我深望我们的恐慌是"杞忧"，但我预感着这个不幸的事情是已经来了；思想自由的压迫不必一定要用政府的力，人民用了多数的力来干涉少数的异己者也即是压迫。
>
> 我们以少数之少数而想反抗大多数，一定要被压迫而失败，原是预先知道的；因为世上是强者的世界，而多数实是强者，我们少数的当然是弱者，所以应当失败。[1]

---

[1] 《陈独秀书信集》，新华出版社，1987年，第370页。

这一个观点，我一直认为是他思想的核心，周氏反对社会的诸种运动，对左右翼的暗中提防，根柢就在其会产生压迫。任何运动，一旦使一部分人沦为奴隶，而另一部分成为主子，那实质是可疑的。所以，在众人扰扰，主义横飞的年代，周氏躲到书斋，远离革命，实在是一种精神的必然。

生于乱世，既不愿与俗世为伍，又远离众多的变革者，那结果只能是自言自语，退到个人的天地间，此外还有什么呢？先前他还相信文学可以开启民智，用新的意识改变人生，但后来便心灰意冷，觉得文学作用甚微了。1930 年，他写下了著名的《〈草木虫鱼〉小引》，不无感慨道：

> 但是我个人却的确是相信文学无用论的。我觉得文学好像是一个香炉，他的两旁边还有一对蜡烛台，左派和右派。无论那一边是左是右，都没有什么关系……我对于文学如此不敬，曾称之曰不革命，今又说它无用，真是太不应当了。不过我的批评全是好意的，我想文学的要素是诚与达，然而诚有障害，达不容易，那么留下来的试问还有些什么？①

在一个动荡的年代，发出这样的感慨，真可谓清醒中的无奈，革命倘能在学理上颇多建设，且处处以民为本，不走进旧的轮

---

① 《看云集·〈草木鱼虫〉小引》。

回中去,那自然是值得欢迎的事。但依周氏之见,高喊革命的人,大多沦入新的八股,以褊狭代替宽厚,以流血摧毁人道,哪有公道可言呢?他读明清野史,曾长叹寇盗式的破坏对后人的影响,而今人之兵戈相见,不过旧式动荡的轮回而已,那些关于左翼文化的批评文章,在深层的领域,隐含着这一忧虑。

周作人后来的友人,革命家寥寥无几,几乎都是书斋中人。所治的学问呢,又远离时尚,都不是什么显学。胡适集团的文人,后来多有参政、议政者,鲁迅身边的学生,大多走上了前线,惟苦雨斋中的主人和朋友,独处京城一角,不管风吹雨打,依然信步于学林之中,既不参与主流话语,又和反对党人保持距离。这样特立独行的群体,在现代中国,实在是一个特例。

因之,你读一读知堂的短札,看看废名的小说,浏览俞平伯的学术,话语非古非今,似乎未受时风点染。废名撰文,以心性为源,目不旁视,探赜人心,独有创意,语体的奇崛为外人所不及。沈兼士、沈尹默、马裕藻都是书斋中人,似乎还葆有旧文人的习气。而江绍原等弟子学识中的西学理念,似乎染着本土的魂魄,在叙述体例上可谓别具一格。不革命的人,并非颓废、懒散的寄生者,你看那一群人谈天说地时的神态,不也正是当今学林绝迹已久的风尚!

张中行写《流年碎影》,忆及二十世纪三十年代不革命的理由,大抵受了罗素、大弥勒的影响,以为革命,不过江山易位,人生的根本,非流血可以解决。周作人那些友人,看重的大多是学问。论气质,非驰骋疆场中人。所谓文人言武,是非正常的年代的畸形文化，以学术为本，才是正中的选择吧。但那个时代，不革命，便易遭讥讽，后来渐成扫除的对象，其境之惨，非今人可以想见。苦雨斋群落后来的命运多舛，是革命对他们的讽刺，还是他们对革命的嘲笑？

在社会动荡、文化凋敝的年代，为学术而学术，不过是一种梦想。俄国革命后，知识界还存有几个思想者，日本最疯狂的岁月，也留下了一块学术园地。但独中国的学界，连一块思考的书院，也不能存在了。周作人后来出山成为伪政权的一员，恰恰证明了为学术而学术的空幻，一介文人，安于写作，专攻于学术，于乱世之中，谈何容易呢！

一厢情愿

读书人介入政治，要么渐染宦情，陷到是非泥潭中，要么隔靴搔痒，抓不到要害处。迂腐之气满溢其间，留下不少的话柄。谈到此点，我常想起胡适，他之卷入政坛，便很有些滑稽，清正之气，与混浊之风毫不相融，说是参政，其实被政治卷走，先前种种的梦想，终不得实现，所谓水中捞月，就是这样吧。

与胡适不同的是，周作人是个鲜谈政治的人，他对激进党人和保守派们，均无热情，觉得与学理殊远，又无性情，不可久染的。但是他是个爱说闲话的人，民国以降，对世态人心，有不少的微辞，用他自己的话说，是颇为积极入世的。但周氏之入世，不像胡适那样身体力行，真的与官员周旋，亦不似鲁迅，深味官场冷暖，有入木三分的识见力。周氏议事，有时一厢情愿，以己身好恶及于他人。如溥仪退位后，他曾致函劝这位逊帝去研讨学术，且读一点希腊著作云云。那一封信可看出作者的单纯、稚气：

> 据我的愚见，你最好是往欧洲去研究希腊文学。替别人定研究的学科是危险的事，因为与本人的性质与志趣未必一定相合，但是我也别有一种理由，说出来可以当作参考……；我劝告你去探险那地中海的仙岛，一定能够有很好的结果。我想你最好在英国或德国去留学，随后当然须往雅典一走，到了学成回国的时候，我们希望能够介绍你到北京大学来担任（或者还是创设）希腊文学的讲座。①

胡适有个"好政府主义"，周氏呢，却劝皇帝变成学人，都是自我心境的放大，并不知道对象的本真。试问，让久在贵族社会的人，忽然去吃人间之苦，办得到么？

有一句话周氏常挂在嘴边，说得很好，他觉得中国要"武人不谈文，文人不谈武"才好。这一方面因为隔行者如同隔山，另一方面呢，人各司其责，不做本职之外的事。其实中国文人，自古以来就从未纯粹过。孔子因仕途有厄，才做了学问，而不是因了学问而入仕途。屈原的呼天抢地，乃失宠之故，倒未见"为艺术而艺术"的痕迹。明末的傅山，名气颇大，但并非因其诗文很好，原因是做过遗民，一心想着复明。那其实乃国君之事，小民不过"匹夫有责"，而实际呢，只是文人的单一思维，天下从来是君主们的，待到江山易位，新政问权，文人们又被撇在一边，重新做了奴隶了。

---

① 傅光明编：《周作人散文》，太白文艺出版社，2005年，第142页。

阅读周作人的书，谈版本、文史、常识者均好，有情性与智慧。惟言及江山社稷、官场风云，常不关痛痒，似乎缺乏锐气。其实中国政治，用象牙塔中的概念衡量，终不得其解，文人们隔岸观火，看到其中之弊，固然有可贵之处，但要解决它的问题，不深入其中探赜，难悟出什么玄机。鲁迅曾骂官僚的昏暗，真是一针见血，那原因是他做过十几年官僚，对政客嘴脸，看得很透。所以，久住书斋中人，历来只会写些伤时叹己的文字，对世相种种，终有隔膜。我们看胡适、周作人、钱玄同诸人谈政治时的简单化，便知道文人的目光，还是被什么罩住了。

但周作人非凡的地方，在于能在学理上，自成一格，对文化脉络的敏感，常可发现重要的话题。周氏对历史与民族性的抽象理解，常有过人之处，灼见亦出于书话之间。如谈中国道德意识，就有逆俗之音，至今仍可久久品味。1940年，曾作《道德漫谈》一文，虽不免有说教之味，但读来爽心悦目，让人思之再三：

> 中国思想中有为人民与君父的两派，后者后来独占势力，统制了国民的道德观念，这是很不幸的一件事。我平常读近代文人的文集，其中所记多是大官孝子节妇等事，看笔记则大都讲雷击不孝，节妇子中举，展卷辄感不快，此皆所谓有益于风教之文字也，但其意思何其卑陋，影响何其下劣耶。在上者如务恫吓，不服事将有鬼责，在下者计利得，服事将获富贵，是使父子夫妇之亲不以天然的恩情相维系，反而责

报偿论利害，岂非以凉薄为教，民德焉得而不降哉。窃意中国道德标准宜加改正，应以爱人亲民为主，知己之外有人，而己亦在人中，利他利己即是一事，空洞的一句话，在现今中国相信却是良药，只是如何吃下去，则不佞尚未想出方法耳。①

从人本的角度和学理的视点阐释这类问题，即便是一厢情愿，而寓义颇深，那种不俗的情怀，我们是要感动的吧。文人的长处是常可以以史为鉴，提出文化上的难题，但对世俗社会的变革应如何操作，则往往交出白卷。不过一般文人，热情正高之时，好被奇论吸引，以己身之短去穷极他人之长，陷入窘态之中。我读三十年代京派文人的书，所感者大抵是知识的深和境界的深，但看其议政和关于国家建设的宏论，则大多远离实际，稚气浓浓了。京派文人，在人格上多不同于旧时书生，他们不愿依附权贵，以独立精神为本，可赞佩的地方很是不少。但又因为疏于实践，残缺的东西就多了。我一直认为，像周作人这样的人，在知识上可以提升我们的境界，而行动上呢，则没有多少值得效仿的地方。我们看顾炎武、傅山的书，除了学识上的不朽外，人格亦有不凡之处。但周作人呢，好似在什么地方，缺少了什么。他在许多领域，远远地走在时代的前面，可谓思想界的骄子；但在另一些地方，却不及一些先贤那么壮怀激烈，性情可感，或者说，比之那些志士们，周氏则不免有些暮气了。

---

① 《药堂杂文·道德漫谈》。

翻译家

有时，看周作人谈及自己的文字，觉得往往和别人的感觉有别。比如世人都喜读周作人的随笔，但他却以为不足为观。周氏看重的，倒是自己的翻译。以为那里才有自己的追求。谈及这一点，倒让人想起鲁迅，他也是以翻译为终身大事，引来域外的火种，点燃在自己的故土，照亮着人们。周氏兄弟都觉得，要改变中国，非从洋人那里学些什么不可，我们的历史，似乎缺乏可以利用的资源，改良社会，便只好走一条"拿来主义"的路。所以，我一直觉得，看周氏兄弟的文章，观察其思想，应该懂得其翻译的历史。不看其译文，便对他们说三道四，终究是隔膜的。

过去看周作人早期的随笔集，有一个奇怪的感觉，他把自己的译文也收在杂感之中，似乎觉得，那也是创作。他们一生翻译的文字，比自己写的文章的文字还多，自然说明了其间的问题。看多了他的文章，才渐渐懂得了其内在的用意。借着洋人的思想、文字形式，创造一种新文学的语体，其意义当会更大的。

周作人一生翻译的域外名著颇多。像《希腊神话》《伊索寓言》《古事记》《浮世理发馆》《平家物语》《枕草子》《狂言选》《浮世澡堂》，都颇有名气，是难得的译作。他还译过霭理斯、法布尔、怀特等人的文章，译笔均好，多见情思，知识与诗意，皆含其中，有着动人的地方。我读他的散文时，时常就觉出与国人思维方式颇为不同的一面，那分明是受到了古希腊与日本人的暗示吧？《冬天的蝇》一文，曾谈到了对日本两位作家的喜爱，文章的开头就说：

> 这几天读日本两个作家的随笔，觉得很有兴趣。一是谷崎润一郎的《摄阳随笔》，一是永井荷风的《冬天的蝇》，是本年四五月间出板的。这两个人都是小说家，但是我所喜欢的还是他们的随笔。说也凑巧，他们一样地都是东京人，就是所谓"江户子"，年纪都是五十出外，思想不大相同，可是都不是任何派的正宗。两人前不属自然派，后不属普罗文士，却各有擅场，谷崎多写"他虐狂"的变态心理，以《刺青》一篇出名，永井则当初作耽美的小说，后来专写市井风俗，有《露水的前后》，是记女招待生活的大作。他们的文章又都很好，谷崎新著有《文章读本》，又有《关于现代口语文的缺点》一文收在《倚松庵随笔》中。我读他们两人的文章，忽然觉得好有一比，谷崎有如郭沫若，永井仿佛郁达夫，不过这只是印象上的近似，至于详细自然并不全是一样。[①]

---

① 《苦竹杂记·冬天的蝇》。

周氏喜欢的人与文，大多是性情派的，或者说有点离经叛道，又有点学识者。比如他的译日本名著《枕草子》，似乎就看好了其性灵化的东西。我觉得周氏散文，也含有《枕草子》的清淳、洁美，没有杂色。像《雨天的书》《自己的园地》，就分明有东瀛的静穆之美，那也是作者深味非道学文艺的缘故。胡适先生就曾看出了周氏写作的隐秘，他以为周氏兄弟的美文，和东洋艺术传统，是密不可分的。

周作人对域外文化的选择，和鲁迅有许多不同之处，他常常引用闲情式的文章，以为那里大有精义。1936年，他曾引介过英国人吉尔伯特·怀特的《塞耳彭自然史》，将其社会学、植物学、美学的特点勾勒出来，给世人一惊。像《塞耳彭自然史》这一类的书，既不像现在学术书那么正襟危坐，又非职业散文家那么矫情。这一本书乃以自由心态，严谨地把握和观察自然山色、花鸟草虫，有大爱于斯，读了不禁生出敬意。在周作人看来，中国文人，很少像怀特那样，沉浸在对客观世界纯然的打量中。作者观察宇宙人生之细，体味之深，性情之真，都非中国人所长。西洋人所以会创造出各类人文与自然科学学科，是超道德的心境使然的。中国的人文学科与文艺作品，要想新生，大概需补上此课的。

在对翻译的态度上，周作人和鲁迅的看法颇像，都是主张尊重原文的秩序的，不可以国人的喜好乱加删改。在周氏兄弟看来，翻译的目的，不是取悦国人，而是传达异域文化的实质，而这实质，就与中国故有的传统大相异趣。所以，倘能原原本本地将洋人的思想译出，对国人的思维习惯，将有一种冲击。这恰恰是他们期盼的。看周氏的译作，文字很是讲究，但并不像自己写作那样自如，大约是照顾了原文风格，不敢乱写，便显得有些拘谨。可惜这些译著在今天不太被注意，远没有其创作那么畅销。鲁迅的命运，似乎也是如此。看来翻译要让民众接受，大抵受到社会心理的制约。其实我看周氏兄弟的译文，会想到他们写作的底色。鲁迅在译了《小约翰》之后，才写了《从百草园到三味书屋》，后者对前者的模仿，是有意的。不看他的译文而大谈创作，终当少些什么。域外文学的新精神，有时亦可说是他们的思想摇篮。这一领域要谈的话题，是很多很多的。

周作人的译笔，有时能兼中日文化的优长，也创造了一种新的风格。那是一个清淡、典丽而又忧郁的文本，读了好似感到沉重的历史天幕上忽地出了一个大洞，清新的风和明朗的光，缓缓泻下，抚慰着苦难中的人们。比如永井荷风的散文，他译得就很美，可说是现代翻译史上的一个范本。

周氏自己，也常常引用它：

> 我反省自己什么呢？我非威耳哈伦似的比利时人而是日本人也，生来就和他们的运命及境遇迥异的东洋人也。恋爱的至情不必说了，凡对于异性之性欲的感受悉视为最大的罪恶，我辈即奉此法制者也。承受胜不过啼哭的小孩和地主

的教训之人类也，知道说话则唇寒的国民也。使威耳哈伦感奋的那滴着鲜血的肥羊肉与芳醇的葡萄酒与强壮的妇女之绘画，都于我有什么用呢。呜呼，我爱浮世绘，苦海十年为亲卖身的游女的绘姿使我泣，凭倚竹窗茫然看着流水的艺妓的姿态使我喜，卖宵夜面的纸灯寂寞地停留着的河边的夜景使我醉。雨夜啼月的杜鹃，阵雨中散落的秋天树叶，落花飘风的钟声，途中日暮的山路的雪。凡是无常，无告，无望的，使人无端嗟叹此世只是一梦的，这样的一切东西，于我都是可亲，于我都是可怀。①

中国的文人随笔，先前没有这样的韵致。周作人以自己的慧眼，捕捉到了其间的精华，又汇入自己的笔端，于是便形成了一种超俗的文本。翻译是件苦役，但我于周氏那里，却读出了闲情与快慰。我们这个时代，上哪儿还能碰到这样的译者呢?

---

① 《药味集·日本之再认识》。

学问之道

世人谈学问之道,常有不同的看法。讲禅的人是不著一字,然而是已得风流。入世的学子,常说面壁十年,著述为文,讲求源本,以不打妄语为上。但苦雨斋的学者们,既不是居士,又非清客,学问讲求的是通、熟、透,新旧杂拌,中外相间,那气韵,上之不同于章太炎,下之又异于郭沫若诸辈,在学林中可谓独树一帜的。

俞平伯治学,与周作人不同,他的校勘、笺注之功较深,对版本、目录之学很有研究。他之校读《红楼梦》《浮生六记》《三侠五义》都有特点,至今仍让后人受益,清儒的醇厚感,大约是传染给了他。但到了废名,走的却是一条险路,他写《阿赖耶识论》,恍兮惚兮,不知所云,连周作人也有意见了。倒是钱玄同是个老实人,读其谈小学的文字,并不胡来,句句有本,思路通畅。那些东西,周作人是佩服的。苦雨斋内外的学者们较之于前人,文章新奇的地方,乃在于有历史观念,这是其新的一面,钱玄同就说:

> 清代学者,自然有他们的优点,不过也有缺点,就是因为他们没有历史观念。古今中外的音韵,只能有异同,不能说有好坏。至章太炎、黄季刚两先生确认为元明以前的都好,惟有到了元明就糟了。所以自清代以来,上而至于顾炎武、戴东原,以迄段玉裁、孔广森,下而至于王念孙、章太炎,以迄黄季刚,都是专讲元以前后音韵,至于元明则绝口不道。他们这种观念,可以说是很谬误的。①

因为有历史观,他们品评历史人物,臧否文化流派,都能持另样的眼光,不被流行观念遮蔽耳目,常常能道他人所未道之言,不过这一历史观念,非来自旧学的启示,大抵还是受惠于域外思想,因为有了参照,所以看人看物,都没有什么迂腐气。周作人在《我的杂学》中道出了心里话:

> 我从古今中外各方面都受到各样影响,分析起来,大旨如上边说过,在知与情两方面分别承受西洋与日本的影响为多,意的方面则纯是中国的,不但未受外来感化而发生变动,还一直以此为标准,去酌量容纳异国的影响。②

周作人、钱玄同等,以外来意识梳理故国文明,确有非同凡俗

---

① 沈永宝编:《钱玄同印象》,第147页。
② 《苦口甘口·我的杂学》。

的地方，读史读人，亦每有新的发现，如周作人之论及中国古代的智者云：

> 上下古今自汉至于清代，我找到了三个人，这便是王充、李贽、俞正燮，是也。王仲任的疾虚妄的精神，最显著的表现在《论衡》上，其实别的两人也是一样，李卓吾在《焚书》与《初谭集》，俞理初在《癸巳类稿》《存稿》上所表示的，正是同一的精神。他们未尝不知道多说真话的危险，只因通达物理人情，对于世间许多事情的错误不实看得太清楚，忍不住要说，结果是不讨好，却也不在乎。这种爱真理的态度是最可宝贵，学术思想的前进就靠此力量，只可惜在中国历史上不大多见耳。①

周氏的感观可谓明达、清澈，现代学人有此种反骨者，并不太多。其实苦雨斋的学问世界，还是从书本到书本，从玄学到玄学，毕竟带有书卷气，而他们看不上眼的鲁迅，则并不以此为然。鲁迅的讥讽京派文人，大抵是只从嗜好、审美、知识等方面看待学问，忘记的恰恰是与现实的直面搏击。

中国学人的学问，鲁迅看上的，不是很多，他那本《中国小说史略》，不知抵上多少本教授的高头讲章。学问也者，倘要用心，持之以恒，会有收益的。然而学者而且战士，能以现

---

① 《苦口甘口·我的杂学》。

实的感受入学理,那就有不凡之气了。他之赞佩章太炎,赞佩刘半农,都非躲进学院时期的章太炎和刘半农,而是以学识干预现实时期的斗士。待到一旦成为职业学者的时候,那色彩便不免暗淡了。

周作人对鲁迅的讥讽,其中就有"趋时"之语,而鲁迅主张学人们的思想魅力,就在于走出书斋时的"趋时"。1934年,刘半农去世的时候,鲁迅就在《趋时与复古》中说道:

> 古之青年,心目中有了刘半农三个字,原因并不在他擅长音韵学,或是常做打油诗,是在他跳出鸳蝴派,骂倒王敬轩,为一个"文学革命"阵中的战斗者。然而那时有一部分人,却毁之为"趋时"。时代到底好像有些前进,光阴流过去,渐渐将这谥号洗掉了,自己爬上了一点,也就随和一些,于是终于成为干干净净的名人。但是,"人怕出名猪怕壮",他这时也要成为包起来作为医治新的"趋时"病的药料了。①

鲁迅向来看不上以学者自居的名流,而以学究气影响学界的苦雨斋中人,亦瞧不起走到社会前沿的鲁迅。周作人就以《老人的胡闹》为题,暗刺鲁迅的左倾化,那其实是水火难容的怨气。其实天下的学问,有不同的做法。周作人等人是坐着论道的人,鲁迅则是走着的思想者。坐着,世人目为真学人;走着,则有

---

① 《鲁迅全集》第六卷,第535页。

野狐禅之讥。君不见尼采、萨特诸人,均是走着的智者,谁能说他们不是学人呢?章太炎曾说,学在民间,苦雨斋的教授们,大约忘记老师的教诲了吧。

明朝遗趣

苦雨斋里的文人喜谈明代文人，连自己的创作也不免带上袁氏兄弟的痕迹。不过明朝文化离民国生活毕竟较远，对它的认识也有不同。俞平伯学习明人，总觉得有些生硬，做作的痕迹较浓。那本被朱自清称道的《燕知草》，在我看来是失败之作，远不及废名的清瘦、俊美。废名写文章走的是六朝人的路子，间接也受到明代文人的影响，喜欢沉浸于情趣，远离道统，可我觉得佛教的东西对其熏染很重，根柢还在禅趣上。沈启无的文字在诸人中大约最弱，离废名、俞平伯远甚，好像在随周作人亦步亦趋，特点是没有的。但这些人文字上有共同的特点，这便是朱自清形容俞平伯时所说："以趣味为主。"朱氏说俞平伯"究竟像这班明朝人不像，我虽不甚知道，但有几件事可以给他说明，你看《梦游》的跋里，岂不是说有两位先生猜那篇文章像明朝人做的？平伯的高兴，从字里行间露出。这是自画的供招，可为铁证。标点《陶庵梦忆》，及在那篇跋里对于张岱的向往，可为旁证。而周岂明先生《〈杂拌儿〉序》里，将现在散文与明朝人的文章,相提并论,也是有力的参考。"说苦雨斋的文人很像明代的士大夫,其实仅形貌而言,精神深处,倒不及袁氏三兄弟、李贽、张岱诸人那么峻急。周作人自己也在承认,"明朝的名士的文艺诚然是多有隐遁的色彩,但根本却是反抗的"。周氏周围的友人,叛徒气最浓者,不过钱玄同而已,像俞平伯、江绍原、刘半农、废名、钱稻孙等,都是平和之人,难见斗士风采。所以,谈及明朝的名士,大家不过"虽不能似,心向往之"罢了。除周作人与废名之外,文体上与思想上有建树者,是没有的。

最早谈及明朝小品,且申明新文学的源头在明代那里的,是周作人。他在《中国新文学的源流》中,将个中道理阐述得很清楚,殊多奇思。俞平伯之重刊《陶庵梦忆》、沈启无印《近代散文抄》、林语堂编《袁中郎集》,都受到了周氏的影响。三十年代小品文兴盛,周作人功劳最大,理论上与实践上均有建树,可谓开风气之先。"五四"后的文人重提明代文化,其实乃寻性灵文化之根。周作人从明代入手把握白话文的源流,旨在文学的建设上开一传统,证明新文学不是无根之物罢了。沈启无受周氏指导,编的那本《近代散文抄》影响颇大,林语堂见后惊异不已,写了多篇文章大加赞赏。四十年代,钱锺书亦撰文评述此书,觉得其间多可引借。关心京派文学者,大抵知道明代性灵派文学在中国的意义,废名、李长之、朱光潜诸人的审美观好像也染有非理性的色彩,行文论道很重感性,不替圣人立言,远离理学教义,是很精明的文学之道,此一传统经由周作人发现阐释,且形成风气,苦雨斋情调的意义,由此可见一二。

明代文人性情豁达,多离经叛道者。张岱借山水而暗吐亡国之怨,袁宏道于短札里放浪形骸,均是对世风不满,愤世忧国之文。到了李贽,看他痛骂伪君子的文章,可谓狂狷者的长嚎,似屈子行吟,八股气与道学气没了,多了人道与人性的东西。周作人看重的是这类传统,以为从中可引出"人的文学"的理念,其用意我们大抵可看到的。在对明代文化的看法上,周氏与鲁迅的观点接近,并不像后人说得那么隔膜。鲁迅觉得明代小品反抗的精神很好,散淡里亦有沉郁的一面。其实唐宋明清以来,隐士的文章并非远离尘世,鲁迅就从文人的诗赋短札中,看到离经叛道的东西。周作人于此更为清楚,《〈陶庵梦忆〉序》就说:

> 我常这样想,现代的散文在新文学中受外国的影响最少,这与其说是文学革命的还不如说是文艺复兴的产物,虽然在文学发达的程途上复兴与革命是同一样的进展。在理学与古文没有全盛的时候,抒情的散文也已得到相当的长发,不过在学士大夫眼中自然也不很看得起。我们读明清有些名士派的文章,觉得与现代文的情趣几乎一致,思想上固然难免有若干距离,但如明人所表示的对于礼法的反动则又很有现代的气息了。[1]

---

[1] 《泽泻集·陶庵梦忆序》。

明代人爱谈宋代文化，其实是遗民心绪在起作用。赵园著《明清之际士大夫研究》，对此有很深的体会。遗民著述，大多有不平之语，借山水古物抒发性灵，其实为无奈的选择。"五四"之后，对现实不满者，要么成为斗士，走向革命的道路，要么躲在书斋里，谈谈风月人情、花鸟草虫，旨在寻一净土，不与伪者为伍。苦雨斋的客人们很少革命情结，对暴力冲突敬而远之。他们在民俗学、植物学、文字学、宗教学诸领域，兴趣浓浓，以知识对抗野蛮，用情趣消解教义，不妨说是明代士人格调的一种折射。虽深浅有别，业有大小，但文化上的意蕴，非常人可以达到的。借古人的思想言志达理，其实与流行色与时尚化便有了距离。明代人靠解释宋朝文化愉悦心性，"五四"的人大谈有明风骨，今人爱讲鲁迅传统，其实隐含着相近的情感。我觉得认真想一想这里的问题，对今人不妨也是一个启示。

伪高雅乎

苦雨斋里的文人是讲高雅的。俞平伯治红学,对昆曲亦多研究。刘半农晚年很有博士风范,著文谈吐,也带出绅士气了。诗人沈尹默在书法上自成一家,为后人称道,"苦雨斋"的斋名题字,就出自他的笔下。江绍原虽很少创作,而学识不俗。看他写民俗学的专著,功底确是不浅的。我们读周作人与钱玄同、沈启无、废名的通信,好似除了学问、诗趣,并无大的痛感。若谈高雅,八道湾可谓风流得尽,非别处可以媲美了。

林语堂每谈周氏著述,都有企羡之处,以为那才是典丽、精美的所在。施蛰存对其学识、文风也多有好感,心灵之中,总有一些相通的地方。周作人中年之后,很少写冲动的文字,看看古书,译点神话,谈谈版本目录,那情形确是贫寒困顿中人难能为之的。我读他致友人的信件,妙如书话,又不做作,天然一幅清秀之图。如1932年11月5日致沈启无信:

> 昨日冒大风回敝斋,披读各书,颇觉欣然,《刀笔》最佳,

《五镫》亦复不恶,惟细看其中颙字等均缺笔,想宋朝无预避清朝庙讳之必要,然则此亦只是影印那刘世珩本,而非真是影宋本也。晚上躺着阅莲池所编《沙弥律要略》乃弥有兴趣,不佞于此不能不佩服释氏府上,儒家之小学家礼等等皆不及也。丁香公至今未将宣纸一小方补寄来,大约是全然忘记了,须得由不佞去一问耳,今天居然下雪,大抵还是试下,所以随即停止,又是夕阳与大风,依然秋天习气也。"知惭愧"一印想托张公一刻,而日内不南行,拟再想一句一并拜托,庶乎其不负此一行焉而已。匆匆。①

友人们致周氏的信件,大多也是如此,谈史学要义,文人逸事,有许多有趣的东西。如钱玄同1938年初致苦雨斋信云:

> 知翁:今天冒了寒风,为首次之巡阅,居然有所得,不亦快哉!所得为何?乃徐研甫写书面的某书也。查此书曾蒙见赐两部,然皆非定本,此为凌一两公之兄写书面者,系伪光绪廿四年之定本,忽然得到,其喜真出于意表之外矣。从此先生亦不得专美于前矣!而且不久即可洗刷我干没之嫌矣。(此语大有毛病,倒好像我今天若买不到,则大有干没之意者然。其然,岂其然乎?)先生已巡阅过乎?有所得乎?不匆匆。(此非反对老兄也。)②

---

① 止庵校订:《周作人书信》,第137—138页。
② 孙郁、黄乔生编:《致周作人》,河南大学出版社,2004年,第48页。

翻看刘半农、沈启无、废名、俞平伯诸人与周作人的往来书信，大致可看到类似的情感，话题与审美情趣，多有暗合之处。苦雨斋的朋友们大多有历史癖、考据癖，又喜收藏，或迷于玄学，而对当下文学走向则多不关心。俞平伯起初还弄弄新诗、散文，后来渐渐迷古，文字趋老，通体古风，现实的敏感便减弱了。他们讲篆刻，谈善本，议论学林杂事，真有一点名士的派头。但大抵止于趣味，并不走向极端，学人风采很浓很浓。江绍原与知堂谈论民俗学时，多为学理中事，着眼点在历史与个体的心理之间，对时事则并不全心投入。胡适身边与鲁迅身边的友人与苦雨斋不同的地方，是介入现实者多多，或参与政府，或思想上叛逃，在故纸堆里陷得不深。苦雨斋的客人并非远离尘世，他们只是觉得，学问乃学人要义，专心致志，心不旁骛，在学理上深入下去，于国于民，均很有利。废名从禅学入手，对进化论多有疑思，俞平伯在"红学"中，看文化的结构，江绍原的文化人类学，多从欧美那里走来，宁静得让人羡慕。诸人中学问各有偏好，有的互不相通，但都和周作人有所牵连，而周氏又仿佛是山林中的寨主，引来各路豪杰相会于此，其文化品位之高，在现代中国，是很少见的。

但周氏与友人的交流，并非一味的清高，仿佛不食人间烟火的圣人。讥世的时候有，忧国之语亦多，只是重于学识，不甘混于时尚而已。看江绍原致苦雨翁的信件，常有不平，感世亦深。1929年3月8日的信中说：

> 启明先生：连接到德文《医学小史》、胜家博士《宗教与科学》及《古代数学理学》。先生买书的钱也不见得多，我屡承厚赐，微觉不安。民俗季刊竟未寄到，殊出意表。现在索性将所有的三本一齐寄呈，请从容的看，看完之后还我可也。序文也不忙，我逆料该译稿非到六月不能付印：开明新改组，一切似向未就绪也。《血与天癸》至今未改完，此皆"反应"一文为之梗，现在似已有了一个癣，一星期不写一两篇骂"反动派"（医学上的）的文章，便非常不舒服！①

苦雨斋主客间的雅，其实并非都是"红袖添香夜读书"的旧文人气，他们谈论古书，实则向往新学；著文非西洋化，但精神却很是现代，不过他们的为文之道，因为显得老气，便有自恋的一面，比如刘半农的某些小品，钱玄同与周作人的打油诗，就显得沉郁、老态，不及新型文人那么热烈，陷在旧文人的老路里了。

左翼文人的讨厌周氏，以及对苦雨斋沙龙的鄙夷，大约以其自命清高，埋于书本，不通现实。不通现实，大致是对的，像沈启无、俞平伯、刘半农，除了古书里的学问，外事并不谙熟。至于偶有名人架子，嗜于古乐词章，如刘半农的学理气味儿，俞平伯的古董心态，废名的隐士之气，那是一看就知的。在民

---

① 张挺、江小蕙笺注：《周作人早年佚简笺注》，第390页。

生凋敝、血色横飞的年月，斗士般地冲到火海是一选择，隐到书房自行修炼，以学术自塑己身，也是一个选择，强迫齐一，便没有道理。所以，当左翼文人讽刺周作人的自寿诗时，鲁迅却从中看出讽世之意，以为并非堕落。但因为众人圈子气浓，常有肉麻的吹捧，便很有闲人的迂拙之气，旧的气息吞没了真的精神。苦雨斋沙龙常常被人误解，周氏固然偶存瑕疵，而友人间的圈子味儿、远离现实味儿，是主要原因吧。

其实高雅、冲淡、空灵，不过人间幻象。苦海中人，哪来得一丝轻闲呢？江绍原为生计，就四处漂泊过，废名因战乱而避难南方，沈兼士、马幼渔都亲历过种种风险，孙伏园、沈启无因环境恶化也几易工作。我看俞平伯之沉迷昆曲，总觉得是逃逸苦难。在戏曲中寻一静地，忘了现实之恼，那也是读书人无奈的选择。苦雨斋的雅气，其实为无奈的外表，不信你读读《药堂语录》《书房一角》，忧世之深，不逊于左翼青年。不过是以古喻今，障人耳目，实则乃悲愤之文，只是难被看出罢了。

朱光潜曾撰文称赞周氏，觉得其文冲淡静谧，很有价值。但我疑心不过表面之谈，复杂的心绪，终被忽略了。苦雨斋中人写的小品，乃学人环境的产物，因为身在大学，既非沈从文那样的军人出身，又非洋场上的绅士，也无乡土社会的经验，自然落入明清文人的旧套了。后人多爱鲁迅，而疏离周氏，并非都是世人所云的意识形态使然。我们看鲁迅如何直面人生，如何解剖自己，如何亲近平民，那博大而慈悲的胸怀，别人怎么比得上呢？

学人的做作

钱锺书在一篇文章中，讥刺学人的故作高调，倒让人想起鲁迅之论"文人相轻"。相轻的原因，大抵彼此隔膜，或多有些做作使然。学术史上，文人之间的种种冲突，并非怪事，但让人生叹的常是他们的作态。学人有时不免做作，周作人这样讥讽过鲁迅，也内省过自己，想起来是一件不小的事。不过我看鲁迅的书，感觉不到做作的东西，而周作人倒多少有一点。比如同是介绍图书，鲁迅好似燃烧其间，文字苍凉，词语沉郁，读了心灵为之一动。而周氏的文词则不免温吞，心态虽平和散淡，内在的情调毕竟绅士之气，与其兄相比，终是少了什么。总觉得鲁迅的文字是燃烧出来的，周氏著作则如同揉面，是揉出来的。

周作人有许多文章，我是喜欢的，那么从容老到、不愠不火，确是常人难以为之的。但是有时读多了，看到一些重复自己的文章，以及过于疏远现实的样子，便觉得也有一点自持，和鲜活的人间远了。躲在书斋里一心想学问，做一点闲适的文字，没什么可指摘的，有一点矫情也情有可原。我有时看自己过去写的文章，也有些雕饰，好似也染有做作之风。以做作为荣，真以为自己是什么人物，问题就来了。周作人虽在旧文人的习气里陷得较深，但大致对自己有所把握，不像现代一些文人那么喜欢卖弄。不过看他谈书谈人的短文有时也觉得是乏味中硬凑趣味，迂腐的东西也出来了。像谈历史掌故的文字，有时便有游戏笔法，诚恳的感情离得较远。《知堂随想录》讲北大轶事的部分，精彩中不乏外饰，什么原因？也是做作所致吧？

平淡中把文章写到极处，往往非情性所为，乃做工过细之故也。人在悲愤之时，文章易出妙句，气韵也会高出众人。所以我常觉得，周氏清淡的文章是做出来的，而激越的文字则是从血中喷出来的。喷出来者，则见性情，温文尔雅的一面便消失了。1922年，周氏女儿若子因庸医误诊致死，遂写有《日本医师误诊杀人请求处分的呈文》，全篇慷慨激昂，词句溅血，乃性情之文，我以为是鲜见真情的作品。生死忧患，乃文章之源，人在悲绝之时，是不会文雅起来的。这时便看出周氏的可爱，苦雨斋温和的面影终被血性之气代替了。他还有一篇谈及自己死后的遗嘱，也全无匠气，"其言也善"的一面，很是感人：

> 余今年一月已整八十，若以旧式计算，则八十有三矣。自己也不知怎么活得这样长久。过去因翻译路吉阿诺斯对话集，此为五十年来的心愿，常恐身先朝露，有不及完成之惧，

> 今幸已竣功，无复忧虑，既已放心，便亦怠惰，对于世味渐有厌倦之意，殆即所谓倦勤欤。狗肉虽然好吃（猒字本意从甘，犬肉），久食亦无滋味。陶公有言，聊乘化以归尽，此其时矣。余写遗嘱已有数次，大要只是意在速朽，所谓人死，消声灭迹，最是理想也。①

其实周氏亦血性男儿，只因隐身书房过久，不谙外事，著述自然远离烟火，仿佛过时的宫女，惟谈说皇室旧事为大，自己的悲苦淡漠了。周氏逊色于鲁迅的地方，大多是在这里的。

海德格尔说，人是有限的。可惜世人脑子一热，便认为自己是全能的法官，或上帝的使者。谈话时口气颇大，行文间也感觉良好，自命不凡，飘飘然欲得了神仙的美名。鲁迅于此看得很清，骂道：摆什么阔人的臭脸孔呢？钱锺书写大学的教授，就直陈其虚伪装蒜的伪态，《围城》中动人的一幕，就让人感慨不已。要说文人的做作，方鸿渐、陈西滢之流，当算典型。而周作人数落鲁迅，讥其作态，就有点过分。虽然广义地说，为文者有表演的痕迹，但有假戏真做者，有无戏假做者，不可一概而论。

不久前读到两位学人论剑的文章，甲说乙为买办，乙骂甲为奴才。言及彼此专业、选题时，均爱意深深，似乎天下最重要的伟业，就在自己这儿。其实人之于世，各有所为，道不同，

---

① 鲍耀明编：《周作人与鲍耀明通信集》，河南大学出版社，2004年，第384页。

不相为谋即可，大可不必你吃了我，我吃了你。以公正的面孔去灭人九族，我总觉得有些失态，更严重的，可说独断者的自语，那性质，就离此话题很远了。

语言的守旧者

我一直觉得周作人是个语言上的守旧者。他不像鲁迅对旧式语言那么强烈地破坏，也不及徐志摩、巴金那样西化得厉害。周氏谙熟日语、希腊语、英语，但句法上似没有洋人气，倒像明清旧式的文人，字句中流动着东方情调。他一生关注希腊文化，日本民俗，但止于知识层面，并未在表达上有创新的欲望。鲁迅、钱玄同均很看重母语的改造，但周氏在实践上却无动于衷，没有兴趣。初期写的白话文，就很传统；清新里带有古风，毫无洋化的痕迹。到了三十年代，文字愈趋古朴，似《容斋随笔》，像《闲情偶记》，复古的意识慢慢滋出，如同清末书林间的老人，苍冷间透出古意来了。

读周氏著作，觉得内容常新，而形式较旧，便深感其性情中的中庸含蓄。他说"五四"新文化不是革命，乃是明代文学的复兴，便与胡适诸人有了区别。周氏认为，古文有好的东西，但依附于政治便有了问题；白话文自然是新生事物，但亦不能偏废了古文传统。《现代散文选序》就说：

> 古文既无能为，则白话文的前途当然很有希望了。但是，古文者文体之一耳，用古文之弊害不在此文体而在隶属于此文体的种种复古的空气，政治作用，道学主张，模仿写法等。白话文亦文体之一，本无一定属性，以作偶成的新文学可，以写赋得的旧文学亦无不可，此一节不可不注意也。①

文体意识其实乃文化情怀的折射，留恋母语，看重传统，以为旧语言里可翻出新的表达式，那就不会一味偏执，走什么拼音、废汉字的道路了。我觉得周氏后来走向儒家，常有怀古之风，语言上的偏好是个原因。他说：

> 说到古文，这本来并不是全要不得的东西，正如前清的一套衣冠，自小衫裤以至袍褂大帽，有许多原是可用的材料，只是不能再那样的穿戴，而且还穿到汗污油腻。新文学运动的时候，虽然有人嚷嚷，把这衣冠撕碎了扔到茅厕里完事，可是大家也不曾这么做，只是脱光了衣服，像我也是其一，赤条条的先在浴堂洗了一个澡，再来挑拣小衣衬衫等洗过了重新穿上，开衩袍也缝合了可以应用，只是白细布夹袜大抵换了黑洋袜了罢，头上说不定加上一顶深茶色的洋毡帽。中华民国成立后的服色改变，原来也便是这样，似乎没有什么可以奇怪的地方。朝服的舍利狲成为很好的冬大衣，蓝色实

---
① 《苦茶随笔·现代散文选序》。

地纱也何尝不是民国的合式的常礼服呢。不但如此，孔雀补服做成椅靠，圆珊瑚顶拿来镶在手杖上，是再好也没有的了，问题只是不要再把补服缀在胸前，珊瑚顶装在头上，用在别处是无所不可的。我们的语体大概就是这样的一副样子，实在是怪寒伧的，洋货未尝不多用，就生活状况看来还只得利用旧物，顶漂亮的装饰大约也单是一根珊瑚杖之类罢了。①

此一段话为自己画了像，内心的真实表露无余。反抗语言的政治化、意识形态化，使其不沦为观念的传声筒，乃周氏一生的自律。在语言上不是向前走，而是慢慢后移，或糅一点日文的色彩，或搀杂希腊语的某些风格，而底色则完全东方化，从野史、札记里学来语气，既远离"四书""五经"的道学气，又无西崽的形态，自成一格，语调平缓自由。这在现代史上，也是一种语言的自觉，其间也捍卫了母语的尊严。

语言有时是个惰性的存在，但也是易被阉割的东西。宋代后的文人多道学气，今人则泛意识形态化，这些多少破坏了语言的纯洁，与人本的东西渐远了。俄国诗人曼德尔施塔姆说，苏俄的暴力话语窒息了俄语的美质，便是对政治异化语言的一种抗议。一百年来，中国文化损伤最大者，是古老的语言。白话文初期很有生气，后渐次口号化、政治化，生气的东西越发稀薄了。周作人在语体上难说是一个创新者，他固守着古老的

---

① 《药堂杂文·序》。

遗存，目光放在纯粹的精神领域，既不学步于时尚，又远离古人的迂腐气。四十年代的文章，已与时风相距甚远，到了六十年代，丝毫不见政治口号的痕迹，在老路上慢慢行进着。我们读他的书，常觉眼前一亮，有静谧的感觉。在现代性、全球化呼声越来越响的今天，周氏文本，实在是世外桃源，那缕缕清风与浓浓古意，让人觉察出丝丝美感。年轻人已不在意其"附逆"与否，单从审美上与其相遇，不知以道德判断是非者，对此感想如何？

语言的神秘，难说清楚。人创造了语言，语言又左右了人的生活。还原人与语言质朴的关系，看来并不容易。周作人曾和刘半农讨论白话文如何丰富自己，一个观点是，从民歌里、在民间口语里汲取营养。刘半农以为很是不错，丰富语言，不是生硬创造，而是广泛占有旧的遗存，从中生出质朴的存在。可惜这样的话久不被世人关注，遂生出各式的八股腔来。如今想想语言中的灾难，周氏兄弟的写作，其警示作用，也不可小视的。

两种冲突

鲁迅还没有离开北京时,就已经与钱玄同、刘半农、废名等人格格不入了。这固然与周作人有关,因为他们大多亲周氏而远鲁迅,另外的原因,实则是精神状态迥异,互不相通。周作人身边的人,以不变应万变,将己身囚在书斋里。鲁夫子则孤独地远行,于追求变化中确立自我,精神是独异的。考查钱玄同、刘半农、徐祖正、张凤举、俞平伯诸人,学问有固定的方向,一生不太旁骛它求。鲁夫子则忽而文学,忽而美术,又涉猎翻译,兼及出版、编刊等等,思想仿佛江河之水,不断地流着。钱理群曾说,考察京派文人,要以鲁迅作参照,不是没有道理的。倘若将苦雨斋诸人与鲁迅做一个比较,是可以理出诸多话题的。

1926年5月,也就是鲁迅即将离开北京之前,曾应刘半农之邀,为其标点的章回体小说《何典》作序。那时的刘半农虽与周作人打得火热,但内心仍敬佩鲁迅,以为像小说一类的书籍,惟有鲁迅给予介绍、作序,才有分量。但鲁迅的那篇《为半农题记〈何典〉后,作》,实在未给半农一点面子,内中不妨说还夹杂着一点讽刺,他对半农的状态与治学,有些挖苦的痕迹了。鲁迅后来说,刘半农看到那序,"颇不高兴"了。为什么呢?大约太不给面子了吧。

鲁迅的后来疏远刘半农、钱玄同,大概缘于其身上的某些士大夫气。《忆刘半农君》就说:

> 近几年,半农渐渐的据了要津,我也渐渐的更将他忘却;但从报章上看见他禁称"蜜斯"之类,却很起了反感:我以为这些事情是不必半农来做的。从去年来,又看见他不断的做打油诗,弄烂古文,回想先前的交情,也往往不免长叹。我想,假如见面,而我还以老朋友自居,不给一个"今天天气……哈哈哈"完事,那就也许会弄到冲突的罢。①

人与人的亲疏,有性情的因素,又有观念的因素,这两点,鲁迅和他们都有些隔膜。以钱玄同为例吧,他们是留日的同学,又系《新青年》的同人,鲁迅的写小说,还是钱氏催促的结果。但后来鲁迅很看不上钱氏,且写过打油诗讽刺老友,已经没有什么友情可言了。其实早在1924年,两人就已经有了隔膜,那一年底的《语丝》周刊上,有鲁迅的一篇《我来说"持中"的真相》,就是对钱氏而去的小文,真真是一刀见血,

---

① 《鲁迅全集》第六卷,第73页。

开篇便道：

> 风闻有我的老同学玄同其人者，往往背地里褒贬我，褒固无妨，而又有贬，则岂不可气呢？今天寻出漏洞，虽然与我无干，但也就来回敬一箭罢：报仇雪恨，《春秋》之义也。①

到了三十年代，鲁迅与其矛盾渐深，批评加多，1930年2月22日致章廷谦的信说：

> 疑古玄同，据我看来，和他的令兄一样性质，好空谈而不做实事，是一个极能取巧的人，他的詈骂，也是空谈，恐怕连他自己也不相信他自己的话。②

以这样的口气评价当年的友人，实在是有些水火不容的。钱氏的弱点，是述而不作，且言谈矛盾，鲁迅的批评，并不过分。但说其"取巧"，就有点夸张，或说有误会的地方。钱玄同一生，做人本本分分，学识亦有旁人难及之处，比如文字学，就有新的见解，有的看法甚至超前，至今阅之，亦有动人之处。不过钱玄同是在旧学中打转，思想呢，只本乎进化论，别的看法，就显得平庸。鲁迅的看不上他，大约是以其目光较窄，学无厚度，没有精神的张力。在鲁迅的眼里，中国知识分子，面临的

---

① 《鲁迅全集》第七卷，第56页。
② 《鲁迅全集》第十二卷，第4页。

问题多多，一是对现实应有一种关怀，学识乃为人生服务的，而不是人生为了学术。二是为人为文，本乎真诚，精神不拘陈俗，但亦应看到己身的有限。钱玄同也好，刘半农也好，后来隐退于书房，又以学人自居夸夸其谈，且游戏笔墨，在鲁迅看来，不免过浅，境界不高。这样的学人，他是不屑为伍的。

如果说上述的冲突，乃在学理的层面，是"道不同"之故。那么下面的一个因素，也是他鄙视钱玄同、刘半农等人的原因吧：北京的学者大多亲近周作人，且以周作人为核心，自然也引起鲁迅的不快。鲁迅以为，周作人颇昏，而周围的人，又过于圈子气，锐气就颇为可疑了。比如他的迁怒于废名，原因便在周作人的身上。1932 年 11 月 20 日，鲁迅回北平省亲时，曾致许广平信云：

> 周启明颇昏，不知外事，废名是他荐为大学讲师的，所以无怪攻击我，狗能不为其主人吠乎？①

不说周作人坏，而谓其"昏"，道出了鲁迅的内心之言。而苦雨斋周围的人，不过一些圈子里的兄弟，是非含混，义气相投，讳莫如深。鲁迅将其视为古堡里的茶社，老气里透着迂腐，是没有什么精神的亮色可言的。

苦雨斋里的人们，有时相信学问是可以兴邦的；而鲁迅则

---

① 《鲁迅全集》第十二卷，第 122 页。

以为中国高雅的学者，大多可疑。苦雨斋的人们觉得，历史乃是循环的，流行的花样不过转瞬即逝；鲁迅呢，却认为，惟有新的，才可以救人于苦海，士大夫精神，乃知识界的死敌。明白了此点，便可知道，鲁夫子何以不满于刘半农的弄古文，打油诗，不满于京派理论家朱光潜对陶渊明的评价，以为诗人不仅有静穆的一面，亦多金刚怒目的一面。文人者也，其可贵在于敢打敢骂，敢说敢做，且为民众殉道，自己呢，坠入苦海亦无怨言。然而周作人等人，常悠然地躲在苦海岸边，品茶论道，说着一些高雅的话，民众们当然听不懂了。鲁迅的远离他们，也是必然的。

杂诗杂调

文章正经了不好,诗正经了也不太好。周作人一生写作,自以为多是"不正经"的文章,所以常常以"非正宗"的姿态出现,品格就与别人有些区别。他一生除小品外,也写了诸多杂诗,略有"打油"的意味,和他的文章同样别致。1960年初,在为《老虎桥杂诗》写的序言中,作者说:

> 这东西我以前称之曰打油诗,现今改叫杂诗的便是。称曰打油诗,意思是说游戏之作,表示不敢与正式的诗分庭抗礼,这当初是自谦,但同时也是一种自尊,有自立门户的意思,称作杂诗便心平气和得多了。①

打油诗倘过于滑稽,便不免俗陋,所以写好了亦非易事。周氏五十寿辰时,曾作有自寿诗,那韵律很别于他人,引来不小的

---

① 周作人:《老虎桥杂诗》,止庵校订,河北教育出版社,2002年,第100页。

议论：

> 前世出家今在家，不将袍子换袈裟。
> 街头终日听谈鬼，窗下通年学画蛇。
> 老去无端玩骨董，闲来随分种胡麻。
> 旁人若问其中意，且到寒斋吃苦茶。

> 半是儒家半释家，光头更不著袈裟。
> 中年意趣窗前草，外道生涯洞里蛇。
> 徒羡低头咬大蒜，未妨拍桌拾芝麻。
> 谈狐说鬼寻常事，只欠工夫吃讲茶。

粗看此诗似乎近于无聊，然而深含的意绪又非三言两语可以说清。此诗发表后，曾受到左翼文人的批评，其实还是未能明了其隐喻的缘故。周作人每每在诗中谈些怪话，所谓庄谐并出，其实乃佯狂之态，根柢还是与现实不合作的。中国文人，将红尘一旦看破，往往就有半疯半痴之语，阮籍如此，郑燮亦如此，为文之道，就有些刁怪。天底下不正经的文章，大多很杂。思路与笔墨亦不可理喻。周作人以"杂诗"称自己的诗作，是有着他人少有的用意罢。我们有时在他的文字里，可以嗅出士大夫气和叛徒气，那也是"杂思"起了作用。正宗的调子在那里已没有了。

《老虎桥杂诗》多半系狱中所作，然而却不见因人的哀凉，倒显得从容不迫，心态平和。是超然之心使然，还是自饰的结果，都不太好说。他写"狂人"、吟"童话"、谈笑话，笔力看似轻轻，情思却很重很重。所以这些童稚式的文字，常常夹着老到的哲思，读了不禁生叹。周氏以闲适之笔，写人间大的哀凉，那确是高人的手法，如《挑担》云：

> 我身才中人，宿命应挑担。照料十方堂，扫地供粥饭。不必为结缘，本分事应办。但愿各随喜，时至自聚散。何意见白发，忽尔遭按剑。本当共忧喜，十年成敌怨。虞帝大圣人，福德可赞叹。吾辈本凡民，所宜安忧患。忍过事堪喜，此语庶无间。无心学娄公，聊且任唾面。

一个落魄的老人，面对人世的冷暖，还能写出这等诗来，便也隐隐可感到一种坦然。不过作者面对绝望，还能自嘲与逗笑，那须有一种很大的勇气。诗写成这样，便有了出家者的调子，仿佛尘世荣辱，皆成空幻，此种情怀，终非闲士可为。

周作人的杂诗不都是戏语，飘逸如陶潜者亦随处可见。读《苦茶庵打油诗》部分，分明就有乡野气，有的几与渊明乱真。如其二二至二四：

> 山居亦自多佳趣，山色苍茫山月高，掩卷闭门无一事，支颐独自听狼嗥。

> 涧中流水响潺潺，负手循行有所思，终是水乡余习在，

关心唯独贺家池。

镇日关门听草长,有时临水羡鱼游,朝来扶杖入城市,但见居人相向愁。

杂诗写到这种程度,竟偏向雅致,倒映出作者心灵深处的士人情结。新文人之中,偏好于魏晋风度者有多位。"叛徒气"之外,还有几多"隐逸气",那"杂''就变得有几分"清"。洗尽风尘,自洁自好,乃文人的旧癖。周氏虽自称新文化中人,然而心却有古雅的一面。若说注解其心性,杂诗部分,当可一证。然而仍需细细品味,倘走马观花,说不定会上他的障眼法的当,那与他的心性就更是隔膜了。

文章之道

张中行说,好的文章,非用力为之,周作人文章之美,恰在此处。秦汉以降,为文著述者多矣,而能有大手笔者,却十不一二,数目很少。我看周氏文章,轻灵随意,毫无雕饰,一马平川,读来舒适得很。虽不免略有重复,不及鲁迅利落,但那样超逸、静谧的笔触,百年以来,实属罕见。

周氏周围的人,崇尚六朝文章者多,又看重明末散文,实在是逆俗的选择。周作人常引《困学纪闻》中的话:"立身之道与文章异,立身先须谨重,文章且须放荡"。放荡者也,非蛮横乱议,乃心性流露,不拘礼节,不以身外是非为是非,所谓天马行空,独往独来,就是这个道理。但千百年来,儒学四溢,功利主义潜入文坛,文章便成载道之器,不仅学识渐少,性灵亦空空如也。"五四"之后,文人学风一变,谈世相、讥陋人的文章增多,周氏兄弟、胡适诸人,功莫大焉。然不久八股又生,主义、口号塞进文坛,载道多于言志,令人痛心不已。周氏于苦雨斋中,默默耕耘,不为世外的风雨所动,谈苍蝇,讲花鸟,说古代诗文,情趣而多学理,学理而又多情趣,那风格,不仅右翼文人没有,左翼青年,也敬而远之了。

青年时代的周氏,以为文学是为人生的。后来,鲁迅在此基础上向前走,旨在改良人生。那文章便多生民之疾苦,劳动者的呼号。周作人则往后进,退到人性之门里,以学理、心性的净化为目的。向前走,则身肩重负,非文学的因素增多;往后进呢,便不糅杂质,静如湖水,未被污染。周氏文章,正所谓"辞达而已矣",平自如话,和八股文学,是很有距离的。

其实他的一生,看重古人的日记与尺牍,喜读小品,以为是精妙之文也。王羲之、苏轼、袁宏道、汪辉祖诸人,均有好的文字,其日记尺牍尤有佳处。《关于尺牍》就说:

> 桂未谷跋《颜氏家藏尺牍》云:
> "'古人尺牍不入本集,李汉编昌黎集,刘禹锡编河东集,俱无之。自欧苏黄吕,以及方秋崖卢柳南赵清旷,始有专本'。所以讲起尺牍第一总叫人想到苏东坡黄山谷,而以文章情思论,的确也是这两家算最好,别人都有点赶不上。明季散文很是发达,尺牍写得好的也出来了好些。"[①]

尺牍与日记好读,乃多见真义,不戴外套,吾手写吾口,率真而发。而诗文策论之类,则往往装腔作调,摆出架子,让人蹙

[①] 《瓜豆集·关于尺牍》。

眉了。《知堂乙酉文编·谈文章》云：

> 做文章最容易犯的毛病，其一便是作态，犯时文章就坏了。我看有些文章本来并不坏的，也有意思要说，有词句足用，原可好好的写出来，不过这里却有一个难关。文章是个人所写，对手却是多数人，所以这与演说相近，而演说更与做戏相差不远……我读古今文章，往往看出破绽，这便是同演说家一样，仿佛听他榨扁了嗓子在吼叫了，在拍桌了，在努目厉齿了，种种怪相都从纸上露出来，有如圆光似的，所不同者我并不要念咒画符，只须揭开书本子来就成了。文人在书房里写文章，心目却全注在看官身上，结果写出来的尽管应有尽有，却只缺少其所本有耳。

文章之道，如类似演员表演，远离本我，精神便有虚假之处。周作人深味此理，故律己很严，尽量放松笔墨，从容为文，自如泼墨，确无八股之气。但他也不满意自己的作品，有时也承认"做作"过多，终带道德的气味。这种反省，"五四"后的文人，很少有过，我们说他亲切坦率，不是没有原因的。鲁迅早年的熟人，后来大多近周二先生而疏离鲁迅，说明在性情方面，他确有亲和的地方。

　　读书人著述，自古类型很多，但因为事功心切，能撼人心魄，益智移情的，人数有限。周作人读书很多，精于野史札记，读深读透的结果，便是觉得自我化的叙述很好，平易常态的文字亦佳。文章应随意真切，该冲荡者便冲荡，应宁静的便宁静，不可强求为之，远离本然。以周氏而言，骂人的文章写不好，悼友的短札也平常。但读书札记、译介域外学术，谈天说地者，就很高远沉着，如清水出芙蓉，天然去雕饰。学识、境界、人情，浑然一体，确是难得的文本。中国人的著作，常犯两种毛病，一是替圣人鸣锣开道，帮忙又帮闲；一是自恋自乐，躲进象牙塔里清高自许。周氏兄弟憎恨此道久矣，一生倡明个性精神、人道情感，文章以人为本，深入浅出，与读者交心。不像当下一些文人学者，满纸洋话，浅入深出，生造出深刻的仪表。张中行曾言，欲救此病，不妨多读周氏兄弟的文章，真是悟道之言。为文之道与为人之道常常合一，中国人之不能写好文章，该好好讨论一下了。

日记里的人生

鲁迅在什么地方讽刺过胡适,以为其写日记,有发表之意,似乎专供外人阅读,有些做作了。这观点大概也传染给了周作人,所以他们二人自己写日记,倒是简要得多,是文人的流水账,没有什么炫耀的地方。不过周作人不像鲁迅那么固执,承认自己喜欢看他人的日记和尺牍,那阅读的诱惑并不亚于诗文书画。《日记与尺牍》云:

> 日记与尺牍是文学中特别有趣味的东西,因为比别的文章更鲜明的表出作者的个性。诗文小说戏曲都是做给第三者看的,所以艺术虽然更加精炼,也就多有一点做作的痕迹。信札只是写给第二个人,日记则给自己看的(写了日记预备将来石印出书的算作例外),自然是更真实更天然的了。我自己作文觉得都有点做作,因此反动地喜看别人的日记尺牍,感到许多愉快。我不能写日记,更不善写信,自己的真相仿佛在心中隐约觉到,但要写他下来,即使想定是私密的文字,

总不免还有做作——这并非故意如此，实在是修养不足的缘故，然而因此也愈觉得别人的日记尺牍之佳妙，可喜亦可贵了。①

其实周氏自己的日记就颇可一读，文字精练，言少意多，也可看出时代氛围与个人情趣，读了不免让人浮想联翩。周作人一生，写了大量日记，除日本留学时代未有痕迹外，绍兴、南京和北京时代的生活，都记了下来。我们了解"五四"，看新文化界诸人的行踪，非读周氏日记不可，倘和鲁迅、胡适、钱玄同诸人的日记参照阅览，对那时代的空气，便可解一二了。

周作人的随笔，写得从容不迫，毫无感伤之调，但看其早期日记，才知道是个多情善感且又自恋的人。他自光绪二十四年（1898年）开始记日记，直到1966年，数量相当可观。早年日记多青年心绪的直抒，毫不做作，一个才华出众、性情内倾的少年形象，飘然纸上。中年之后，文字日趋平和，内心情感克制得很好，日记多日常起居、友人交往、访书作文之事，个性中鲜活的地方，倒不见了。不过，衣食住行的勾勒，购书会友的记录，亦多省人之处，看了才知道那一代文人，其乐不过读书、谈天、赴宴，业余生活简单，不像今人那么丰富多彩了。生活简单，性情便会专一，读书亦多，著述丰沛深厚，这就非今人可以比肩了。仅举1917年8月初日记为例：

---

① 《雨天的书·日记与尺牍》。

八月一日晴下午阴阅三辅黄图大哥为从部中借知不足斋丛书来阅之夜大雷雨

　　二日晴上午得廿九日家信大学即日片下午阴

　　三日晴上午寄家信往大学收六下半月俸全中票访商君买新青年三之二、三各一册午返寓下午阅新青年了晚雷雨旋止紫佩来谈

　　七日晴上午寄家信又绘叶书八枚重君所要致钱君函下午往南横街剪发阴阅新青年及陶斋藏石记得羽太一日函

　　八日晴上午往琉璃厂求新青年四不得购小说月报一册而归下午阅了得大学会计课函晚觉困倦服规那四丸

　　九日晴上午往大学收七月上半月俸至厂购大宋宣和遗事鬼董狐各一部归钱玄同君来访不值仍服规那丸下午钱君又来留饭谈至晚十一时去夜颇热

　　十日阴热上午铭伯先生来寄家信附致梓生笺下午风阅宣和遗事晚商君来谈十时去夜殊热

　　十一日晴上午阅鬼董狐了下午阴得乔风七日函译显克微支小说一章全书凡十章也为重君寄实业之日本社金二八晚阅颜氏家训了

　　这里没有情感的成分，叙述又悄然无声，然信息密度大，每日情形，历历在目，爱好、兴趣、工作态度，都可看出。读别人的日记，看他们如何工作、自娱，对自己都是一个趣事。

至少是我，认识鲁迅和周作人，他们的日记、书信，是不可放过的。就读书之多，工作之严明而言，能与二者相比的，不是很多，这不仅有他们的文章在，就是在日记里，也可看出非凡的一面来的。

周作人日记里涉及的人物极多：蔡元培、沈尹默、鲁迅、刘半农、钱玄同、孙伏园、沈兼士、朱遏先、马裕藻、张凤举、钱稻孙、胡适、宋紫佩、陈独秀、张梓生……其间多为同事、同乡、同学，关系错综复杂。看他们彼此访谈、书信往来、酒桌笑语，不禁想起那个难忘的时代。他们的友情一是基于信念的接近，如蔡元培、钱玄同、陈独秀便是；一是有同乡之谊，像宋紫佩、川岛、张梓生等，就有这个意思。我读到周氏走访陈独秀、与其接触《新青年》事务时，便想到那时代的悲壮之举，让人对其追念不已。虽是凡人间的交往，但做的却是世上大事，且功垂后世。想一想，不禁渐生幽情，有异样的感情在里。

最让人生叹的是周氏读书之多，在日记里多有表现。周作人除工作、休息之外，以读书为乐。举凡野史、洋书，凡有学术价值和人文特点的，均进入视野，以1918年1月所购图书为例，丰厚而驳杂：

《ブレーク诗》
《埃及传说集》
《亚剌伯诗话》
《宗教之心理的起源》

《泛神论》

《拉丁文学史》

《传统主义文学》

《新精神论》

《波兰文学史》

《虚无思想研究》

《姓名襍话》

《近代思想十六讲》

《近代伊大利文学》

《近代德国文学》

《自我主义者》

《十九世纪欧洲文艺思潮》

书目有英文，亦有日文，浏览面之广，可想而知。那时周作人正在写《欧洲文学史》讲义，所看之书自然不少。其中多有鲁迅指点，彼此切磋的思想闪光，也留在了那里。读周作人这一段日记，好似回到"五四"的前夜，仿佛其间闷热的气息，也从中飘出。我们说日记里的人生，更富有想象的诱力，正缘于那文字背后的"史"的力量。现代文人中，不是所有人的日记，都有这番力量的。

模糊的面孔

好像是鲁迅说过，立论是难的，不知什么时候，就有事实反对掉其中的观点。歌德所云理论是灰色的，而生命之树常绿，也是这个意思，不能不说是聪明的感悟。周作人著述，好似也谈及了这一点，以为不可将事说圆，是看到了认识的有限性的。但是他的一生，也多陷入自我的圈套里，对同一事物，就不能完全说清，一以贯之并不容易。我注意到他对日本文化的态度，就很暧昧。一会儿说它的富有人情之美，一会儿又厌恶国家主义的情感。这两者常在他的文字里打架，读起来有许多矛盾的地方。周作人的矛盾，我以为也是近代以来知识分子的一种心境的折射，直到今天，谁敢说还不在这个影子下呢？

我对日本文化的了解，于鲁迅那儿得之甚少，倒是周作人的文字，让我大开眼界。他谈日本的人情美，很生活化，把那个民族感性的东西点染出来了。但他也言及武士的凶狠，以及军国主义的残酷，这一美一丑，似乎并未得到解释，不知道是什么原因。二十年代初，他的许多文字，对日本并不恭维，主要是对右翼势力多有警惕,但三十年代后,调子有变,温情的东西多了。像《日本管窥》《谈日本文化书》《怀东京》《东京的书店》,写得民俗气氛很浓,将生命深切的体味昭示了出来。我看他的短文,常常想,那其间的温和、平静,以及论述的雅致,大概受到了东洋文化的影响。这样的调子,在明清文人的小品中,是看不到的。不过,据说现在的日本人,很少知道他,倒是鲁迅名气颇大。其中原因,是不是表达方式与日本过近呢?

周作人未给中国人带来日本的学理的东西,他说日本文化对他的影响,主要在情感上,知识呢,还是希腊给予他的多。我看他的书,感兴趣的倒不是《日本管窥》那类的篇什,而是介绍日本文学的书话小品,那才是他与邻国的亲缘之处。印象深的是记叙森鸥外、夏目漱石、有岛武郎、武者小路实笃等人的文章,好似把日本文学的真魂描来了。他的文章,多次引介永井荷风的散文,美妙得很,优雅得很,让人窥见东洋小品的魅力。夏目漱石是他喜欢的人,《我是猫》令其十分敬佩,连鲁迅也学到了其中的韵味。周氏兄弟喜欢夏目,大约是其间的情感的冲击力。周氏引别人的观点说他的文字"描写整洁而细致,文字虽非常雕琢却不思议地无伤于真实,……漱石的作品鉴识眼光确实是很透彻的"。我记得夏目曾写过批评日本国民性的文章,挖苦颇深,见识不俗,这也是周氏兄弟喜欢他的原因吧?谈这一类作家,知堂很有神采,那境界曾倾倒过许多青年。郭沫若就敬佩过知堂的才识,觉得在中国能及其学识的,并不多见。

从二十年代到四十年代，周氏介绍日本文学的文章，总有几百篇之多，数目之众，很可感慨。所译日本的神话、故事、诗歌、小品，不计其数。知堂谈日本，多从宗教与民俗学的角度入手，不像一些学人，动辄从政治、意识形态角度发掘问题。他的文章从容写来，言及历史沿革、文化升降，都有学识在内。直至今日，谈到日本文化，能从此种视角入手，且自成一家的，的确不多。我看他介绍俳文、神话、小说的文字，受益匪浅。像谈《古事记》《狂言十番》《现代日本小说集》《俺的春天》等，情感是健朗的，那才是学人真正的东西。可惜，这样的文字，我们目前能看到的毕竟有限。

我的印象是，他谈文学时，很清澈剔透，而言政治，便不着边际。二十年代初，他写的那些时评，书生气浓，绝无鲁迅那么峻急、猛烈和观察的深。但我看关于浮世绘、落语、明治文学之追忆等，就觉得如履平地，没有障碍，是日本文学的知己。如《日本之浮世绘》云：

> 日本绘画，初多模拟唐土，不自成家。后堀川天皇时，藤原信实始创大和风绘，其孙土佐守经隆立为土佐派，传至光信，业始大成。光信弟子元信，别立狩野派，皆日本画也。岩佐又兵卫画仿土佐，而多写时代风俗，启浮世绘之端，人称之曰浮世又兵卫。菱川师宣继起，初作浮世绘本刊行于世，又有一枚绘，即为江户锦绘之起原。往昔画人，多仿汉风，但书别号而不名。师宣始自署名字，题曰大和绘师。盖浮世

绘至菱川而独立,始成日本固有之美术,至今不替……

浮世绘多以木板印行,不若墨迹之名贵不易得,故民间流行至广。绘皆线画,曲线柔美,色彩秾丽,雕镂模印,靡不精妙,一纸之画,实合三人之力而成,可谓缜密矣。[①]

此文写于1917年,发表于《若社丛刊》第四期。与鲁迅后来所作《〈北平笺谱〉序》,语调颇近,雅好相同。以中国人之目光观看日本,又以日本之艺术返观国人,其情其态,是生动真切的。

[①] 钟叔河编:《周作人文类编》第七卷,湖南文艺出版社,1998年,第486页。

"遇狼"的惊恐

当周作人骂起人来的时候，他性情中真的一面就出来了。不读他这一类的文章，大概不会走进他的世界，那里没有伪饰的东西，真实的周作人，我以为正在这非典雅之中。不过，他后来自编文集，很少收入打架的文字，是自觉不雅，还是略有顾忌，则不得而知了。

在旧的印象里，鲁迅易与学生闹翻而周作人却不会这样。其实，他与弟子间的冲突，也是有的，其程度并不亚于鲁迅。周氏一生教过学生多多，出名的有冰心、俞平伯、废名等，也有许多平平淡淡，才气不高的人。1925年，他的一位叫谷万川的学生开始登门拜访，对民间故事兴趣浓浓。周氏对谷氏十分热情，既借书与他，又鼓励其编撰《大黑狼的故事》。1928年，周氏还为谷万川的《大黑狼的故事》作序，写了许多感叹的话。谷万川后来趋于左倾，还参加过革命，那时对周氏的态度便有所变化。学生后来竟要求老师跟着自己走，希望周作人能附和他的文学论。周氏便感到了不快，大约冷淡了对方。不料谷万川到苦雨斋里大闹,竟把周宅外面南窗的玻璃打碎,气焰之高,和几十年后的红卫兵,也有相似吧。那时孙伏园借住在八道湾,周氏后来写文说,吓了客人一跳。可见与学生相处,倘遇到偏执狂傲者,一不小心,便遭反击,那苦楚,鲁迅尝到过,周作人也感受到了。

对这样的厄运,周氏说是"遇到了黑狼"。

狼之咬人,大抵疯狂已极,毫无情分。先前温驯的如狗,现在凶狠的变狼,那是难以提防的。其实他与沈启无的冲突,亦有遇狼的感觉,忽从弟子那里,看到叛逆的样子,愤慨是自然的了。1943年5月1日,也就是周氏母亲去世的第十天,沈启无忽然跳到他的身边道,自己要与一个杂志脱离,也希望周氏与另一个杂志脱离。沈启无的态度在周氏眼里,过于不逊,有违学生之道。这里的微妙,至今不太清楚,沈氏以为是对老师的好处,因为退出某杂志,可以免除日本人的攻击。但在周作人看来,强迫自己去做不该做的事情,乃不义之举。那一夜他们争到了11点,二人不欢而散。此后便是破门声明,周氏将其逐出宅门,与苦雨斋不再发生关系。

弟子的出卖老师,对为师者而言,是一个不幸,爱而获怨,何苦呢?1944年4月10日,周作人在《中华日报》上发表《关于老作家》一文,揭露了沈启无的行为,那文章谈及了自己与弟子的关系,道:

> 这里我记起一件事来了。民国廿八年元旦,忽然有不知

那里来的暴徒来袭击，沈杨，那时已改名沈启无，来贺年正在座，站起来说，我是客，左胸也被打一枪，无故连累，在我是觉得很是抱歉的。

危难之际，不掩护老师，忽然解脱，并且自称是"客"，以转移暗杀者的目光，自私之态，一看便知。那时两人关系甚好，但我以为从此便埋下了矛盾的种子。后来日本人大骂周氏为反动的老作家时，多疑的周作人，便觉得是沈启无从中做梗。于是便愤愤，便破门，在《关于老作家》中又说：

沈杨本来也只是我三十年来滥竽教书，在我教室里坐过的数千学生中之一名而已，为什么称作小徒的呢？我自己知道所有的单是我的常识与杂学，别无专门，因此可以写文，却不宜于教书，我曾教过希腊罗马欧洲文学史，日本江户文学，中国六朝散文，佛典文学，明清文，我讲了学生听了之后便各走散，我固无所授，人家也无所受，但以此因缘后来也有渐渐来往的，成为朋友关系，不能再说是师徒了。沈杨则可以算是例外。他所弄的国文学一直没有出于我的圈子之外，有如木工教徒弟，学了些粗家具的制造法，假如他自己发展去造房屋，或改做小器作，那么可以说是分了行，彼此平等相待，否则还在用了师父的手法与家伙做那些粗活，当然只好仍认为老木工的徒弟。依照日本学界的惯例，不假作谦虚的说一句话，我乃沈杨的恩师。别的可以不必多说，总之这回我遇见沈杨对于他的恩师如此举动，不免有点少见多怪，但是事实已如此，没有什么办法，只好不敢再认为门徒罢了。我自己自然不能没有错处，第一是知人不明，第二是不该是个老作家，虽我只可承认老，并不曾承认自己是所谓作家。

人被逼到无奈，便有失常之举，激动中的周作人，文雅的一面便消失了。我记得他的女儿若子死的时候，也曾有过类似的冲动。状告庸医山本，出语颇恶，自己也仿佛变成另类的人物，连文风也改变了。周氏乃以诚待人的学者，从无伤害他人的动机。一旦遭人袭击，或疑心受到迫害，往往失常，不能安之若素，或如鲁迅那样洒脱地与对手周旋。形容自己遇到了黑狼，是贴切的比喻，但自己如何应对，便没有什么办法。所以我说，周氏一生，败笔的地方在骂人的文章里，如暗射鲁迅的《破脚骨》《中年》《老人的胡闹》《〈蛙〉的教训》等，就写得轻浮，很少雅量。斥责山本医生和沈启无的启事，也写得过于恶毒，缺乏冷静。读这类文章时，我便想起胡适来，他受围剿时，虽亦闷闷，常觉不快，但著文并不失态，有从容的大家之风。遇到了恶狼，惊恐失态是一种情状，藏匿是一种情状，迎而击之则又是一种情状。周氏能洒脱地谈吐学识，而不能自如地应对敌人，这正是他不及鲁迅、胡适的地方。

谈吃之余

旧式文人，以吟诗作赋、花前月下饮酒谈天为乐。甚者歌伎相伴，游山玩水，其雅兴，今人是难以相见的。钱牧斋、袁枚都有点贵族气，文辞要古奥，诗画要空灵，此正是章实斋所云的陈腐气。我注意到文人的谈吃，自古颇多记载，可见出士大夫的某种心态。书斋中人，行文多道学气，那是宋明以后常有的事，但看他们写饮食起居，则往往另一种面孔，凡人的影子现出，精神的沉重淡了。好像此岸之乐胜于彼岸之乐，中华文明人间化的特点，由此也可看出一二来的。

记得多年前看过一本《知堂谈吃》，薄薄一册，才知道作者还略带一点名士气。不过周作人谈论饮食，似乎和袁枚、汪曾祺不同，文字略带一点苦涩，还夹着几许冷隽的思考，好似民俗学的注脚，看了不禁会心一笑。我一向不爱读文人的谈吃言情的文章，对《随园食单》之类也敬而远之，觉得有点做作，和真的人生远了。鲁迅就不太谈衣食住行，非不能也，实不愿也。饮食男女，虽人之欲望所在，但过于低俗，则不免无聊，或近于扯淡，此话或许有伪道学气，但真心说来，是的的确确的。

比起古代的文人，周作人的谈吃，要有许多国人没有的境界。他常从民风之中，看文化的走向，在平常生活里，窥人性的冷暖。1935年，周氏曾作《衣食》一文，其中说：

> 对于社会无论提倡什么，我想总应该考虑到人民的生活。为政者应该先考虑到人民的生活，至于提倡什么却干脆地可以不必。我没有一册圣经，只有几条哲人的格言，是自己所喜欢的，也愿意公诸同好，管子的那两句话即是其一。若是照尼采的说法，管子提倡衣食足，就可证明中国人民的向来衣食不足，这话我却是也承认的。①

这一段话不过是一句常识，但几千年下来，百姓有衣食之足者甚少，所以谈吃谈乐，倘离开百姓，便总像是显得奢侈。周氏是以人为本的人，所以行文中不忘平民生活，虽然书斋里的雅兴容易使人趋于贵族，但他却偏偏念念不忘民风民俗，这是他和袁枚这类旧式文人大不相同的地方。他写过许多民间茶食的短文，意在趣味，很少卖弄，情趣在品世论道之间，所以读来很有意思。周作人谈吃的文章有许许多多，但最有兴趣的，倒是谈吃之余的文化内省。作者从来不愿空而论道，常常从小事

---

① 钟叔河选编：《周作人文选》（1930—1936），第411页。

出发，在衣食住行里看民族的性格。记得他晚年曾译过青木正儿的《日本人谈中国酒肴》，就很有民俗学的味道。他还写过小吃、素菜、宴席等等的短文，探讨饮食里的哲学。周氏对国人风俗多有眷恋，但对其中落后的东西不忘反省，这一点又非他人可以比肩。《谈宴会》一文从中日文人的吃食不同来看文化，就让人赏心悦目，不禁生叹：

> 倪李二公俱是明季高人，其定此规律不独为提倡风雅，亦实欲昭示质朴，但与也有翁的俳席一比较，则又很分出高下来了。板屋纸窗，行灯荧荧，缩项啜茶粥，吃豆腐茄子和腌萝卜，虽然写出一卷歪诗，也是一种雅集，比起五簋享的桌面来，大有一群叫化子在城隍庙厢下分享残羹冷炙之感，这是什么缘故呢？据我想，这一件小事却有大意义，因为即此可以看出中国明清时与日本江户时代的文学家的不同来。江户时文学在历史上称是平民的，诗文小说都有新开展，作者大抵是些平民，偶然也有小武士小官吏，如横井也有即其一人，但因为没有科举的圈子，跨上长刀是公人，解下刀来就在破席子上坐地，与平民诗人一同做起俳谐歌来，没有乡绅的架子。中国的明末清初何尝不是一个新文学时期，不过文人无论新旧总非读书人不成，而读书人多少都有点功名，总称曰士大夫，阔的即是乡绅了，他们的体面不能为文学而牺牲……①

---

① 《秉烛后谈·谈宴会》。

于文人的饮食中看国民心态,读出士大夫的某种情结,此为周氏非同寻常的一面。他的目光,总是有一点特别的。

世人称中国乃讲究吃的民族,美味佳肴、山珍海味,在中国人手里有了奇特的形态。但我疑心中国人脆弱的地方,亦常呈现在饮食的文化里面。我们翻翻"五四"那代人的札记,可略感到此中的奥秘,至今每谈饮食文化,国人常自恋不已,而稍加反思,说一点风凉话者,则不多见了。

非道学

道学这个词,"五四"之后就很走"背"字,到"文革"时,已成过街老鼠,声名是很坏的。不过我以为中国骂道学者,大多也带着道学气,不知道是什么原因。郭沫若咒沈从文、骂鲁迅是没落文人,先锋的口气后,又是很腐朽的理念,带着新道学气。这种情形,遍地都是,细想一下,我自己著文,有时也不免有类似的情感。要与旧的东西隔绝,确是大难的。

周作人一生就讨厌道学,对旧的伦常殊多不满。虽然他自称也难逃道学的纠缠,但一生苦苦寻找的,便是非道学的东西。什么是非道学呢?周氏没有界定,著文中也语焉不详。不过看他的翻译、著述,大多是反道统的东西,比如神话、民间故事、花鸟草虫谈等等,是很洒脱的,读了飘然自在,无沉重之感。好似儿童的游戏,在轻松的游历里,给人以精神的愉悦。我们传统的文学里,这类东西很少,大多说教、布道之文,压得人喘不过气来。只是"五四"后,有了冰心那类"爱"的文字,周作人那类性情化的短章,文学才有了另一种走势。不过新文学写作者中，革命化情绪多于平静的超然者，除鲁迅、胡适外，激进的文人，最终也道学气起来。倒是周氏，一生之中，久历磨难，终不改其冲淡本色，所译希腊神话、日本民间故事等等，与中国流行的文化大异其趣。在那样的时代里，能一以贯之，也非常人可为的。

与道统不同的另一个世界，是民风、游戏、宗教等等。这属于"情"的方面。而性知识、科学常识、人文主义，对其影响亦深。这可说"知"的一面。这两面，周氏以为可与道学抗衡，庶几不被黑暗所吞没。他的看法，那时只有几个学生和友人能够理解，而众人与其均有隔膜。在某种意义上讲，周氏与鲁迅，都是难被世人理解的人。

单就翻译而言，他和鲁迅就很是不同。鲁迅看重反抗者的文字，共产主义、尼采学说、浪漫诗学，都尽入笔端；而周氏却是性心理学说呀，日本的茶点呀，落语呀，鬼故事呀，等等。这些均远离人间的至理，内容也平常得很。我觉得他关注的是人间常识性的存在，而这些，在千百年的文化中，大多被遮蔽掉了。

1964年4月27日，周作人在香港《新晚报》著文，谈"鬼念佛"，讲出了自己的心里话：

> 近来多少年中写过好些说鬼的文章，仿佛是和鬼很有情分似的，其实当然不是如此。倘若是这样说法，那么我也颇有点喜欢说道学家与桐城派，难道也可以说我和他们很有情

> 分吗？不过这两边说来也是有差别的，对于道学家与桐城派我只有反感，提起来时总不免说它几句坏话，可是对于鬼却并不这样，要来说好呢，那也未必，因为现在虽然不敢说是不怕鬼，过去听它们的故事，影响实在受的太深了，但是我只敢说，我是自信就是死后也决不会变鬼的。我之所以屡次讲起它者，乃是因为对于它有兴味，即是鬼的概念与现实生活有何矛盾与调和。

这一段话读起来很亲切，"知"与"情"的方面都讲明了。中国古代虽也有谈狐说鬼的文人，但境界总不像周氏这么高远，好似还停在道统的边缘上。以学养深厚的周氏而言，一生中大讲花鸟草虫、儿童游戏、神怪野趣，不过是高扬非功利而已。道学的特点就是功利，将人生拴在一条链子上。旧时是三纲六纪，现在呢，是政宣、文艺政策云云，其根柢大多不差，还在一点上。其实人之一生，绝对的"超功利"，大不可能，讲"超功利"者，也是一种功利，不过面孔有别罢了。周氏不也讲"道德的事功化"么？他后来堕入战争的深渊，与日本入侵者为伍，也是未能超越自我之故。不过，能自觉地警惕新旧八股的入侵，在他无疑是个亮点。我多年以来，喜欢读读他的小品，原因也在此中的。

非道学者的文字，其特点是很人间烟火，常态的东西多，人本的东西多，读来有亲切的地方。中国的文人，善写时令文章，动辄口号概念，气宇轩昂，大有压倒一切之气，那其实是很倒胃口的。我记得幼时，读到的大多是此类文字，后来上学，也深染此风。救此病的方法，没有别的，就是回到常态去，放下架子，关注一下脚下的土地，和身边的琐事。其实，天下的道理，都寓于平凡之中。而这平凡，却常常是被正人君子所厌恶的。

性心理学

弗洛伊德理论在中国盛行的时候，很少有人谈及过英国的心理学家蔼理斯。那是八十年代，走红的还有荣格等人。后来读知堂杂文，见其数引蔼理斯的话，并说不懂性心理学与蔼理斯学说，就没有品评他的资格，才开始注意到这位英国学者。周作人在《我的杂学》里曾自我介绍说，性心理学对自己帮助很大，他对中国人的思想的认识，大多得力于此。但纵览周氏思想，性心理学还是隐含在文化批判的意识里面，不经意难以看出它的痕迹来。周氏解释说：

> 性的心理给予我们许多事实与理论，这在别的性学大家如福勒耳、勃洛赫、鲍耶尔、凡特威耳特诸人的书里也可以得到，可是那从明净的观照出来的意见与论断，却不是别处所有，我所特别心服者就在于此。从前在《夜读抄》中曾经举例，叙说蔼理斯的意见，以为性欲的事情有些无论怎么异常以至可厌恶，都无责难或干涉的必要，除了两种情形以外，

一是关系医学,一是关系法律的。这就是说,假如这异常的行为要损害他自己的健康,那么他需要医药或精神治疗的处置,其次假如这要损及对方的健康和权利,那么法律就应加以干涉。这种意见我觉得极有道理,既不保守,也不急进,据我看来还是很有点合于中庸的吧。说到中庸,那么这颇与中国接近,我真相信如中国保持本有之思想的健全性,则对于此类意思理解自至容易,就是我们现在也正还托这庇荫,希望思想不至于太乌烟瘴气化也。①

中国人的思想道统的东西过多,不太注意科学的含义。孔子以道德、圣言为教义驯化后人,宋明理学则以幽意诱人洁身自好,全不顾生命的本然了。其实人之为人,固然是社会关系的总和,但作为动物之一种,喜怒哀乐、衣食住行,人之大义存焉。周作人、鲁迅、胡适等人,"五四"时能独树一帜,看穿伪道学的本质,便因为有了科学的常识在。当年为爱情诗辩护时,"五四"新文人就用了性心理学的常识,狠狠批评了伪道学的谬论,想来是一件快意之事。性心理学常从人的本然看待人物,又以社会学观点解释人性,有着科学的态度,比泛道德的儒教自然是个进步。文艺学也好,文化人类学也好,倘离开性心理学的参照,终当是少了些什么。

周作人常说"人是动物"一词,解释历史事件、人文纠葛,

---

① 《苦口甘口·我的杂学》。

有时一语见的，见解不俗。但偶尔也将性心理学普遍化，讥人刺物，不免伤人，或说严厉之极也是有的。例如《中年》一文，借谈性心理，暗射鲁迅，就显得小气，不足道及。但谈文化沿革、历史旧迹，还是屡见卓识的。像论及"太监"、烈女、同性恋等，就很是动人，如同戳破窗户纸，见到光明，让人大饱眼福。例如，三十年代德国大肆逮捕同性恋者，周氏愤愤然，讥其乃不懂性心理学之故。在《文艺与道德》《猥亵的歌谣》《古诗里的女人》诸文，论及性心理学与道德、病态与常态人生时，妙语迭出，至今仍不失文化上的价值。周作人谈性心理学的文字多多，然毫无灰色、庸俗之调，学理朴实，绝无卖弄，像夫子之道，读了有学理的享受和审美的享受。中国学人能写出如此精致美文者，实属寥寥。

文化学研究，道路种种，有从宗教入手者，有以民俗着眼的，还有不同的主义、学派，难以归一。中国过去以儒道释来认识社会，后来又有了马克思主义等等，门派林立，各行其道。自心理学进入中国，道路忽宽，文人墨客之影有了新的解释，是不亦乐乎的趣事，有人以此解释《红楼梦》，还有用其勾勒鲁迅，学界为之一振，多有赏心悦目之处。不过看文人随笔、短札，我以为在文化批评与文明批评中，对性心理学运用最好者，当属周氏兄弟。其小说、随笔、学术专著，常露奇思，有千古绝响之妙。周氏兄弟的艺术和学术境界，不说博大，亦可称为精深。仅以性心理学看其精神脉络，就有说不完的话题的。

女人的尊严

阅知堂文集，谈女性与性心理的文字很多，看法与思路，都走在时代的前面，至今翻检，亦无过时之感。周作人一生，在婚姻上平静无波，是个没有绯闻的人。他从容地谈古论今，从性心理到女权的意义，从道德到家庭结构，均有不俗的见识，绝无伪道学的痕迹。知堂书话里常说的话是，平生最厌恶的是道德杀人，以为那里多非人性的东西。我读他的大量译文、随笔，觉得文字时含火气，所谓冲淡、平静，不过表象而已，内心深处，有时何尝没有鲁迅式的峻急？

周作人谈女性的文章在他的写作里占有很大的比例。不过他注重的是引介域外的思想，确立常识，并不奢谈什么主义。他认为中国妇女未得到解放，乃知识界存在盲点，"常识荒"严重所致。所以第一要务，是输进外来文明，"获得常识，知道自己是什么，人与自然是什么"（《妇女运动与常识》）。你看他翻译蔼理斯、爱罗先珂等人的著作，内容大多平实，道理明明白白，是很理性的东西。然而那些思想，中国的古人很少说过，远离了科学眼光，人也会成为奴隶，周氏是深深体会到此点的。

1927年编定的《谈虎集》中，有一篇《抱犊谷通信》，内中有主人公的一段独白，颇有意味：

> 我的长女二十二岁了（因为她是我三十四岁时生的），现在是处女非处女，我不知道，也没有知道之必要，倘若她自己不是因为什么缘故来告诉我们知道。我们把她教养成就之后，这身体就是她自己的，一切由她负责去处理，我们更不须过问。便是她的丈夫或情人——倘若真是受过教育的绅士，也决不会来问这些无意义的事情。

在二十世纪初，这样的言论已很是大胆，即便是知识阶层，能认可此论者，亦不会太多。周作人引这一段话，内心有赞扬的因素，因为他自己，就倾向于个性的舒展，主张女子独立地做人，不为外物所累。周作人一生与女人接触不多，往来的只是一些学生或作家，如冰心、林徽因等，而交情平平，不像胡适那样有几位女性挚友。也未留下几篇关于己身情感世界的冲动文字。所以谈起女人，远不如郁达夫、徐志摩那么动情。但理趣很深，有别人鲜见的学识。1927年，他在《蔷薇》周刊上发表了一篇《北沟沿通信》，文章说：

> 现代的大谬误是在一切以男子为标堆，即妇女运动也逃

不出这个圈子，故有女子以男性化为解放之现象，甚至关于性的事情也以男子观点为依据，赞扬女性之被动性，而以有些女子性心理上的事实为有失尊严，连女子自己也都不肯承认了。其实，女子的这种屈服于男性标准下的性生活之损害，决不下于经济方面的束缚，假如鲍耶尔的话是真的，那么女子这方面即性的解放，岂不是更重要了么？鲍耶尔的论调虽然颇似反女性的，但我想大抵是真实的，使我对于妇女问题更多了解一点，相信在文明世界里这性的解放实是必要，虽比经济的解放或者更难也未可知：社会文化愈高，性道德愈宽大，性生活也愈健全……

类似这样的话，常可以在他的文中看到，女性与社会，道德与贞操，在中国文人那里，一直是个暧昧的话题，盲点殊多。周氏于此下手，探赜国人现代理性的盲区，不是没有意义。建立新的人的文化，不谈女性与爱的问题，终当是缺少些什么的。"五四"那代人，惟有周作人多年一以贯之，为女性的尊严说话，是有超常的眼光的。

好像在什么文章里，周氏说：看一个人的思想如何，只要打量其关于女人和佛的态度，便可悟到些什么。周氏这样说，根据是什么，不太好说，大概女性问题关联到人性论的话题，而佛教则是与宇宙观、人生观密不可分的。中国的文化成熟得太早，以致后来成了唯道德的国度，那结果便遮蔽了逻辑学、人类学、性心理学等学科的发展，人对自身的认识，终是朦胧，不见底细。周作人大谈性心理，女性自立、贞操问题，乃是从自然科学与人文理性的角度，校正流行的理念，使人能以科学的眼光，打量自我，不至长久陷入昏聩的境地。这种启蒙的勇气，与鲁迅的呐喊比，难分仲伯，有时还显得颇有力度。看他鼎力推介蔼理斯、凯本德、弗雷泽等人的书，便感到中国还处于野蛮的时代。溺婴、缠足、多妻、守节等，实不能说旧有的文明有什么光荣。周氏希望自己能是旧道德的破坏者，以自己这代人的破坏，建立新的生活，那情怀就很有一点佛的慈悲。蔼理斯《性的心理》一书，有一段话他很喜欢，周作人不止一次引用过它，也可看出其内心的苦衷：

> 在道德的世界上，我们自己是那光明使者，那宇宙的历程即实现在我们身上。在一个短时间内，如我们愿意，我们可以用了光明去照我们路程的周围的黑暗。正如在古代火把里竞走——这在路克勒丢思看来似是一切生活的象征——一样，我们手持火把，沿着道路奔向前去。不久就会有人从后面来，追上我们。我们所有的技巧便在怎样地将那光明固定的炬火递在他手内，那时我们自己就隐没到黑暗里去。[①]

[①] 《苦口甘口·我的杂学》。

笑谈胡适

周作人一生，谈及胡适的文章多多，态度有一点复杂。他深知胡适的分量，但对其弱点也看得很清，所以关系忽冷忽热，隔膜还是有的。周作人的友人们，大多和胡适关系不错。钱玄同、江绍原、俞平伯，都挺喜欢胡适，他们的治学，也多少受到了胡博士的影响。像江绍原、俞平伯，最初的学术活动，和胡适有些关联，但后来均归于周作人的门下，反倒和胡适有了距离。苦雨斋中的人们，追求清静的学术顿悟，对知识阶层议政之路，殊有倦意，那也是他们与胡适明显不同的原因吧。在周氏的信件中，讥讽胡适的文字偶可看到，但并不像鲁迅那么苛刻。如1965年4月28日致鲍耀明的信说：

> 今日得廿三日手书。其十三日信已收到，于二十日奉复矣。承录示某君关于适之的回忆，胡君的确有他的可爱处，若其喜谈政治（当初却以不谈政治为标榜），自然也有他的该骂的地方。唯如为了投机而骂之，那就可鄙了。我与适之

> 本是泛泛之交（寻常朋友），当初不曾热烈的捧他，随后也不曾逐队的骂他，别人看来或者以为是，或以为非，都可请便，在我不过觉得交道应当如此罢了。①

周作人回忆北大的教书生涯，每一念及胡适，都显得平淡。他和鲁迅未能成为胡适圈子中人，实在是彼此思想独立，各有不通融的地方。"五四"新文人后来分裂，原因很多，非一两句话可说清。胡适的知识背景，和周氏兄弟的文化结构，相交之处殊少，所以他们关心的话题，有时判然有别。美国文明健朗的色调，胡适继承了许多，魅力自不用提，但在留学过日本的周氏兄弟看来，美国文化尚难一下进入中国人内心的本质。一个衰落的民族，在那时需要的是另一种存在。鲁迅找到了尼采、厨川白村、普列汉诺夫；周作人却扎进希腊文化之海，去寻觅西方文明的本源。这一切和崇尚实用主义的胡适，差异很大，他们有时的彼此隔膜，也是情理之中了。

胡适对周氏兄弟一向抱有好感。他就多次到过八道湾。查他的日记，和鲁迅、周作人聚会多次，每次都乘兴而归，还曾在日记里写下了"周氏兄弟最可爱"的字样。鲁迅与周作人分手后，胡适和周作人一直有着来往，可谓君子之交，彼此并不冲突。鲁迅后来攻击胡适之处多多，胡适殊不可解，曾在致周作人的信中谈及了自己的疑惑。他后来亲周氏而远鲁迅，并非

---

① 鲍耀明编：《周作人与鲍耀明通信集》，第389页。

本意，实在是不得已的事情。面对鲁迅，不仅胡适无奈，连周作人，除了断交，也无办法的。

苦雨斋的客人中，欣赏胡适的态度是特别的，虽然他们并不是胡适集团中人。钱玄同、俞平伯和胡适均有过交往，对其有仰视之态。1925年5月，钱玄同致胡适信中云：

> 但我对于你确有些"不足"（不是"不满意"）之想，便是好久不看见你做"思想界底医生"了。我希望你做《中国哲学史》、我希望你做《中国佛学史》、我希望你做《国语文学史》，但我尤其希望你做《评东西文化及其哲学》《科学与人生观序》这类性质底文章。钱玄同是"银样蜡枪头"，心有余而力没有（还配不上说"不足"），尽管叫嚣跳突，发一阵子牢骚，不过赢得一班猪猡冷笑几声而已，所以不得不希望思想学问都很优越的人们来干一下子。①

说胡适是优越的人，周氏的友人们大抵是赞同的。看胡适的往来书信，周作人、俞平伯、江绍原、沈兼士、沈尹默、孙伏园等，对其均很敬重。苦雨斋这个沙龙里，人们治学的方式不同，但和胡适的思想情调，也有接近者。俞平伯是搞红学的，钱玄同、周作人对野史多有心得，这些都引起过胡适的重视。三十年代，当钱玄同与周作人等人讨论《思痛记》诸书，反思中国社会的

---

① 《钱玄同文集》第六卷，第115页。

暴乱时，他们把诸种心得，也告诉了胡适，周氏甚至把《思痛记》寄给了胡适，以引同好之乐。周氏周围的人，对政治多不感兴趣，他们对胡适卷入政治旋涡，不以为然，甚至颇感惋惜。然而对其治学，则均很敬佩，如沈兼士、俞平伯诸人，就将其视为学界领袖，俞平伯甚至说过"先生文章勋业，庄严华夏"，非奉迎语，有内心的真意，是的的确确的。

现代史上，文化界有许许多多的圈子，胡适有一个集团，王国维、陈寅恪有一个精神相近的学人群体；周作人周围亦有一个沙龙。如果说胡适集团激进的色彩浓浓，那么王国维、陈寅恪、熊十力诸人则与其相反，是"空诸依傍"的"依自不依他"（熊十力语）的另一种存在，这两种存在，是颇有冲突的。在这两个存在之间，苦雨斋里的文人们，表现出与两者既相似，又相离的一面。周作人诸人，是主张以西学来改造旧学的，此与胡适同，与王国维、陈寅恪等人异；但在精神独立，不求事功的层面讲，周氏诸人与王国维、陈寅恪同，而又与胡适异。明白了这一点也就懂得了周作人和胡适的若即若离的原因。坦率说，当胡适往来于政要与学术间的时候，苦雨斋中人常有些讥语；而当胡适大谈版本学、考据学的时候，周氏诸人，常欣欣然以为同道。所以，当二十年代末，胡适在上海遇到政治麻烦时，周作人就曾劝其北上，潜心治学。那态度之诚恳，很让人感慨，连胡适也有些动容。他在致周氏的信中吐过心曲：

> 至于爱说闲话，爱管闲事，你批评的十分对。受病之源

在于一个"热"字。任公早年有"饮冰"之号,也正是一个热病者。我对于名利,自信毫无沾恋。但有时候总有点看不过,忍不住。王仲任所谓"心溃涌,笔手扰",最足写此心境。自恨"养气不到家",但实在也没有法子制止自己。

近来因为一班朋友的劝告——大致和你的忠告相同,——我也有悔意,很想发愤理故业。如果能如尊论所料,"不会有什么",我也可以卷旗息鼓,重做故纸生涯了。但事实上也许不能如此乐观,若到逼人太甚的时候,我也许会被"逼上梁山"的,那就更糟了。但我一定时时翻读你的来信,常记着Rabelais(拉伯雷)的名言,也许免得下油锅的危险。[①]

读这一段话,可知周氏在胡适心中的位置。日本占领北平,文化人纷纷南下,胡适那时恰在国外。得知周氏留在北平时,颇为挂念,曾寄诗一首,劝其南下。周氏后来因"汉奸"罪入狱,俞平伯、沈兼士诸人曾求救于胡适,希望能以其影响力减轻徒刑,胡适也尽了力量。虽交往不深,但知道彼此的分量,那佳话,是让后人咀嚼再三的。

胡适眼里的周氏所以重要,乃因为他是白话文成功的实践者。不仅形式上有不凡的突破,在思想境界上,亦非常人可以比肩。我们看他晚年在台北的讲演,对周氏兄弟,评价依然很高,那是内心的真语,没有一点的伪饰。反之,周作人对胡适

---

① 中国社会科学院近代史研究所中华民国史组编:《胡适往来书信选》上册,中华书局,1979年,第542页。

亦多感激之情。比如他为三弟建人寻找工作，比如举荐自己去燕大授课，比如临难时无私地帮助自己，等等。但周氏是个情感含蓄、不易冲动的人。胡适逝世时，已是年迈的周作人得知此事，写过一篇短文，回忆交往的片断。但语调平静，哀情未露，那样从容、不动声色的文章，别人是写不出来的。我总觉得他对人世间有些淡漠。可有时想想，那淡漠的背后，也有阅世太深的哀凉的。

顾随的眼光

有一次和友人闲聊，言及顾随时，都不禁为之扼腕，觉得对这样天才的艺术鉴赏家，知道得太晚了。几年前曾拜访过叶嘉莹先生，那一次谈话，得知她的学识，有许多是来自于顾随的暗示，这才留心到这位已逝的前辈。后来陆续读到张中行、周汝昌、史树青怀念顾随的文章，便隐隐感受到了一个特别的精神存在。一个人死去几十年后，仍被不断提及，便也证明了一种力量。可惜，许久以来，他的文字在书界早已难觅了。

直到《顾随文集》问世的时候，才得以窥见他的风采。那真是一个诱人的存在，他的为诗、为文，以及为人，都有着别人难及的地方。顾随不仅艺术天分高，能写很漂亮的诗话，重要的是他的见识不俗，常言他人难言之语，于迷津之中，道出玄机，给人豁然开朗的惊喜。这样的学人，在今天，已难以见到了。

顾随是京派学人，与周作人那个圈子里的人很熟悉，但他看人看事，并不以权威眼里的是非为是非，是有特立独行的一面的。他早年毕业于北京大学，在苦雨斋里也执弟子之礼。周氏的学生们对老师恭恭敬敬，像俞平伯、沈启无，甚至对周作人有崇拜感。顾随呢，则以平常目光视之，对苦雨斋主人的短长颇为清楚。虽然在学问上，多少受到周作人的影响，但在那个圈子里，顾氏应该说是个"鲁迅党"的一员，虽然他和鲁迅并无什么交往。

就才气而言，顾随的文字，并不亚于废名，其鉴赏力之高，还在废名之上。他的古典诗词研究，水准远远高于俞平伯、沈启无。沈启无1933年编校《人间词及人间词话》的时候，就请顾随做过序文，可见顾氏在京派圈子的影响力。他毕生从事教书工作，但对创作又别有情怀，一直关注文坛的动态，自己也写过小说、散文，而尤以古诗词多见功力。冯至先生说，他"多才多艺，写诗、填词、作曲，都创有新的境界；小说、信札，也独具风格；教学、研究、书法，无一不取得优越的成就；只是他有一时期说禅论道，我与此无缘，不敢妄置一词。但除此以外，他偶尔也写点幽默文字、调侃词章，既讽世，也自嘲"。记得曾看过张中行、启功、史树青诸人写过的追忆顾随的文章，便依稀感到，在京派文人中，顾随的影响力不可低估，他的思想和学识，对认识苦雨斋这个知识群落，有着特别的参照。

顾随生于1897年，河北人，字羡季，笔名苦水，晚年号驼庵。他在北大读书时，大概就认识了周作人。不过，那时候他对周氏的印象，远不及鲁迅。看他的书信、日记以及学术文章，言及鲁迅处多多，对周氏很少提及。偶涉苦雨斋主人，还略带批评，看法是很奇特的。二十年代后期，当他涉足到周作人的圈子里时，对诸位的感觉，很有分寸，不像废名、俞平伯那么醉心。他的书信，多次写有对钱玄同、周作人的感受，这些，已成了珍贵的资料。1929年12月3日致卢伯屏的信中，谈及了与周氏的相逢，内容颇为有趣：

> 今日上午得晤周启明。此老新丧爱女，然颇能把持得住，——说句笑话：足见涵养工深。马季明邀弟同启明至其家午餐。进门方坐定，疑古玄同先生即闯然而入。季明介弟与之一点头后，疑古先生即打开话闸子。蓝青官话说得又急又快，加之弟又重听，十才可懂得五六。于是吃饭，饭后漱口，吃茶，这之间，此老并不曾住口。不独弟无从插嘴，即健谈如马、周，亦难得挽言之机会。上课时间到，弟又伴三人同出，路上玄同的话亦未曾间断。且与季明科诨打趣。弟午后无课，至办公楼前即作别而归。路上自思：玄同健谈如此，乃闻其上课必迟至廿分钟始到堂，真不可解。
>
> 到寓后，又得启明书一通，笺上印朱色阳文印章曰："若子纪念"。信用文言，系复答弟上次吊唁之信。中有警句云："年逾不惑，不愿因此影响于思想及工作，日日以此警惕，此则颇可以告慰者也。"可见此老秉性，亦颇刚毅，惟不似鲁迅先生之泼辣耳。
>
> 昨晚有学生谓弟曰："鲁迅得男，见世界日报新闻栏。"

因报告启明事,并以附闻。①

寥寥数语,苦雨斋内外环境便已现出,真是不可多得的妙笔。顾随的审美情调与治学方式,与周作人圈子的风格,略微相同。比如都深恶八股,为文与为人,以诚信为本,此其一;看书精而杂,喜欢人生哲学,其谈禅的文章,我以为超出废名、俞平伯,有大智存焉,此其二;他谈艺论文,与周作人思想,时有暗合之处,如主张"诗人必须精神有闲"等等,不为功利所累,此其三。但顾氏在根柢上,又是位诗人,对为学术而学术,或说以学术而自恋的生活,不以为然。虽身在北平,但心却神往上海的鲁迅,以为鲁夫子的世界,才是知识人应有的情怀。自二十年代起,他便有意搜集鲁迅的作品,无论创作还是译作,都很喜欢,有时甚至达到崇仰的地步,并以大师视之。顾随谈及周氏兄弟,佩服的是周作人的读书之多,敬仰的是鲁迅的精神状态,以为后者的超迈,虽可望而不可及也。1927 年 11 月 22 日,在致友人信中就说:"契霍甫有云:人,谁也不是托尔斯泰呀!若在中国,则又当云:人才一作文,谁也不能立刻成为鲁迅先生也。"鲁迅那时在知识界的分量,有如此之重,对后人研究关于他的传播史,殊有意义。顾随的心态便有意味,说京派学人仅会玩玩古董、弄弄风月,那是不确的。

从顾随的遗文里看他的世界,可得出诸多的印象。求知方

---

① 《顾随全集》第四卷,河北教育出版社,2000 年,第 430 页。

面,与周作人心绪多有交叉,而就精神本色而言,却紧靠着鲁迅,虚无感和挣扎感那么强地流溢着。顾随大抵是个诗人,对学术看得较轻。他一生一直以创作为重,然而因生计之故,不得不以教书度日,写下的大多是读书札记之类的东西。但这些札记,我们可以当美文来读,既无教授腔,又非作家式的漫谈,常常是诗化的学识,激情融入见解,见解里又蕴含哲思,古老的文本在他面前,常常被激活了,或现实化了。若说什么是艺术鉴赏,倘读一读他的《稼轩词说》《东坡词说》《揣龠录》等,那才叫神清气爽呢。

周作人生前,与顾随的交往止于一般友人的礼仪,并非像对废名、江绍原那么热情。不过顾随有困难的时候,也多次求助于先生,比如四十年代,其弟失业时,顾随就找过周氏,希望在教育界,能为其谋得一职。他们的交往,多以谈学识为主,且颇有滋有味。如顾随致周氏的一封信曾云:

> 晚饭后得吾师手书,又语章三章,如大热得美荫,积困为之一苏。题王君画及题弘一法师书二章已见过,但师跋语中鱼沫相呴一语,弟子所感实深。一体苦住,故能感受。但道有浅深,吾师出语,雍雍穆穆。若弟子则不免有浮气躁气,至少亦有愁苦气也。星期日上午拟晋谒,余俟面详,不一一。①

---

① 《顾随全集》第四卷,第467页。

愁苦之气,与雍雍穆穆,哪一个好呢?见仁见智,不可求同。但顾氏之苦也真,难说不敌静穆之气。周作人晚年谈鲁迅的家事、掌故,沉静得连一点感情也没有,就有点过于无情,不见人的性情了。

五十年代初,顾随就对周氏已多有微词,在致友人信中说:

> 来津以后得见知堂老人所作《鲁迅的故家》一书,署名周遐寿,一九五三年上海出版公司出版。其中文字去年曾继续于上海日报登出,如今汇集印成一集。日前天暑无事,曾借得一部读一过。文笔松松懈懈,仍是启老本来面目,惟所写太琐屑,读后除去记得许多闲事而外,很难说到得什么好处。即启老自序亦谓"鸡零狗碎"矣。深恐最近之将来不免有人要批评一通,弟曾见此书否?如无事可以一看,否则不过目,亦不甚可惜耳。①

但他读鲁迅著作,就是另一种状态。1942 年,翻阅鲁迅的译作《译丛补》时,就感动不已,说出这样的感慨:

> 《译丛补》自携来之后,每晚灯下读之,觉大师精神面貌仍然奕奕如在目前。底页上那方图章,刀法之秀润,颜色之鲜明,也与十几年前读作者所著他书时所看见的一样。然

---

① 《顾随全集》第四卷,第 94 页。

而大师的墓上是已有宿草了。自古皆有死,在大师那样地努力过而死,大师虽未必(而且也决不)觉得满足,但是后一辈的我们,还能再向他作更奢的要求吗?想到这里,再环顾四周,真有说不出的悲哀与惭愧。①

我相信顾随的感觉,是真实的。他对周氏兄弟的判断,十分到位,是跳出了苦雨斋语境的高人。顾氏生活于学人的圈子,能悟出其中的冷暖,看到己身的不足,这就很有几分哲人气。我们读俞平伯、沈启无、江绍原的文章,都无顾随那样的悲凉气,而顾氏于平淡中又能生出奇拔的超逸情怀,与喜欢鲁迅不无关系。顾随的文章,每每被后人提及,且喜好者甚多,那是见解的不俗所致,至少比起周作人的诸多弟子的文章,是有可咏叹者在的。

---

① 《顾随全集》第四卷,第470页。

疯子的文学

近代以来的中国文人，因了压迫而反抗，而狂热，而发疯，于是便有了疯子的文学。章太炎自云：凡有大思想者，必定是个疯子。人们后来讥其为"章疯子"，原因或许出于此。章氏弟子中，有疯气的人颇多：黄侃骄世独立，常口出狂言，有凌厉之气；鲁迅曾被钱玄同说成"疯了的人"，原因自然是多疑，善斗，不近情理。其实像钱玄同、曹聚仁这样的人，也多少有些疯气，你看钱氏与曹氏撰文讥世，何尝有温吞的地方？我记得章太炎弟子之间的内讧，就野气得很，文人一旦愤怒，与雅致和文静之美，就很有距离了。

周作人一生，不太喜欢"疯子"气质。虽然他自称有点"流氓"鬼附身，但看不上文人天马行空般地四处征斗，是确实的。他心目中自有理想，和时尚多有不同。1926年8月，作者在《〈酒后主语〉小引》中叹道：

> 现时中国人的一部分已发了疯狂，其余的都患着痴呆症。

> 只看近来不知为着什么的那种执拗凶恶的厮杀,确乎有点异常,而身当其冲的民众却似乎很麻木,或者还觉得舒服,有些被虐狂(Masochism)的气味。简单的一句话,大家都是变态心理的朋友。我恐怕也是痴呆症里的一个人,只是比较的轻一点,有时还要觉得略有不舒服;凭了遗传之灵,这自然是极微极微的,可是,嗟夫,岂知就是忧患之基呢?①

全民族之中,有一部分人陷入狂热,那文化的景观,是有几分破坏力的。"疯子"的出现,大约是理性的破灭,遁入虚无的缘故。周氏后来骂鲁迅是"破脚骨",便有讥讽疯子的意味。因为崇尚中庸,爱好儒风,对鲁迅激进的一面多有微词,便很自然了。其实周氏偏执时,也说过许多疯话,他的骂人的文章,写得何等失态,艺术上也并不高明。所以,说他人疯狂固然在理,但自己偶有过激的时候,就默不做声,也略失儒雅风范吧?

鲁迅晚年的境况,在苦雨斋中人的眼里,一是有些胡闹,二是疯话太多。周作人在文章中,不止一次影射过其兄的行状,积怨之深,一看便知。其实鲁迅的写作,从来就很严肃,生在专制的国度,思想不得自由,言论难能流布,以溅血的声音呐喊,叫出奴隶的苦境,不正是一种人道者的自语? 如果说这样的文学也属"疯子"之列,那么二十世纪文坛上,清醒的人,就少得可怜了。

---

① 《谈虎集·〈酒后主语〉小引》。

其实，新文化运动以来，写疯子的作品，可举出许多。鲁迅的《狂人日记》《长明灯》《白光》，就描绘了失常人的形态，内蕴恐怖得很。苟活于灰暗中的人，要么麻木地存活，要么疯狂下去，活路是没有的。周作人不爱看这类型的非理性的作品，是发现了其间的痼疾。躲在书斋里远远地指摘固然不错，但倘一进入民间，情况就大不相同了。左翼文学的发生，起初是良知的呈现，后来写作者与被描绘者，均卷入狂热里，那是历史进程的一种悲剧。革命者的狂欢与被革命者的哀叹，正是社会由无序进入有序的前奏。中国文化的混乱与社会的混乱，是苦雨斋主人们所无法改变的现实。

但左翼文化后来的历史颇不如人意，以致导致了全民族的发狂发热。看这一段历史，细细一想，周氏当年的警告是意味深长的。考察二十世纪的文化风潮，内中总像有一点宗教冲动。创造社的呐喊，红卫兵的喧嚷，都有一些反理性的意味，这和孔老夫子倡导的所谓不偏不倚，乃大相反对。文化上的宗教感，利弊互见，是个说不清楚的问题。有意思的是，周作人周围的人，大多排斥宗教感，而是回到儒家的中正、平和的路上来。孔子谈到精神的升华时说，文人应"志于道，据于德，依于仁，游于艺"。这"游于艺"，即是把冲动的情感化解到审美之中，以平静之心对待万物，那样的结果，自然是远离水火，与刀光剑影颇不相容了。

如何避免文化上的发疯，周氏自有一番自己的看法。他觉得人的精神，大抵有"知""情""意"三方面。"知"是学识，他认为古今中外有价值者皆可学;"情"呢,则属感性的表达系统,日本与西洋文化均有可借鉴之处。惟有"意",周氏觉得是精神的核心,这一点他回到东方,回到儒学,以为不可被西洋宗教所同化。他在《愚人的自由》一文中说:

> 我从古今中外各方面都受到各种影响,分析起来,大旨如上边所说过,在知与情两面分别承受西洋与日本的影响为多,意的方面则纯是中国的,不但未受外来感化而发生变动,还一直以此为标准,去酌量容纳异国的影响……近来我曾说,中国现今紧要的事有两件,一是伦理之自然化,二是道义之事功化。前者是根据现代人类的知识调整中国固有的思想,后者是实践自己所有的理想适应中国现在的需要,都是必要的事。①

这一段文字,证明了周氏在学理上的西化倾向,和在境界上的儒家走向。鲁迅与胡适,似乎并不如此,他们不像周氏那样在"意"的层面上回到东方。鲁迅晚年,连一个敌人都不想宽恕,按钱玄同诸人的看法,似乎是疯言了。我觉得周作人败笔的地方,恰在这方面。按他的学识,他的眼界,本可以拓出一条文化的新路来。遗憾的是晚明文人的习性过浓,不能和儒风分家,情思上不免旧文人气,生命的张力,就有些减弱了。

---

① 《苦口甘口·我的杂学》。

冲动、狂热、无法节制地骚乱，是一种偏执；但和风细雨，沉溺于典雅，与血性的人生不就远了么？疯子太多，不好；而坐着论道，鲜及百姓冷热，大约也会存在问题。中国的疯子们和隐士们大抵都缺乏彼此互补，他们的悲剧在于看清了现实而又远离了现实。这是历史变故中的一种无奈，细细想想，置于风潮之中的人们，有时不会像后人看得那么清楚的。

苦茶庵里的笑话

1933年10月,北新书局出版了《苦茶庵笑话选》,书不厚,仅二百零八页,字号很大,读起来颇为舒服。这一本书有点民间的野气,大人孩子,都可一读,是个普及读本。编者周作人,用了很大力气搜集资料,将古代笑话汇于一起,在出版界,是别开生面的。

周作人编选笑话,与教授身份似乎有悖,他也担心别人把自己看成低级下流语言的搜求者,所以在前言和书尾的说明里,加了诸多解释。周作人一向关注民间故事,以为那里有文化人类学和民俗学的意义。在文不雅驯的乡野民谣中,是有着人间的真实存在的。中国的士大夫不怎么看得起民间的笑话,文人的诗集札记一片雅声,乡野之气难见书中。但文人的可叹之处是,大多喜作八股,盯着事功,那文字倒不及民谣有时候的力量,所以显得迂腐与酸臭,实在不足道也。《苦茶庵笑话选序》的开头就说:

  查笑话古已有之，后来不知怎地忽为士大夫所看不起，不复见著录，意者其在道学与八股兴起之时乎……笑话自有其用处，显明可数。其一，说理论事，空言无补，举例以明，和以调笑，则自然解颐，心悦意服，古人多有取之者，比于寓言。其二，群居会饮，说鬼谈天，诙谐小说亦其一种，可以破闷，可以解忧，至今说笑话者犹得与弹琵琶唱小曲同例，免于罚酒焉。其三，当作文学看，这是故事之一，是滑稽小说的根芽，也或是其枝叶……其四，与歌谣故事谚语相同，笑话是人民所感的表示，凡生活情形，风土习惯，性情好恶，皆自然流露，而尤为直截彻透，此正是民俗学中第三类的好资料也。①

周作人不愧是有民俗眼光的人，所读之书，所选之文，都有点离经叛道气。不过这一本笑话，所选的面不广，皆来自明末清初的闲书。如《笑府》《笑倒》《笑得好》等。上述三书的笑话，均不及周氏回忆的徐文长故事有趣，后者的智慧与幽默，是被提炼的个性精神，带点文人的性情了。周作人的文章时常提及徐文长，那原因是颇有匪气，不为世俗所累，旧文人的陋俗已被扬弃了。笑话这一形式，乃对正襟危坐话语的消解，亦是民间智慧的产儿。不过中国的笑话里，邪气与淫荡的东西过多，那也是反道学的一种极端化吧。周作人在谈及此点时，对民间

---

① 钟叔河选编：《周作人文选》（1930—1936），第100页。

的俚语进行了辩护,至今读了仍觉很对:

> 有些道学家及教育家或者要对我"蹙頞",以为这些故事都很粗俗,而且有地方又有点不雅。这个批评未必是不中肯綮,不过我的意思是在"正经地"介绍老百姓的笑话,我不好替他们代为"斧政"。他们的粗俗不雅至少还是壮健的,与早熟或老衰的那种病的佻荡不同——他们的是所谓拉勃来派的(Rabelaisian),这是我所以觉得还有价值的地方。从道德方面讲,这故事里的确含有好些不可为训的分子……然而我们要知道,老百姓的思想还有好些和野蛮人相像,他们相信力即是理,无论用了体力智力或魔力,只要能得到胜利,即是英雄,对于愚笨孱弱的失败者没有什么同情,这只要检查中外的童话传说就可知道。现在我们又不把这些故事拿去当经书念,找出天经地义的人生训来,那么我们正可不必十分认真了。①

这里可以看出,编者对待笑话,有点悠然欣赏、研究的态度,或者是借着非正宗的乡间俗力,敲打诸种道学家吧?周作人在理性的层面,看重民俗中滑稽的因素,但他自己的文章却不幽默,显得有些柔弱。不知道是什么原因。《苦茶庵笑话选》只注重明清的书中趣事,对民国以来政治笑话、文人笑话未能

---

① (明)赵南星、冯梦龙,(清)陈皋谟、石成金编:《明清笑话集》,周作人校订,止庵整理,中华书局,2009年,第191页。

关注，说明编者留意的还是书中之事，新闻报章上的、乡间里巷中的传说，则未得钩稽。看这一本书，可笑的地方并不太多，有些故事，平淡低俗，没有力量，或许是原书作者视界不高之故。所以，我读这一本书，觉得诸语平平，笑话的真品，似乎未能寓目，不能不说是件憾事。

一个无聊的时代，学人们忽地讲起古人的笑话，也是平庸生活的一种点缀。周作人在自己的书房里上下求索，找到了希腊哲人，找到了日本艺术，又找到了民间的笑话，其中看似逍遥，实则亦是一种哀苦。我觉得那诸多怪异的笑话，至多不过小小的刺激，是清静生涯的莽林，给人一种兴奋。但它的力量能有多大，颇难讲清。周作人后来不再强调此类文本，是否亦有失望之情，那就不得而知了。

下地狱

  大凡谈到周作人,最困难的是对其日伪时期的表现的评价。流行的观点是,做了"汉奸",是个悲剧。也有为其辩护者,以为是不得已为之,乃为了他人,自己下了地狱,牺牲的,还是自己。对周作人这样一个人,仅仅以道德尺度量之,大约难窥其貌。只有读全了他的文字,才可以理出一个线索。人是复杂的,每个人眼里的对象世界,都有不同的色泽。周氏之于我们,也是这样。关于他的不同叙述,也使其充满了谜一样的诱力。我写这本书,也是有这样的原因的。人文话题,从来是难以齐一的。

  有一年春去日本,在东京遇到了一位国内的友人。他有一句话,给我的印象很深:"周作人未附逆前,关于他做'汉奸'的舆论就猛烈起来,待到真供了伪职后,人们反而不说什么了。"1937 年,"七七"事变之后,北平文人纷纷南下,惟周作人等少数人还留在北平。南下当然可以逃出虎口,不至于落到侵略者之手。但留守故都,道德上就遇到了麻烦。工人农民为异族做事餬口，无可非议。但是知识分子则面临道德层面的困顿。进之则黑，退之则白，荣辱之间，仅仅一步。起初，周氏并无意进入伪政权。倘若那时生活有所保障，也许亦可清白一世。但后来情况逆转，先是无法觅得教职，后是1939年元旦遭遇刺客，险些丧命，于是接受了伪北大图书馆馆长职位，后又做了伪华北教育总署督办。至此，周氏的历史便改变了。

无论从哪个层面上说，周作人都不是官僚的材料。他不过苟且其间，著书立说而已。除了在伪政权中逢场作戏的一些表演外，他的业余生活，大约都用来了读书写作。《秉烛谈》《秉烛后谈》《书房一角》《药堂杂文》《药味集》《苦口甘口》《药堂语录》等书，在文字上已炉火纯青，几近化境，文章之好，已超过以往。但因为过于隐曲、内向，没有火气，遂沉寂平静起来，不为青年人所理解了。

日伪时期周作人的附逆，无疑是他一生中的耻辱。他跳进了地狱里，与魔鬼为伍，是一个大悲剧。我读他的书，看那时的心态，隐隐地觉得，他是一个对民族绝望的人。国家的概念与民族的概念，对其等于虚幻。这看法不仅二十年代时有，三四十年代更深。1938年1月30日是旧历除夕，那一天的日记曾写道：

> 今晚爆竹声甚多，确信中国民族之堕落，可谓无心肝也。

此后的文章，多愿意谈中国传统中的优与劣，文字虽优雅从容，

老到静穆,但亦不掩盖其深切的悲哀。如 1940 年 3 月所作《释子与儒生》云:

> 中国儒家着重世事,此正是物理所有事,乃跳过了来讲后半橛,反而专弄玄虚,难怪反为释子所轻,盖彼如不专务拜忏唱戏,其大慈悲种子犹未断绝也。笼统的说一句,中国儒生汉以后道士化了,宋以后又加以禅和子化了,自己的生命早已无有,更何从得有血性与胸襟乎?这一篇账如不算结,儒家永无复生之望,所馀留而或将益以繁荣者,也只是儒教式的咒语与符箓而已。[1]

他在许多文章中,都谈及了中国文化负面的因素,有的出语颇毒,可以看到一丝灰色。那时他不仅失望于社会,对文坛的兴趣也近于零。以为自己已处于文坛之外,是一名无根的漂泊者了。四十年代初,他的文字毫无快意,自知是做着无聊的事情,情调是暗暗的。且看他写下的打油诗,看似戏语,实亦悲歌。那是在地狱中游历的人才会有的吧:

> 廿年不见开元寺,寂寞荒场总一般,惟念水澄桥下路,骨灰瓦屑最难看。

> 乌鹊呼号绕树飞,天河暗淡小星稀,不须更读枝巢记,

---

[1] 《药堂杂文·释子与儒生》。

如此秋光已可悲。

　　河水阴寒酒味酸，乡居那得有清欢，开门偶共邻翁话，窥见庵中黑一团。

　　年年乞巧徒成拙，乌鹊填桥事大难，犹是世尊悲悯意，不如市井闹盂兰。①

周作人写诗，意多隐晦，苦味深藏。他何尝不知附逆也是深渊？一方面做着一些荒唐的事，比如在广播电台录制讲话，推行"治安强化运动"；随汪精卫谒见伪满洲国皇帝溥仪等等。另一方面沉湎于古书的品评之中，写古诗，弄书话，寄情于往古。周氏明知这一状态是一种大苦，但却从未后悔过。他以为应当根据了生物学人类学与文化史的知识判断人生，以道德之尺和民族主义之尺，终难解析人性。所以无论是后来入狱，还是"文革"期间，都未忏悔过、自责过。他的精神底色，和一般的国人是判然有别的。

1945年底，周作人因汉奸罪入狱。但他拒不承认罪行，对自己的过去辩解甚多。1946年夏，周氏在狱中写的自白书云：

　　当时华北沦陷时奉前北大蒋校长之命与昔存今故之孟森、冯祖荀、马裕藻共同留平保管校产，初拟卖文为生，嗣

---

① 《立春以前·苦茶庵打油诗》。

因环境恶劣于二十八年一月一日在家遇刺,幸未致命。从此大受威胁,以汤尔和再三怂恿,始出任伪北京大学教授兼该伪校文学院院长,以为学校可伪学生不伪,政府虽伪,教育不可伪。参加伪组织之动机完全在于维持教育,抵抗奴化。前后所任职务,亦以伪北大文学院院长六年,伪教育总署督办二年为本职,此外兼职有为当然的,有为名义的。在事实上可谓毫无关系。[①]

这里说得念念有词,大有我不下地狱谁下地狱之概。据说西方人,对类似的选择,有别样的看法。但是中国人,便难以饶恕。那不饶恕的原因,正是周作人向来抨击的道德意识。我读他的书,看其一生的经历,常常想:不知道是他和中国道德开了玩笑呢,还是中国固有的传统嘲弄了他?总之,从公的一面和私的一面讲,他一生都是国民的公敌。缘于此,他的命运,自然是悲惨的。

[①] 张菊香、张铁荣编著:《〈周作人年谱〉(1885—1967)》,第711页。

落水之后

　　南下的作家与教授们，得知周作人任了伪职，反响是激烈的。怀疑、讨伐、愤怒一时充塞着文坛。朱光潜曾写过一篇文章为周作人辩护，怀疑他并非真的成了汉奸。而台静农等人，确信周作人是真心附逆于日本军人，都撰文声讨之。许多年后，台静农回首往事，对周氏仍不能宽恕。周氏在同代人的记忆里，是有着不同的印迹的。同是章太炎的弟子，沈兼士、吴承仕走了抗日的路，周氏却成了侵略者的同路人，历史上演的是一幕沉重的悲剧。

　　日伪时期的周作人，身边往来的友人不多。惟有钱稻孙、俞平伯、徐祖正、沈启无、尤炳圻等，偶能见面。不过像俞平伯这样的人，深居简出，未卷入政事，和周作人略有些隔膜。那时候江绍原闭门读书，苦苦度日，未染杂色；废名跑到了南方，音讯颇少；刘半农、钱玄同归了道山，门庭里少了促膝而谈的畏友。周作人有时也感到了一种寂寞，苦雨斋当年的热闹之景，已不复存在了。

这时候的周作人,很少写时评之类的文字,文章的旧学气息加重,老人的苍凉和暮气渐渐增多。他开始玩味起历史来,谈明朝的灭亡,讲清代的智者之学,有时甚至讨论士大夫的堕落,言外之中,有多种声音。或许是一种自嘲,或许为一种开脱,总之,文章并不明快、朗然,倒是一片岑寂、灰冷。周作人此时的思想,多了道德重建的内容。他既不谈玄,亦非实证,思路倒像回到儒家的某些方面。但又没有宋明理学的道学气。如1940年所作《道德漫谈》,像是他精神的宣言。他为自己的附逆,寻找到了一种理论根据:

> 中国思想中有为人民与君父的两派,后者后来独占势力,统制了国民的道德观念,这是很不幸的一件事。我平常读近代文人的文集,其中所记多是大官,孝子节妇等事,看笔记则大讲雷击不孝,节妇子中举,展卷辄感不愉快,此皆所谓有益于风教之文字也,但其意思何其卑陋,影响何其下劣耶。在上者如务恫吓,不服事将有鬼责,在下者计利得,服事将获富贵,是使父子夫妇之亲不以天然的恩情相维系,反而责报偿论利害,岂非以凉薄为教,民德焉得而不降哉。窃意中国道德标准宜加改正,应以爱人亲民为主,知己之外有人,而己亦即在人中,利他利己即是一事,空洞的一句话,在现今中国相信却是良药,只是如何吃下去,则不佞尚未想出方法耳。①

---

① 《药堂杂文·道德漫谈》。

考察周氏那几年的生活,也做了几件让人感念的事。比如保护北大校产,照顾一些失业学生,为去延安的青年创造条件等等。1945年12月28日,周作人入狱后,俞平伯曾致函胡适,对周氏的附逆说了许多理解的话,可说代表了周氏友人的普遍看法。那一封信说:

> 其躬膺伪府显要,非违己明,曲为之讳者固非,若谓其中毫无委曲困难,殆亦未是也。对敌人屡有消极之支撑,此间人士多有能确言之者,但平杜门闲居,过从稀减,未与共事,不能详耳。若今所言大学实情,乃其最显然者也。当日知堂不出,觊觎文教班首者,以平所闻,即有二三人,皆奸伪也。设令此等小人遂其企图,则北平大学之情形当必有异于今,惜史事不能重演耳……若知堂之受职,伪则有之矣,可即谓奸乎?伪北大之师生班行未改,无罪且若有功,而谓主持此全局之人独有罪乎?饮水忘其所自,于人情为不圆,同罪异罚,未为平允也。①

俞平伯的信,尽了弟子的忠诚,也道出了周作人日伪时期的文化境遇。平心而论,周作人那一段历史,他自己也未必说清。人有时是复杂的,他不是说人是动物么?那么是非之前,凭着

---

① 中国社会科学院近代史研究所中华民国史组编:《胡适往来书信选》下册,第72页。

本能与欲求选择道路,就是一种佳境?其实读他的文章,看那时的心情,并非外人想象的那么安然自得。官场较量,派系争斗,观念交锋,并不亚于市井的冲突。走进了一扇大门,也就掉进封闭的天井。得到了什么的时候,也就失掉了另一些什么。大体而言,日据时期的周作人,所失多于所得,对于一个有思想的学问家而言,这意味着什么,是一看便知的。

苦路人生

因了"附逆"的缘故，苦雨斋渐渐清冷了。四十年代初，造访周氏的友人，远不及三十年代多。除了俞平伯、钱稻孙、徐祖正等少数人外，他的门庭，人声稀少，很有些岑寂。有两件事导致了苦雨斋的衰落，一是钱玄同的死，使周氏失去了"畏友"，已无知音者可谈；二是入了日本人设置的伪政权，使先前的友人，不太愿与其交往了。远在南方的朱自清，就曾写信给俞平伯，劝其少与日伪圈子往来，那多少代表了读书人普遍的态度。那时的文坛，对周氏的落水，声讨多多，连曾崇拜过他的人，也著文与其决裂。周氏自知落入苦海，但又无跳出的勇气，结果便是落入大寂寞中。

他在"附逆"时写下的文章，多是怀古感旧的，思想渐趋中庸，已没了锐气。四十年代初，他读书的范围，以中国旧籍为主，兼有日本、希腊的经典，然而情调，越发东方化了。1941年出版的《药堂语录》、1942年问世的《药味集》，以及1944年发行的那几本《药堂杂文》《书房一角》《秉烛后谈》《苦口甘口》等,都很圆润古朴,好像孤独老人的独白。周作人开始爱谈孔孟,对中庸之道,亦多表彰。细读那时的文字,便可依稀觉出,思想沾有大东亚文化的痕迹,以东方人的态度看待人类的问题,那是和日本一些文人,较为近似的。

1938年。日本入侵者组织成立了东亚文化协议会。查北京档案馆的一份资料,内有该协会的创立宣言,其中主旨,乃以东亚思想,抗拒欧美文明,那宣言道:

> 凡有文化历史既长,不能无所受于人。然必恒有所本,则将有所取于人,必先察乎己之所本,不然鲜不庞杂冲激,寝且危及国家民族者也。
>
> 顾我东亚既有数千年之历史,自成一独特之文化体系,亦常摄取他系之思想文化,融会消化以自益,乃近百年来,震于西学之深资于用,不无盲从之失,不惜舍己从人,势将举精神物质而悉泯没于西方思想之下,驯致文化一系兄弟之邦,有兹阋墙之痛,夷考其故,不可谓非吸取文化未得其当为之厉阶焉。
>
> 科学进步,洵亦足以致福人类,而我东亚所独有之形上文明,数千年来巍然存在者,其深合于人类之要求不言可喻,由是言之,岂可轻于舍弃耶。
>
> 爱集中日两国人士结成此会,以传统之明伦亲仁为本,撷西学之萃以资利用厚生、努力迈进,庶几蔚为更进一层之新东亚文化,今当创始敢布宗要,愿当世贤达相与图之。(中

华民国二十七年八月二十九日）

东亚文化协议会还开过几次评议员会议。第一次在 1938 年 8 月底的怀仁堂；第二次召开于日本东京帝国大学讲堂，时间是 1938 年 12 月 1 日至 5 日；第三次为 1939 年 9 月 2 日至 5 日，地点在北京中南海勤政殿；第四、第五次亦召开于北京，时间分别是 1940 年和 1942 年。这个协会名誉会长是王揖唐，会长为周作人。周作人多次出席会议，可谓其中的核心人物。了解日伪时期的周氏，必须详识这个协会的情形。而他那时的思想，与此密不可分。比如谈中国文化的前途，似乎已不像"五四"那样高扬个性的旗帜，反倒以为复活唐宋以前的儒家，才是正路。1941 年，周氏发表《中国的国民思想》，文章说，西洋各国因为科学发达，受到很大痛苦，日本因过于看重西洋物质文明，结果亦吃了苦果，忽略了本国固有之文明。周氏于是提醒人们，将固有的精神健全起来，十分必要：

> 中国的思想本来是好的，可以乐观的，第一是利人，讲仁，讲忠恕，要使大家安居乐业；第二是讲实际，不讲玄虚，死后如何，永生如何，天堂如何，一概不问，只知道现在生活的几十年中好好的过活；第三是讲中庸。中国的思想就是很平凡，可是经过考试的制度之后，中国的思想变坏了，我们要补救他，就要吸收世界的科学知识，不偏于物质，同时还要注意科学的根源，一方面发展有用的机械文明，普及自然

科学知识，一方面顾到固有的文化，如此则中国的缺点可以补足，原有的优点也可以发扬了。①

比之于青年时代的思想，周氏大大地后滑了。将中国文化的后退，归之于"考试制度"，实则是皮毛之谈。鲁迅论及此点时，就异常的透彻，自古至今，所谓文化盛世，不过虚幻之谈，中国有的一直是主奴、君臣、父子，而鲜有自由。四十年代初，中国的青年和读书人，不再注意到周作人，实在是他思想退化的缘故。

如果读一读那一时期的文章，可以感到他的寂寞。除了与古人为伍，可对谈者有谁呢？1943年，他忽地怀念起远在南方的废名，对这位昔日的友人，眷情深深。那一年写下的《怀废名》，颇有情感，是他一生中，少有的动情之作。文章开头，引五年前思念废名的短言说：

> 废名曾寄住余家，常往来如亲属，次女若子亡十年矣，今日循俗例小作法事，废名如在北平，亦必来赴，感念今昔，弥增怅触。余未能如废名之悟道，写此小文，他日如能觅路寄予一读，恐或未必印可也。②

---

① 钟叔河选编：《周作人文选》（1937—1944），广州出版社，1996年，第399页。
② 《药堂杂文·怀废名》。

我读这一段话，便感到他心绪的茫然。同龄人中，惟钱玄同能知晓他的心绪，然而已经作古；学生中呢，废名乃忘年之交，但也遁迹山林了。苟活需要代价，那大的寂寞，便是命运给他的回赠吧。

一个曾经带有生气的人，渐至晚年，竟被古老的旧梦罩住，大谈起儒家思想，且于此津津乐道，那是他文化性格的悲剧。《药堂语录》诸书，钩稽历史，谈古说今，形式上古朴自然，文笔之好世人难匹。然而惟缺乏冲荡之力，精神似乎沉到了井里，如今翻翻，除了兴趣外，似乎已没有进击之气了。文化的选择本来多种多样，不必求一。但一个曾勇猛进取的人，忽滑到历史的深渊里，走了与先前不同的路，我们只能为之叹息了。

翻案之心

出狱后的周作人，心绪大不似先前，因为深味过炎凉之苦，生命的热度便降下来了。我看他晚年的著述，觉得心境悲凉得很，冲动的地方甚少，像入狱前那样的典雅、深厚的笔触也不见了。周氏先前是边缘中人，现在更为边缘，沦入了社会的底层，那感叹，是不同寻常的吧？1949年11月起，他开始为上海《亦报》撰文，终止了多年的写作，又恢复了起来。不过文风似略有变化，更趋于冷，像个隐士，在山林间回味着尘世旧迹。那里几乎没有笑容，亮色也微乎其微，除了掌故、学问，己身的荣辱，隐得很深，不动声色于笔墨之中，大概正是他的心态的写真。

他写的往事、佚闻，数量之多，让人惊叹。明清、民国间的杂书野史，倘不是他的搜寻点染，有许多我们将不会知道了。后来出版的《饭后随笔》《知堂回想录》，史料意义，大于思想的价值，说其是一笔财富，也不为过的。我总觉得到三十年代末，他的思想便停止了，后来不过重复自己的精神。但偶从札记短章里读出奇思,虽点点滴滴,却让人过目不忘,其写作的潜能,并未枯竭。

我看他的晚年文章,颇感兴趣的是情感的变化。他谈掌故,并非无的放矢,有时亦多自我的辩解,或发一点牢骚,抒抒愤懑,或借史喻己,找一点心灵的慰藉。境界不及早年高远,情致亦逊于"五四"时的笔墨,失足者的哀凉,隐约映出。周氏短文,骂蒋介石处多多,对傅斯年、朱家骅亦多有不敬,囹圄之恨,满溢其间。他写弱者、贫者、落伍者,亦含怜悯目光,好似有心心相印的地方。有一篇短文介绍河上肇的自传,感叹狱中犯人的可爱,真真是有感而发:

> 他所写几个病房里的人物中间,有一个是强盗杀人的老头子,洗澡时弘藏给他擦背,总是笑嘻嘻的说对不住对不住,他觉得所想象的强盗杀人犯的脸相与这忠厚的老爹差得太远,很是惊异。又有一个常习窃盗,在工作中被机器轧掉了右拇指,弘藏给帮忙擦背绞手巾,他常将领得的鸡蛋分给他吃。大概有两个星期同住在一起,他感觉到"比起小资产阶级的知识人士来,还是这前科五犯的窃贼更有人情味"。中国古诗有云,盗贼渐可亲,可以说是同一感觉吧。[①]

读这一段文字,总让我想起他的自我辩护。记得他曾给周恩来

---

① 《饭后随笔·河上肇》。

总理写过一信,谈及自己"附逆"历史,并无羞愧之感,觉得自己十分清白,不被世人理解罢了。相对于国民党,共产党对其较为宽大,其内心多少有宽慰之意,所以偶尔谈及台湾文人,多借以泄愤,洗刷一下外来的罪名。周氏晚年每提及蒋介石身边的文人,恨恨然溢于笔端,说其报己身之仇,也是对的。《傅大炮》一文,讥刺傅斯年,出语颇恶:

> 罗家伦不失为真小人,比起傅斯年的伪君子来,还要好一点。罗是公开的国民党,傅乃标榜无党派,以"社会贤达"的头衔出现,替蒋二秃子出力更为有效,所以罗只配称作帮闲,而傅实在乃是帮凶了。①

周作人大骂傅斯年,实则因为傅曾对日伪时期留守北大的教授有过排斥,凡为日本人服务者,包括在日伪时期大学任教的人,均因有历史问题而驱出门外。周氏后来入狱,傅斯年等认为罪有应得,态度十分鲜明。解放后周氏频频撰文抨击傅氏,读了便觉得气量较小,那境界和胡适、鲁迅诸人相比,不免大为逊色了。

《亦报》上的许多随笔写得很精巧,偶也能看到借题发挥,为自己失足的自辩式的文字。例如对美国在日本投掷原子弹的谴责,对美国出兵朝鲜的抨击,此言论并不犯忌,与新中国初

---

① 《饭后随笔·傅大炮》。

期共产党的观点也多吻合。但周氏笔墨有画外之音，其中可见对日本的好感和东亚观念的强烈。《笨贼》《亚洲与非洲》《孤立的吉田》都是赞佩日中友好，与美国抗衡的文章，此一论点和二战时的"东亚文化协议会"的观点颇为相近，毫无自悔自愧的意思。周氏觉得欧美乃欺世的强国，亚非诸国则是受奴役的弱势群体，中日百姓与之抗衡，正是理所必然之举。此一话题倘引申开来，日本当年入侵中国，进占东南亚，亦抗击美英的战略，是否也有正当的地方？周氏于此吞吞吐吐，实则有些心绪的释放。若看不到他的自我辩护，是不得要领的。

翻案文章，在中国做起来并不容易。周作人曾为秦桧说过好话，勇气很足，但为世人所耻。国人谁会佩服秦桧呢？鲁迅、郭沫若也曾为曹操说过许多好话，以为是了不得的英雄，但如今问问民间的百姓，大都以为是白脸的奸臣，样子照旧很坏。周作人深味此点，他曾有过"不辩解说"，是因兄弟失和而发，便是深知辩解的无用。说是这样说，而对世人的蔑视，也不能丝毫没有反应，偶在文章里发泄一下，借此竦身一摇，想寻求片刻的自慰，还是有些吧？

知音者

谈晚年的周作人,有一个人是不能忘记的,这便是曹聚仁。倘不是曹氏的存在,周作人的写作量大概不会那么大,陈述自己的欲望也不会被调动起来。曹聚仁和周氏只是泛泛之交,谈不上是挚友之类。但对周氏在文化上的价值,他是认识很深的一个人。曹聚仁生前和鲁迅交往很多,与周作人的接触却十分有限。但他对周氏的评价,并不低于鲁迅。其实就性情和爱好而言,曹聚仁和周作人更近一些。其一是都带有非党派的自由心态,一生的大多时间是做历史的看客;其二他们都是文史方面的杂家,对历史掌故、学术沿革兴趣浓浓;其三是在对现代文化的看法上,多有一致的地方,譬如不把鲁迅看成圣人,而是当成智者,对左翼文化多有警觉,等等。其实,在两人之间,曹聚仁多一厢情愿的时候,对周氏品评的时候很多,而周氏则很少谈及曹氏,对周作人而言,曹氏的作品,还是陌生的吧。

新中国初期,周氏是很不被人瞧起的落伍者,他在文坛上是很寂寞的。曹聚仁从香港来,向他约稿,曾引起一些人的不满。但曹氏却显得很平静，他自称自己是一个史家，对流行的观念并不看重。我记得他在《文坛五十年》里，高度地评价过周氏的创作，认为周作人的美文，是值得一读的。那时他还写过《知堂老人谈八股》的文章，中肯的地方很多。总之，大凡谈及周氏的时候，可看到他的羡慕，爱才而宽容其过失，这在他是难得的。

抗战爆发的时候，曹聚仁告别教授的生活，到前线做了战地记者，此乃一生中颇值一书的历史。那时候周作人已附逆于侵略者，在知识界的声望一落千丈。但战争结束后，曹氏能以另一番目光看待失足者，勇气是不凡的。我时常想，如何看历史上有污点的人，曹氏的选择，可谓是一个参照。他看重周作人，乃内心的文化之梦起了作用，在他眼里，文化大师的价值，是可以掩去历史的浮尘的。

晚年的周作人写《知堂回想录》，曹氏之功不可没。没有曹氏的鼓励，他是不会写下那本著作的。而他们之间的一些通信，也成了后人了解那一段文化史的弥足珍贵的资料。周氏暮年的许多心里话，是和曹氏述说的，读了可以感到他的孤寂。如对神化鲁迅的不满，对郭沫若的微词，对现代史的认识，都可以在他们的通信里看到。他之所以亲近曹氏，是看到了彼此相近的自由观。他知道这个远在香港的人，和大陆的流行色并不一样。

曹聚仁和周氏的接触最早在二十年代，而真正的了解却在多年之后。1934 年，周作人的《五十自寿诗》发表之后，引起了许多批评。而曹氏却说了一些公平的话。那时他和鲁迅都看到了周氏对现实不满的一面，鲁迅在致曹聚仁的信中，还专门提及了这一点。就在鲁迅致信曹氏的同月里，曹聚仁写过一篇《从孔融到陶渊明的路》，那文章说，"周先生自新文学运动前线退而在苦雨斋谈狐说鬼，其厌世冷观了么？想必炎炎之火仍在冷灰底下燃烧着。"此可谓一语中的，说出了周氏的隐秘。此后他还写过《夜读抄》《苦茶》诸文，对周作人的随笔进行了有趣的勾勒，看后不禁有趣味相投的感觉。

中国的自由主义文人，看问题是有另一种眼光的。他们不太爱用道德化的术语思考问题，往往能从人本的角度建立自己的学说。曹聚仁和周作人一样，不是历史的积极参与者，而是社会的看客。他们能站在历史的一角，冷冷地说些怪话。例如，都不太赞成党派之争，对泛道德化的书写颇有反感。他们觉得历史上的专制主义，导致了思想界的平庸，和个人的萎顿，而治这病的办法，便是输进学理，保持自我的独立。坚持独立，有不同的方式。一是走出来抗争，像鲁迅那样直面对手；一是默不作声，相对无言。但周作人并未选择上述的道路，他躲到书斋里，和古书与域外经典为伍，以己身的现实体验，和古书碰撞，看似逃逸人生，其实乃对现实的另一种发言。曹聚仁早在三十年代初，就发现了这一点，他在《太白》一卷七期上写过一篇《夜读抄》，内中说道：

  我对于启明先生的敬意有年，不自今日始；他的每一种散文集必比前一种更醇厚深切，更合我个人的口味，愈益增加我的敬慕之情。但就一般青年讲，逐渐逐渐和他的兴趣相远，几乎不能领悟周先生的襟怀，有人简直以为启明先生消极了……周先生自己不肯承认消极，自己说目前的态度还是与写《自己的园地》时候差不多是一样；但青年们为什么不这样想这样看呢？我不禁想起周先生说过"常常坐首席，渐渐进祠堂"那句笑话来，因为周先生所修都是不朽的胜业，只能"藏之名山，传之其人"，自然和青年们相远了。

曹氏可谓是周氏难得的知音，不独对周氏，对鲁迅，何尝不是如此呢？在那样的乱世，文坛真伪难辨，杂草丛生，欲拓出一片绿地，谈何容易？晚年的曹聚仁曾著有《鲁迅评传》，所谈的观点与世人颇多相异之处。在那样的年代里，能有异端的声音出现，叫出人间的真的苦乐，那气魄，就非常人可以比肩了。

晚年心境

香港的学者鲍耀明，曾编有《周作人晚年书信》一书，载周氏1960年6月至1966年8月的日记，以及编者与周氏的往来书信。此书收周作人书信四百零二封，内容甚广，谈"五四"，言鲁迅，述身世，林林总总，包罗万象。倘若了解苦雨斋主人，不可不看这些材料。周氏内心的苦楚，亦尽入笔端。而文化情怀，一如既往，读了让人生出诸多感叹。

周作人晚景凄凉，遭逢乱世，生活贫寒且不说，思想不得自由伸展，只做点翻译工作，内心是寂寞的吧？虽然他自称译书乃一生最好的工作，但环境终究恶劣，心绪是苦楚的。读他的日记，交往的人不多，八道湾真真成了空寂之所。惟几位老友如徐耀辰、俞平伯、钱稻孙还常出没周宅，那定然给他不小的抚慰。苦雨斋由盛而衰，也折射着文化上的阴晴圆缺，三十年代北平最有生气的沙龙，最后人去屋空，或许正是历史的宿命。

晚年的周作人最大的问题是经济拮据。他的日记常有卖书换米的记载。而向邻居借钱，请人到出版社催稿费的事情，是常有的事。兹录日记如下：

> 托丰一取银行三百元来还江太太款。（1960年7月4日）

> 下午结本月用款计逾五百八十余元矣，因计账才知之。今日多涕，盖明日即为二百十日也。借四十元。（1960年8月31日）

> 上午又不快，拟写文不果，为人写字二纸。下午风。三时半，往银行问款尚未到。（1961年6月4日）

> 上午托丰一寄聚仁信、冰然信、松枝画报一册，得人文社信，借予四百元，从五月起分四次扣还。（1962年4月11日）

他在给鲍耀明的信中，无数次地谈到自己的清贫，并索要砂糖、猪油等物。如1961年12月27日的信中说：

> 前所寄猪油想已经失落，因同时承寄出之勒吐瑾奶粉于本月五日已领到了。思之甚为可惜，拟再请赐寄一罐，这回请由友联因较为可靠（亦更不收税）领取亦更方便，乞寄猪油一K，又见广告上亦有糯米，此物在此地买不到，如可能

乞寄下五公斤一包,俾在旧新年能到,则甚感佳惠矣。

1962年3月3日信又云:

祈费神赐寄克宁奶粉一磅,角砂糖(是否即是片糖)两磅,或由邮局寄下亦可,但若由友联则不必拘定两磅而寄二公斤可矣。

六十年代,正是国内最困苦之时,周氏一家,亦水深火热,那情形是痛楚的。除清贫之外,晚年心境之哀凉,则非外人可知。他与妻子羽太信子时见冲突,感情陷入危机。日记里常有"不快"之语。据他的熟人说,两人分住,有时得不到饭食。怨情之深,对双方都有伤害的。我们看他的日记,分明可以读出他的无奈:

拟工作又以不快而止,似宿疾又发也。(1960年8月14日)

上午大不快,似狂易发,请江太太来劝,殆无效。(1960年11月15日)

上午略不快,似病又发作矣。(1961年3月11日)

晚又不快,近日几乎无一日安静愉快过日者,如遭遇恶魔然。(1961年3月30日)

又复发作,甚感不快,深以无法摆脱为苦恼,工作不能,阅书亦苦不入。(1961年4月2日)

又复不快,每日如是,如恶梦昏呓,不堪入耳。(1961年4月3日)

晚又发作,独语一刻,不快甚殊。(1961年4月13日)

终日不快,如遇鬼祟,一似故意寻衅者然,殆非云冤孽不可也。(1961年6月4日)

余与信子结婚五十余年,素无反目情事。晚年卧病,心情不佳,以余弟兄皆多妻,遂多猜疑,以为甲戌东游时有外遇,冷嘲热骂,几如狂易,日记中所记即指此也。及今思之,皆成过去,特加说明,并志感慨云尔。(1963年2月20日)

阅这类文字,好似也看到普通百姓的日常生活,恩恩怨怨,不过系于家常琐事,周氏照例也逃不出琐碎的人生。家庭的矛盾,非道理可以讲清,由此上溯到三十年前与鲁迅的冲突,亦相关于此等难言之隐,真真是悲剧者也。有学者看到周氏晚年日记，以为倒反证了鲁迅当年的清白。此一观点，是站在男权的立场呢，还是女性的基点呢？就不好说了。总之，言及人生，周作人也好，鲁迅也好，都深味其间的大苦。他们有时拼命的译书、创作，大约也是借此竦身一摇，摆脱现实的灰暗。有什么办法呢？在崎岖的路上，没有悠然的情调。你在周氏晚年的文字里倘读不到哀凉，那是大谬的。

困苦中的他，思想依然保持了先前的色调。虽偶有一点与现实妥协的文字，但那似乎也是做戏的痕迹，根本而言，还像以往似的，钟情于个人式的话语，与流行的时文，格格不入。在致鲍耀明信中，偶谈时事，月旦人物，亦有个性，全不像一般文人那么脑热。比如讥刺郭沫若的趋时，挖苦对鲁迅的圣化等等。谈同时代人的思想，他依见智慧，比如认为林语堂看问题时的皮毛之相，胡适的优点与劣势，丰子恺译书的水平，钱稻孙的外文功底，俞平伯的国学背景，等等，见识不俗，或有奇思，都是难得的火花。因为渐进老境，已无功名可图，且又久浸书海，看问题就颇为老到、平静，是出神入化的境地。人至暮年，倘还居于焦灼、困顿之中，大约总可以感到世间的真相，文字也不会热烈、激昂，很带一点肃杀的氛围吧？我每读他晚年写下的文章，就可以窥见其内心的灰暗。这灰暗我们在鲁迅的文章中感受过，几乎同样的沉重。不知道周氏介绍其兄的青少年时代生活和小说创作时，也有一种呼应否？倘若这样，两人可谓"心有戚戚焉"。

寿则多辱，这是庄子的话，也是苦雨斋主人晚年喜谈的话。

"文革"爆发,红卫兵冲击周宅,他遭到打骂,邻人见之均有不忍之状。比起鲁迅,他蒙辱尤深,既有牢狱之灾,又受抄家鞭刑之苦,地狱般的惊恐,都经历了。我有时想,最不喜欢革命的人,却遭到了革命;寻求平静、中庸、和谐生活的,过的又恰是煎熬的日子。周作人晚年,在贫困、歧视里度日,生命的光热,只好弥散到翻译的劳作里。苦苦地写着,苦苦地译着,只有那远古智者的闪光,才稍稍给以片刻的暖意。1967年5月7日,周氏在遭到打骂之后,痛苦地死去。那时身边没有一个人,连最后的情形,世人也不曾知道。这默默的死,带走了这个世界不再易得的光与影,也留下了后人无尽的感叹。

与路吉阿诺斯为伍

以平谈、温和闻世的周作人,一生偏偏喜读狂士的文章,对离经叛道者殊有情感。中国的旧书读了许多,然而周氏推举的却是以下三位:王充、李贽、俞理初。这三个人都不是以圣贤的是非为是非的,文章愤世,多见奇气,与传统文人距离甚远。外国的呢,他喜欢的是英国的蔼理斯、罗马帝国时代的路吉阿诺斯、日本的夏目漱石等人。周作人不是哲学气味浓厚的人,他关注的是常识背后的人生态度。然而常识的获得,往往来自于诘问,那就不能不与善辩者为伍了。在这些善辩的人物之中,周作人一生钟爱的只有一个,这就是路吉阿诺斯。在他眼里,这位善辩之士所呈现的全新的思想,恰恰是中国人缺少的。

晚年的周作人,倾其全力译出了《路吉阿诺斯对话集》,让我们窥见了这位老人良苦用心。这是一本思想驳杂的书,译文颇可一读,对周作人而言,此书的翻译,是一件重要的工作。他多次强调,一生所写的文字均不足为道,惟译介此书,有着一生的梦想，内中的含义，非自己的文字可与其相提并论的。在一九六五年写下的遗嘱中，周氏说：

> 余今年一月已整八十，若以旧式计算，则八十有三矣。自己也不知怎么活得这么长久。过去因翻译《路吉阿诺斯对话集》，此为五十年来的心愿，常恐身先朝露，有不及完成之惧，今幸已竣功，无复忧虑，既已放心，便亦息情，对于世味渐有厌倦之意，殆即所谓倦勤欤。①

《路吉阿诺斯对话集》，系据希腊文译出，书的意象繁杂、内蕴博雅，可谓是一部哲学之书、诗人之书、斗士之书。读周氏的译本，忽想起止庵对我说的话："周氏劳作的意义。当不亚于陈寅恪之作《柳如是别传》。"真是精到之论。从青年到晚年，周氏不忘情于此书，大概是有所寄托，周氏的个人主义、怀疑主义，是受惠于此的吧？

据周作人自己说，注意到路吉阿诺斯的书，还是在东京留学的时候。读了其书的片断，才知道路氏对文艺复兴时期的作家和十八世纪的文学影响较大，于是便意识到追溯个人主义传统的源头的重要。"五四"后，周氏就有意译过路氏著作的片断，那些叛逆的文字、超常的智慧，对周氏兄弟，多少产生了魔力。我以为周作人一生，差不多就一直生活在路吉阿诺斯的影子里。

---

① 钟叔河选编：《周作人文选》（1945—1966），广州出版社，1996年，第566页。

与古希腊相关的一些文明,其内在的辐射力是巨大的。包括鲁迅在内,都从古希腊的文明中汲取了什么。

《路吉阿诺斯对话集》是一部与权贵、神圣王国对抗的书。作者盘问宙斯,亵渎柏拉图、亚里斯多德,嘲讽人间既定的秩序,气韵之盛为王充、李贽所不及,真真是一部旷世奇书。但路吉阿诺斯的反叛,并非虚无主义的独舞,一切都缘于一种智性,他把古希腊文明中的"辩士"之风,很好地继承下来,全书汪洋恣肆,大气磅礴,时空之开阔,论辩之透彻,都非一般作品可以比肩。自古以来的一切神圣法则,在路吉阿诺斯那里都被重新盘诘着,诸多名士、闻人、贤达,无不在作者的审判里罩上了另外一种色泽。路吉阿诺斯是个自我觉态清醒的人,他决不像后来的那些批判者流入伪君子的行列,在颠覆着别人的同时,他先消解了自我,于是全书的格调变得奇异起来,自己与读者的距离近了。全书的结尾,有作者的一段独白,读后便觉得作者的可爱:

> 有人轻信说各种事情都张大其词的人,极容易受到这样的欺骗。所以我现在为我自己害怕……至于我的说话,你已经看得出,那是多么的简单平凡,里边并无什么诗歌。所以你得注意,不要对我把希望放得太高,因此得到人们在水里看东西的经验。他们期望它有从上边看下去的那么大,那时它的形象为阳光所放大了,在取了出来以后.却见很是减小了,就很是懊恼。现在我预先告诉你,你倒掉了水,显露出

我的货物，不要期待什么大的收获。不然的话，这只有怪你自己的希望了。①

鲁迅、王小波这类作家，也有路吉阿诺斯的一点遗风。古来的文化斗士，在此一点上不谋而合，倒可让我们感到一种欣慰。记得墨子的语录里，类似的反诘的文字不少，可惜千百年来不太被人注意。这一部书问世之后，学界没有什么反应，也证明了思想者的孤独。我读它的时候，有诸多模糊的痕迹，精神也有一点隔膜。但隐隐地觉出与芸芸众生不同的气象。周作人一生恪守着路吉阿诺斯的谶语，与自己的环境格格不入，好像倒可找到一种解释。这一部书不仅对译者，对一切研究东方近代化过程的人，都是意味深长的。不知道为什么尼采会长久地热于文坛，而路氏的文本却寂寞无声。或许，中国文人在根柢上，难以与古希腊的余光亲昵？

晚年的周作人，渐入困顿，万念俱焚，惟念念不忘路吉阿诺斯的著作，成了其精神的支柱。那时国家陷入灾难，周围又无对话之人，外不能与旧友叙谈，内无可写之书，于是便埋头于古籍，和遥古的希腊文默对，寻一心灵的绿地。周氏一向认为，希腊的国民与中国有诸多相近的地方，比如都有狭隘的乡土观念，争权、守旧、迷信等等。而路吉阿诺斯的书，恰恰针对于此，将旧有的传统剖示出来，晒在阳光之下，让人看到其

---

① 《路吉阿诺斯对话集》（下），周作人译，中国对外翻译出版公司，2003年，第768页。

中的黑白、曲直，真真是痛快淋漓。周氏译此书，也可想见内心的呼应。文笔洗练，词语多致，不失"五四"风骨，可谓译林中的佳品。路吉阿诺斯天马行空的气势，特立独行的品格，让周氏颇为欣喜，在那里，也读出了对中国文明的失望。不消说，译者借着西洋的斗士，在和中国的庸众进行着搏斗，那里的字斟句酌，写着一个人的心史。虽已隐退文坛，成为"朽人"，而激情犹在。至少是我，在读这一本书时，好似感到了译者的本原。周作人的灵魂从来就在不安宁之中的。

充斥于《路吉阿诺斯对话集》中的，是学识与论辩的力量。我尤其喜欢那些对永恒、不朽、有神与无神的辩论，以为有着重要的价值。路吉阿诺斯不相信神的存在，他看问题的态度让我想起后来英国出现的罗素，对泛道德与神秘主义一一指陈，把陋俗的要害暴露于世间。在《爱说谎的人》那一章里，作者借着堤吉阿得斯的口说：

> 有许多人在别的方面很有理性，可以佩服得有智慧，但是不知道怎么却染了这一种病，成为谎话的爱好者，所以本来虽是很好的人，却喜欢欺骗自己和相识的人，这令我很是觉得烦恼。那些古时的人们，在我说之前你该已经知道，如赫罗多德，克尼多斯人克忒西阿斯，以及他们以前那些诗人，连荷马在内，都是有名的人们，他们用了写下来的谎话，因此不但欺骗了当时听着的人们，并且保存在最美的言语和韵律中间，把这些谎话还一代一代的一直传到我们。我实在是

> 很有些时候替他们感到羞耻,在他们讲乌剌诺斯的阉割,普洛墨透斯的械系,巨人们的叛乱,冥土的种种悲剧场面,以及宙斯为了恋爱变成一头公牛或是一只天鹅,有些女人变成一只鸟或是熊,还有那些天马啦,吉迈剌啦,戈耳工啦,库克罗普斯啦,一类东西,非常奇异可怪的故事,只可使得那还是害怕摩耳摩和拉弥亚的小孩们高兴罢了。①

这一段"疾虚妄"的话,语气上与中国的王充较为接近,但力度之强又为东方人所不及。难怪周作人赞之为露出作者的"本相"来。他的感叹颇为强烈:

> 他所攻击的乃是当时的哲学家,实在就是所谓学者,他们乃是"爱智慧"的人,论理应该是切实懂得真理的人了,但是他们只凭了传统,各立门户,有所主张,可是也只用空想,弄些诡辩,实际是和庸众没有什么不同。②

以心心相印的口吻,叙述译后的心得,我们不妨说,周氏是借着古人的智慧,影射着自己的生活。说来有趣,周作人礼赞了一辈子狂人,自己却过着书斋的宁静的生活。倒是其兄鲁迅,有一点路吉阿诺斯的遗风,一生与古人斗,与名人斗,与无物之阵斗。在某种意义上说,周作人与鲁迅才是真正心灵相通,

---

① 《路吉阿诺斯对话集》(下),周作人译,第652页。
② 《路吉阿诺斯对话集》(下),周作人译,第649页。

不过一个矜持，一个峻急罢了。

年轻的时候，那还是一九一八年左右吧，周作人在《新青年》上，最早地介绍过陀思妥耶夫斯基的创作，以为这位俄国作家对人的灵魂的拷问是十分残酷的。不过后来他很少再去关注这类诗人气质的、神经质的文人，对学理性的著作，兴趣趋大。倒是鲁迅沿着尼采和陀氏的路走了下去。周作人放弃了对诗化著作的译介，倾向于路吉阿诺斯式的辩驳式的独语，与他的精神走向不无关系。同是走叛俗的路，路吉阿诺斯提供的或许是更广阔的东西。比如哲学、神话、民俗学、逻辑学。我猜想，周作人一定是从中感受到了知识的力量。他觉得一切精神变革，应放在知识的培养与训练之中，而这种培养与训练，则应是盘问与辩论、质疑与独思的。路吉阿诺斯好像不太爱说宏大的、玄而又玄的话题，他对日常的存在更有兴趣。周作人在这一思路里感到了别样的力量，他一生都坚信，从衣食住行与宗教信仰里认识人自己，比别的意义更大。《路吉阿诺斯》至少在这些领域，对他有所鼓感的。

翻译家因了信仰的缘故，寻找自己翻译的对象，其兴致不亚于自己的创作的。译一本思想者的力著，唤起一种别样的精神，且用心将其流布于世间，是有着大的喜悦的。周作人那一代人，重翻译有甚于创作，大约是相信自己是有限的。天下何其大，而自己的存在，不过是微乎其微的水滴。惟有借了前人的火炬，在奔途高擎着，倘能将自己微弱的心灵之火也加入其中，那么灰暗之旅的光明，当会更大些吧？我有时想，周作人后来作文，常常爱掉书袋，并非江郎才尽之举，乃是以古人为伴，驱赶自己的寂寞。六十年代，他在绝境之中，能顽强地活下去，大概正因了依傍着那些远去的灵魂。而路吉阿诺斯，则使他增加了挣扎的勇气。我们今天翻读译稿，多少是可以体味到其中的苦乐的。

苦雨斋余影

一

　　周作人逝世后的文坛，在相当的时间里已看不到有关花鸟草虫、希腊神话、日本落语式的文学。其实，1945年以后，他便在文坛上消失，由于汉奸之罪，周氏风格的文学便隐到社会的边缘里。他出狱后的写作虽产量颇丰，但锐气已失，完全遁入自娱之中。然而处于文坛重要地位的老一代作家如郭沫若、茅盾、俞平伯等人的记忆里，周氏早年的英名仍在，他们除了惋惜、愤愤然外，依然悄悄关注着周作人的文章。在20世纪五十年代"革命"话语成为时髦的时候，像俞平伯、黄裳诸人的文章依然安静得很。周氏文章的魅力在暗中被传递着。

　　偶翻阿英的日记，发现在革命的年代，他依然搜集着知堂的散文。唐弢的书话红于五十年代，但文风里可见《夜读抄》的境界。唐弢说自己是追随鲁迅的，可是只是形似，文章的神呢，却颇像周作人。周氏的《药堂语录》《书房一角》乃书话中的极品，非常人可以为之，唐弢暗中追随，章法文气多有吻合，惟气象略逊，这是一眼就可看到的。郑振铎、黄裳诸人也有类似的情调，尤其黄裳，谈版本目录，颇似明清文人，文字的组合，也略仿知堂，以致钱锺书致信黄氏，云其有知堂韵致。读书人不约而同地赞佩周氏文章，是个奇怪的现象。现在，《周作人文选》《知堂书话》走俏于世，便证明了他的价值。

钱锺书在文章中批评过周作人的文体枯涩，以为其引文过多，掉到书袋里去了。但钱氏著书，也喜联缀古文，情致亦有与周氏暗合之处，读《管锥编》时，我便想起《药堂语录》《谈虎集》来，一些史学观，也颇为接近。另一位一直对周氏耿耿的孙犁，晚年撰文，不知觉间，也滑到知堂小品的路径上去，想一想觉得有趣得很。我记得孙犁抨击周作人如何可耻，对其附逆于日本侵略者深恶痛绝，但道德上是一回事，审美上呢，是另一回事。在《书衣文录》和《远道集》等随笔中，我还是看到了他与周氏兄弟之间的相近处。孙犁不会承认此点，但在艺术品格上，我仍把他视为周氏传统下的特别的存在。

时光进入到七十年代，许多学人也把目光集中到了周氏那里。舒芜、钱理群相继写下了著作，引起的争论至今未绝。钟叔河孜孜以求地编印着知堂随笔，邓云乡、张中行干脆扬起了《雨天的书》那样性灵化的旗帜。《读书》杂志在一段时光里在走《语丝》当年的路子，正所谓"任意而谈，无所顾忌"。而这，正是周氏兄弟当年的劳绩。我读近年《文汇读书周报》《万象》等报刊，偶遇到刘绪源、李长声的文章，便嗅出了知堂气息。他们或脱胎于此，或暗中模仿，有时也不妨说是趣味上的接近。这些在给我以深深的印象，即周作人传统，正像滚动的雪球，越来越大了。

二

邓云乡在 1981 年著有一本《鲁迅与北京风土》，虽研究鲁迅，但题旨不在精神上，却呈现了一种品玩旧京城的文化情调。书中处处暗含周氏笔法，引用周氏的观点之多，在那时是罕见的。书的风格颇似《鲁迅的故家》《鲁迅的青少年时代》，文脉中流着静谧之美。我后来读现代史料，才知道邓云乡是周氏的弟子，那是我看到的形似周氏的最早著作。邓氏为文稍显平直，没有知堂欣赏的废名那样峻拔奇伟，和张中行比亦稍逊风骚。还有一位喜欢知堂的学者也很有味儿，那便是被学界目为"犹大"的舒芜。舒芜早期信仰马克思主义，晚年却回到周氏兄弟那里，以为"五四"传统乃文化的起点，其中精义均隐含在周氏兄弟之中。《周作人的是非功过》对周氏读解得很深，是一本很重要的书，我以为思想上梳理得很清，对后人启发较大。他还著有随笔集多册，像《未免有情》《串味儿读书》，调子沉稳老辣，文中多谈妇女、专制、"五四"余绪，为文讲究，气韵散淡，格调是从二周那里来的。舒芜早年喜欢思辨，《论主观》很有哲学风采，受到马克思、列宁的影响是自不待言的。但后来风格大变，小品心态占了上风。当代文人，屡屡受挫，不回到明代，不回到晚清，而往往回到周氏那里，什么原因呢？颇值一思。

北大的钱理群，较早地注意到了这一点。他在研究鲁迅的同时，也同时把目光投到周作人那里。理解鲁迅的遗产，倘不参之以周作人思想，我们将不可能还原一个真实的历史。这个问题早在五十年代，曹聚仁就曾谈过。然而知音者稀少。人们只是在经历了大的历史变故后，才发现了周氏兄弟，是硬币的两个面。其实这两个面中，正视周作人，其价值难度并不亚于鲁迅。

直到二十世纪岁末，我读扬之水、止庵、刘绪源等人的文章时，发现了他们不约而同站在了知堂那里。止庵的小品几乎与知堂如出一辙，我觉得他在其中陷得很深，连词章都相似得很。刘绪源写过一本读解周作人的书，他还出过多本散文，走的也是《药堂语录》的路子。我在他那儿也看到了某些痛楚，那便是"苦茶"式的哀怨，虽然把它处理得很淡，仿佛并不经意，而无边的怅惘，依稀可辨。是有意的追随，还是无意的巧合呢？批评家们自有说法吧？

最有趣的是，在更为年轻的扬之水的书话，还有那本《诗经名物新证》里，学识里也透着"苦雨斋"式的情趣。文章绝无制艺之气。把学术当成小品来写，不以洋八股的调式泼墨为文，在国内为数不多。张中行、谷林这样，金克木、陈平原也这样。在学术随笔里，常能见到国人心性原本的东西。从《庄子》《老子》到《鲁迅全集》，精华的语句非逻辑思辨，乃东方式的顿悟。当代学人中,有许多看到了此点。与洋八股对立的这种书话体的文字,我以为可以促进学术与创作的发展。

三

周作人的复杂不言而喻。他是中国文化中的贰臣世人公认。传统文化中的士,要么守节成为遗民,要么附逆成为叛徒。周氏自然不能算是遗民,在国共之争中又自言独立,以边缘态度潇洒度日。可偏偏来了日本人,便陷进战争的旋涡里,成为"汉奸"和叛国者。其实理解周氏不能仅用"遗民"之尺和"叛徒"之尺。不然其思想便难以把握。木山英雄先生说他中国气味颇浓,中国读书人喜爱他便很自然。但我以为周氏还有一种非国家主义和非民族主义的文化态度,此种视点则又异于传统士大夫的观念,精神呈现出一种驳杂和深切来。看知堂书话、小品,气象从明清那里流来,但又多了日本散文和古希腊品格,以及蔼理斯的精神。学识的反俗性很浓很浓。我一直觉得,周氏"附逆"之事乃"饭碗"使然,思想剥离于"饭碗"后,政权那是另一回事。黄裳、张中行都走他的写作之路,其实是思想与趣味在起作用。

敢于吸取周氏思想的大致有两类。其一是学院里的,钱理群、张铁荣、黄开发就是;其二乃一些写作的杂家,张中行、邓云乡、黄裳是代表。前者注重学理的价值,后者既有学理,又带审美的态度。两种人其实都处于社会边缘,或说是孤独的思考者也未尝不可。除去周氏"附逆"那段历史不谈,就学识、人生态度而言,周氏的遗产均有很大的参照性。张中行把知堂思想看成怀疑主义,而其文章又有儒者的温暖。在世道巨变的今天,不盲从于他人,又建立一种人性的艺术,周氏大概可成为一种资源。我以为周氏之于后人,更有引力的恐怕是他的"超功利"的文化观。他写文著述,一不瞧他人眼色,二是看重性灵。中国读书人迷恋功名,道德气过浓,千百年下来,人本意义的东西有限。黄裳、舒芜正是看到了周氏的逆俗风格,于知堂书话中得到启发。张中行的文风,我以为也从周氏那里过来。他写古人,谈诗文,情调都古雅得很,又多了现代的理念。这些对当代浮泛学风,可谓一个冲击。那么多人去阅读张中行,其实追寻的正是周作人的传统。若说对"文革"遗风的消解,此一传统的复话,也有象征的意义的。其实谈"五四"遗产,周作人代表的文化流脉,与鲁迅、胡适比,同样重要。连吃过洋墨水的香港作家董桥,也津津乐道于知堂书话,究其根源,我以为与现代观念也大有联系。

  鲁迅生前对美国记者斯诺先生说,中国最好的散文家是周作人。鲁迅如此评价其弟,我觉得一是看重了他的学识,二是肯定了其随笔中的精神气韵。周氏写文章举重若轻,内中又多有学识,他的见解看似中庸,但细细一品,有锋利的锐气。周氏文章的魅力在于以西学的目光探究中国,又以中国人的感觉吸纳西学。情感的方式是东方的,内蕴呢,却是西洋个人主义的。"文革"之后,文学在道德与功利主义中拔不出来,感伤之后是"寻根","寻根"同时又"现代主义",但内蕴要么是洋八股的,要么是政治术语的变调。周氏兄弟的文章,与此调子相反,在很大的程度上,拓展出另一种生活空间。中国读书人的自我放松和自由心态的形成,有许多是以回归周氏兄弟的文化品格为起点的。如果说周作人为何能在九十年代渐"热"起来,这大概会是一个解释。

四

张中行的出现,是周作人传统复苏的典型。张氏一生是一介书生,不仅与政治无缘,与流行文化亦多隔膜。他的著述笔触古朴,全无左翼文化与"革命"话语的痕迹。我第一次读他的书,就惊讶于那韵律的幽远,好像把周作人的精髓再现了出来。张中行的文字流着"五四"的气息,对社会、人生的感触均有力度。《流年碎影》是一部苦诉之书,内中有关北大的记忆,让人想起那美好的岁月;而其叙述易代之际的磨难,响动着"以民为本"的哀歌。《顺生论》《流年碎影》乃哲学之书,诗学之书,周作人便成了这书的底色。你读一读那些远离革命的独白,让人联想起"苦雨斋"的感叹。中国历史上的许多暴动和革命,很大程度摧残了文化,另一方面又陷百姓于苦海。周氏之书对此多有揭示,而张中行将它发展到了极致,哀苦之心,催人泪下,那其间,有着尘世的大悲悯的。

舒芜的随笔,何尝不是这样呢?我特别注意到他描述妇女的文字,在运笔与倾诉上,很容易联想起知堂谈女性的篇什,"以民为本"的格调一时难以挥去。舒芜善写短小的札记,记人忆旧、读书偶得,都很老到。还有谷林的一些散文,也深得"苦雨斋"的要义,谈天说地中,散落着自娱的雅趣。年轻人中,陈平原在学理上很受周作人的影响。他关注学识的同时,又讲求审美格调和艺术感受力,文章淳朴自然,全无学院派的僵气。陈氏追求学术的自觉,向来拒绝洋八股的文字。他谈"为学术而学术",从流脉上说,是承接周作人的。《学者的人间情怀》《书生意气》等书,神态就有悠然的知堂气,不知怎么,看他的书,就想起"五四"后的"语丝派",那风格不仅与制义气远,和社会的主流话语,也格格不入。稍后读到止庵的《六丑笔记》,觉得比陈氏更像知堂,文章谈及的均为小事碎事,掌故学理的表述亦很精致。我觉得作者在知堂的基点上重塑自我,这和张中行、舒芜、陈平原形成了相似的气脉。他们的读者,也是知堂的读者,细究一下其中的关联,我以为可引出一种学理来的。

沿着周氏路向行走的人,大多不是振臂一呼的斗士,他们拒绝吵闹,拒绝盲从,内心有着自己的净土。他们躲在书斋里,不是沐着风雨的流浪者,痛感与绝望被温雅的知识审美代替了。年龄稍小一点的研究周作人的人,也不是哭天抢地的人。他们安于宁静,安于平凡,文章自命为"非斗士"。躲避血色,在素雅之中构建自己的园地,其实正是警惕成为外物的奴隶,不同化于人世的流行色中。读这类人的文章,心可以安静下来,仿佛走进无声的旷野,在静谧里听到自己的心跳,那一刻,与心灵渐近,离世俗远了。

五

一百年来的文学,一直有着几种对立的书写传统。洋八股与复古者,党八股与性灵派,在文坛上一直交替存在着。西方的东西进来,青年们先是欢呼,尔后便是仿照,文字要新,句子要长,再加上某某主义,于是便很是庄重,显得大气磅礴。郭沫若这样,阿英这样,舒芜也这样。可是这些人在中年以后,便又退到传统之中,写起很东方式的小品来。退到东方这里,情调便有些古雅,观点渐趋持重,东西方的东西都杂糅在这里。中年的郭沫若,惋惜周作人时说过:"比如就像我这样的人,为了掉换他,就死上几千百个都是不算一回事的。"何以如此?还不是看到了周氏身上东方人的魅力!在周氏兄弟的散文里,西洋的思想被东方化了,东方的精神也个人化了。域外思潮与旧有智慧,于此结合得较好。新文化之后,文言文渐渐死去,白话文有了长足发展。但因为泛道德化与食洋不化,中国人母语的魅力衰微了。八十年代初,汪曾祺率先在小说里,进行了一次语言的复兴尝试。他从概括化宣传中退回"五四",又直追唐宋明清,把《梦溪笔谈》《容斋随笔》的调子呼唤出来。汪曾祺早期欣赏现代主义,中年屡遭磨难,晚年又颇带徐渭之气,其实寻找的就是自己的母语力量。汪氏虽然是沈从文弟子,但沈从文之于汪氏,主要是小说理念和人生态度。谈及语言的魅力，他看重的还是鲁迅、周作人。《蒲桥集》的自序云：

> 宋人笔记，简洁潇洒，读起来比典册高文更为亲切，《容斋随笔》可谓代表。明清考八股，但要传世，还得靠古文。归有光、张岱，各有特点。"桐城派"并非都是谬种，他们总结了写散文的一些经验，不可忽视。龚定庵造语奇崛，影响颇大。"五四"以后，散文是兴旺的。鲁迅、周作人，沉郁冲淡，形成两支……①

汪氏把鲁迅、周作人的文体，看成两脉，且带有标本意义，可谓精到之论。母语的力量，正在这里。鲁迅之后，沉郁的文学渐趋悲愤，又由悲愤而呼号而说教，滑入单调的口号里。汪曾祺、张中行另辟蹊径，由周氏那种冲淡入手，直抒性灵，汉语言的张力浮现出来，文风从此一变。九十年代散文的兴盛，二人的劳作功莫大焉。我以为文学传统的承传，于此可见一二。

周作人的"走红"，非人为炒做，乃时代风气使然。其一是他的读书之多让人吃惊，其二是行文的方式有东方人的暖意。张中行解释说，周氏的书一印再印，一直走俏，其作用有三：

> 一是学写作，宜于用作范本。二是可以放在法国蒙田、英国兰姆等作家的散文集一块，读，欣赏。三是可以当作药，治多年来为文的两种流行病：一种是惯于（或乐于）浅入深

---
① 汪曾祺：《蒲桥集》，作家出版社，1992年，第1页。

出,即内容平庸而很难读;另一种是搽胭脂抹粉加扭扭捏捏,使人感到过于费力,过于造作。①

这种解释,有文体上的考虑,但更多的是一种价值态度。其实周作人的文字,前后期有别,质量亦不及鲁迅均衡。读他的书,自娱性的东西多,冲动的激情少。读书界近来看重周氏,是不是对五十年间浮躁之风的抗拒?文化的调适要靠文化自身。周作人自己未必料到,他的文字会启示一种文风的变化。这种变化很像杜甫之于江西诗派,至于那后来的流派利弊如何,是另一回事了。

六

用"冲淡"来形容周氏的传统,细想一下,恐亦有问题。周氏的大受欢迎,其实还隐含着读书人的某种无奈。周作人、废名、张中行、黄裳、舒芜的文字背后,其实有很沉重的东西,那是悲凉之后的冷观,在宁静里疏散出诸多感叹。所谓"知其不可奈何而安之若命"是也。启功形容张中行的文字有哲学气,但那哲学却绝非乐观主义的,而是"过去的就让它过去罢"的哀叹。此语形容周作人,大概也会适用。我在黄裳、舒芜等人的身上,同样看到了此点。

---

① 钟叔河选编:《周作人文选》(1898—1929),广州出版社,1996年,第7页。

前几年看黄裳的《妆台杂记》，言及自己何以爱谈古旧书籍，流露出一种苦衷，那意思是，描写今世之文，多不能明说，只好与古人为伴，谈谈版本目录之学吧。黄裳也写杂文的，因为易惹是非，便躲到了故纸堆里。故纸堆亦有今人的兴奋点，迷恋于明清、民国间的书肆旧闻，固然有读书人的雅致在，但把当代人的情感、理性糅在其中，借古讽今，是明显可感到的。黄裳的散文与书话，通常写得很平静，古雅，有不为世风所动的风骨。但看他谈"遗民"的文字，以及史学观的争论，毫无绅士气，倒像个斗士了。孔子主张文章要哀而不怨，以中庸为上。其实人是有血有肉的存在，喜怒哀乐，怎能没有呢？"五四"后的文人书话，多见凌厉之气。像青藤屋里，忽奏出激越的琵琶曲，给人以惊喜的感觉。中国的古文，喜静不喜动，最终成了一潭死水。新文化的出现，最引人注意的，除了人道的东西外，激情澎湃的生命质感，是颇受欢迎的原因之一。当代文坛书话的写作，所以还能有一席之地，我想是有着精神的苦痛在起作用的。张中行、黄裳、舒芜，都是有着这种精神苦痛的人。如若看不到此点，我觉得对这一流脉的把握，会不得要领。

其实受周作人影响的人，价值观未必相同，有的甚至观点相左。废名与沈启无不一样，张中行和黄裳有过冲突，舒芜和止庵在情调上差别较大。但他们不约而同地醉情于书话小品，有各式各样的精神锐气在。例如止庵，文字甘于平淡，谈锋亦藏杀机，以为他不谙世道，恐怕谬之千里。张中行抨击专制遗风，文字带血，厚重之外有还带野气，那品位，毫不亚于斗士的文章。这些人的文字特点，是注重于"疑"，不轻易的"信"。张中行认为周作人是彻底的怀疑主义者，故文章常常偏于冷。张氏自己，也非理想主义者，说到精神来源，外来的是康德、罗素，内有的是知堂风骨。这一外一内，构成了其精神的内核，成了始于怀疑，而未终于信仰的人。

看百年来文人的著述，我时常想，中国的文学，常常是轮回的。虽然王国维说一代人有一代人的文学，但我们流动的却是相近的血液。屈原之后，杜甫为之轮回；王充之后，李贽为之轮回；鲁迅之后，新文学的斗士们为之轮回……现在呢，我看当代文学，周作人的传统又在暗中流动着，这传统像鲁迅遗风一样，深切地左右着读书人。书斋里的思想者，并非人人都可自立门户。在文学的长河里，每一个人都多少接受了前人的暗示。

七

这一篇文章结束的时候，已是二十世纪最后一天了，上午还和日本友人在谈中国知识分子类型的问题。我提出了一个看法，百年来的中国读书人，出现了不同类型的人物。这些人物对后世的知识分子，或多或少都会有些辐射。但是这些影响过历史的思想者，又明显存在自己的限度，总结这些限度，我以为其意义不下于对其成就的浏览。这个看法不仅适用于鲁迅、胡适这样的人，也适用于周作人这样的学者。模仿周作人，倘仅止于趣味，大概会不得要领。以其是非为是非，一不留心，便会滑向效颦的误区。我觉得凝视"五四"，重要的是寻找合理的内核，并且在这个内核里转化出适应今天，乃至未来的精神路标。周作人遗产在未来的岁月里，肯定是不会消失的存在。如何用它来丰富我们的生活，正是本文要探讨的话题。

我曾多次在文章里，强调周氏的怀疑精神和个人主义，对固有文明的冲击。至今仍相信敢于反诘的人，会从轮回的怪圈里走出来。周作人是从旧泥潭中走出来的人，但又陷入另一种泥潭里。他的身上少有鲁迅那样的激烈，亦无胡适式的热情，所以对书斋之外的人鲜有影响，热衷于周氏话语的学人，有时易走向学术自恋，或拘于传统士大夫的小情调里。好像是钱玄同说的，周作人之弊在于"安于享受"，其文章自然就少有昂扬的气息，更别说"殉道感"和普渡众生的声音了。我觉得周氏的投影里，似乎缺少民间的底色，那些书斋里的自语像长夜里微弱的烛光，普照的范围是有限的。血性的斗士不会喜欢他，洒脱的现代青年人亦与其多有距离。一位友人对我说：周作人究竟好在哪里？此种疑问，何满子有之，袁良骏有之，许多知识分子均有之。看何满子的文章，听其不满于周氏的叫喊，我有时想，误解的地方固然在，但根本上说，知识群落对这一传统的亲和力，是有限的。夸大周作人在当代文学中的影响力，与历史总还是有些不符。

但是周作人、废名、张中行诸人在学术中超功利的人文态度，我以为是一笔宝贵的财富。孔子以降，中国文人掉入功利之坑,凡事以"有用"为目的,漠视了灵魂问题和人生超俗的境界问题。即便像鲁迅、胡适的传统,走向极致的结果,依然还在功利主义的老路上。四年前我就说,周氏传统,是对鲁迅模式的一种补充,今天想想,态度依然不变。我以为当下的知识分子写作,应注意到这种互补。可惜,能占有各种优势,互为参照,自成一格者不多。二十一世纪,我们的文坛,不会这样单调吧?

中国的文坛,每过几百年,就会有不大不小的复古运动。韩愈的崛起,桐城派的挣扎,都有这样一点味道。我相信总有一天,还会有一个较大的复归"五四"的精神写作,回到鲁迅、胡适那里去,回到周作人那里去,并非重复他们,而是以此为基点,重新塑造我们的梦想。多年来我一直有着这样的想法。今天写出来,献给已经过去的世纪,并留给同样关注周氏兄弟传统的友人们。石在,火种便不会磨灭,历史就是这样进化的。

后　记

二十年前着手写这本书时，不过是一次历史知识的补课，多零碎的笔记，所谈的也无非粗略的感想。自2003年问世以来，本书一直没有修订。中间再版的时候，被出版社修改了书名，与我先前的本意稍有出入。我一直想重写这部旧稿，且弥补以往的遗漏，但因为忙于别的杂事，此次只增添了几篇新作，以补当年的遗憾。现在想来，对于旧作一直不能尽心重写，眼看着时光一点点流失，无力去做想做的事情，自己也颇有些无奈的。

周作人与其学术圈，乃民国京派文化的重要一隅。研究这个群落，当看见彼时知识人的另一种命运。在中国这样的国度，知识人常常处于尴尬的地步，在变动的环境里，政治风云一旦笼罩学术话语，自己的优长能否保持，乃是一个疑问。灾难来了，学术与时代应是何种关系，说起来容易，做事的时候，则多是举步维艰。这个群落里的人，就在这样的窘态里，我们现在瞭望他们的模糊的足迹，似乎也可以体察到选择的不易。见到那些饱学之士陷于困苦而遭厄运,则不能不深以为叹。这样的历史困局,古已有之,现代新文人还在这样的轮回里,我们的感受一定是五味杂陈的吧。

台静农在抗战时期看到周作人的苦境,曾有多篇文章谈论自己的感受。台氏虽然是鲁迅的弟子,但趣味与周作人多有暗合之处,他对于刘半农、徐祖正等人的好感,也在文字间流露一二的。北平的一些学人一方面清醒于时局,一方面又在苦水里安之若命,在台静农看来是一种错位。他在遥远的重庆痛心周作人的陨落,代表了那个时代人的基本价值走向。苦雨斋的不幸,也是现代文学的暗点之一,在悲悼了那些不该失去的风景的时候,悲悼者也在悲悼着自己。

许多年后,人们回忆北平的文化风景时,淡去了政治风云,凝视那些思想的遗存的时候,对于苦雨斋周围一些知识人的趣味一直未减。台静农在《北平辅仁旧事》中,就很是怀念沈兼士、刘半农这些旧友,对于那些出入于苦雨斋的学者的成就,很是赞佩的。这构成了一种矛盾的心情,也把苦雨斋人的丰富性描画出来。"人生实难,大道多歧",在艰难的时期,也有坚定的思想者没有滑落到深渊之中,那也是庆幸之事。张中行后来回忆北平的知识界,就分出了那时候的不同层次,日伪时期的读书人,有不同的路径的。这种炼狱之苦,也造就了一批颇有耐力的思想者。我们细细分析那里的不同人生,多少可以体味到司马迁式的悲慨的。

文人在国难之中不能自持,或者不得不选择违背自己的信念而生活，是大的悲哀。但面对苦楚，倘能咬紧牙关，不怕牺牲，总还是可以度过苦路的。清人入关的时候，傅山拒不入士，冲荡的气韵缭绕在文字之间，指示着国人的灵魂。易代之际文人能够既有气节又有意志，那其行迹才汇入到圣洁般的图景里。这是一面很大的镜子，也是我们灵魂的先导。"五四"过后，鲁迅、陈独秀、胡适都有此类遗风。我们现在回望那些人与事，做到此点的，人数有限。而更多的是顺生而去或沉默的人们。分析这段历史，极为重要，我们看历史的轨迹，从不同的人生里得到诸多的体味，也是一种收获的。

苦雨斋群落里的人不都是唯唯诺诺的，他们有许多保持了气节，又能在沉默里继续"五四"未竟的事业。这说明京派文人的内心的定力。钱玄同、沈兼士、俞平伯等人的道路，都能够注释现代知识分子的心路的内涵。我们现在回看往事，也为有这样的知识人深感欣慰。评价历史人物，不都是从政治层面为之，他们内心的体验，审美的意识以及处事态度，都对今人有正反两方面的意味。

当年写这本书时，苦雨斋的院落还在，那时去八道湾，依稀可以辨认民国时期的老北京的旧迹。前几日去造访这个老宅，已经被一所学校占据，房子保留了，而整体旧貌已无，周边的环境完全没有当年的风景。一个重要的文物区域，就这样消失了。而更为可叹的是，当年那些人思考问题的方式以及表达思想的方式，也渐渐远去，青年人对于苦雨斋的学人、作家的思维逻辑，也完全陌生起来，好像是未曾有过的存在。那些远去的人与事，就入世的角度和思想的格式而言，对于现代教育理念，未尝没有价值。不能够保留遗产的多样性和学问路径的多样性，我们的大脑，真的只有一个和几个可怜的空间，那是对于现代文明的切割。在记忆消失的时候，我们即便跌入历史轮回的暗区中也是未曾察觉的。

在这个意义上说，现在重提苦雨斋故事，未尝不是一种回望中的内省。只是我的笔触笨拙，不能都深切还原当年的一切，而叙述中漏掉的思想，也有许多。当年写这本书，还在做记者，材料的运用和学理的思考都不到位，因为考虑是普及性的读物，也省略了深度思考。倘若青年因为这本书的线索而再去关注他们的遗产，了解更为丰富的存在，我的目的也就达到了。过去写这本书就有这样的期待，至今的意思也依然未变。

2020 年 7 月 28 日